La tentation interdite

VIVI ANNA

La tentation interdite

NOCTURNE

éditions Harlequin

Titre original : THE VAMPIRE'S KISS

Traduction française de FABRICE CANEPA

HARLEQUIN®
est une marque déposée par le Groupe Harlequin

NOCTURNE®
est une marque déposée par Harlequin S.A.

83-85, boulevard Vincent-Auriol, 75646 PARIS CEDEX 13.
Service Lectrices — Tél. : 01 45 82 47 47
www.harlequin.fr

ISBN 978-2-2802-2178-8 — ISSN 2104-662X

1

Au cours des deux siècles et demi de sa longue existence, Olena Petrovich avait eu tout le temps de faire du péché une forme d'art. Elle avait ainsi usé librement de son charme vampirique pour obtenir tout ce qu'elle désirait, qu'il s'agisse d'argent, de pouvoir ou de sexe. Et la vie lui avait toujours semblé très facile.

Aujourd'hui, elle aspirait à tout autre chose. La création de la cité de Nouveau Monde avait profondément altéré sa vision de la vie et, pour la première fois depuis bien longtemps, elle se surprenait à croire en quelque chose de plus grand qu'elle-même.

Car si durant des millénaires vampires, lycans et sorciers avaient vécu en marge de l'humanité, traqués et massacrés comme des bêtes fauves, ils avaient enfin trouvé leur place. Evidemment, la cohabitation de prédateurs si puissants était parfois délicate et la ville avait dû se pourvoir de forces de l'ordre efficaces.

C'est justement pour assurer la pérennité de Nouveau Monde qu'Olena avait décidé de s'engager dans la police scientifique.

Pendant plusieurs années, elle avait dû faire ses preuves, et démontrer à son supérieur, le commissaire Gabriel Bellmonte, que son revirement était bel et bien sérieux. Il avait fini par lui accorder sa confiance et la nommer inspectrice.

Et aujourd'hui elle comptait bien lui prouver qu'il avait eu raison de le faire. L'enquête qui lui avait été confiée n'était pas banale. Car, au lieu de voler l'argent dans la banque de Nouveau Monde, les cambrioleurs qui y avaient fait irruption avaient préféré faire sauter les coffres personnels des clients.

Olena observa attentivement les dizaines de casiers de métal déchiquetés dont le contenu avait été désintégré par le souffle de l'explosion. En apprenant ce qui s'était passé, elle avait d'abord cru qu'il s'agissait d'un accident et que les cambrioleurs avaient mal dosé la charge d'explosifs qu'ils avaient employée pour ouvrir l'un des coffres.

Mais il lui paraissait désormais évident que tel n'était pas le cas. Ceux qui avaient posé cette charge savaient précisément ce qu'ils faisaient et ils s'étaient même débrouillés pour ne causer aucun dégât dans le reste de la pièce.

— Je ne comprends pas, murmura Sophie St. Clair, la plus proche collègue d'Olena qui, au fil des années, était aussi devenue l'une de ses rares amies. Pourquoi n'ont-ils pas touché à l'argent ?

— Parce que ces types étaient de véritables professionnels, répondit Olena. Ils savaient qu'ils ne disposeraient que de très peu de temps avant que la police n'arrive sur les lieux et ils n'ont pas perdu une minute.

— Mais que tenaient-ils tant à détruire ici ?

Olena secoua pensivement la tête.

— S'ils avaient vraiment voulu détruire quelque

chose, ils l'auraient emporté pour s'en débarrasser de façon plus discrète, répondit-elle.

— Alors pourquoi avoir fait sauter la moitié des coffres ?

— Pour que nous ne sachions pas auquel ils s'intéressaient précisément, répondit Olena.

— Ça se tient, concéda Sophie.

— Est-ce que Kellen est arrivé ?

Kellen Falcon, leur technicien en balistique et en explosifs, était arrivé des Etats-Unis un an auparavant pour consulter un spécialiste de la *sangcerritus*, cette terrible maladie qui ne touchait que les vampires et les faisait généralement sombrer dans la folie. Après sa guérison, il avait intégré l'équipe de Gabriel et s'était mis en ménage avec Sophie.

— Je viens de l'appeler, répondit celle-ci. Il ne devrait pas tarder. Que t'a dit le directeur de la banque ?

— Il était sur place au moment où cela s'est produit. Quelques minutes seulement après l'ouverture de l'établissement, quatre hommes armés et munis de masques de hockey sur glace ont fait irruption à l'intérieur et ont demandé à tout le monde de s'allonger face contre terre.

— S'agissait-il de vampires, de lycans ou de sorciers ?

— Il n'a pas pu me le dire. Tout ce qu'il sait, c'est que l'un d'eux sentait le menthol.

— Dois-je en déduire que le directeur est un lycan ?

Le sens de l'odorat de ces derniers était légendaire.

— Exact.

— Que s'est-il passé, ensuite ?

— L'un des cambrioleurs a demandé au directeur d'ouvrir le coffre-fort. Puis ils ont fait entrer tout le monde dedans et ont fermé à clé.

— Personne n'a donc pu voir ce qui s'est passé ensuite?

— Non. Mais le directeur et les trois autres lycans qui se trouvaient dans le coffre ont distinctement entendu une explosion à 10 h 30.

Sophie jeta un coup d'œil à sa montre.

— Il y a deux heures et demie, donc. Qui a signalé le cambriolage?

— Mme Fonteneau, une cliente de la banque. Elle est arrivée sur les lieux à 11 h 30 et a trouvé porte close. Elle a trouvé cela étrange puisque l'établissement était censé être ouvert à cette heure-là. Elle a donc appelé la police.

— A-t-elle vu quoi que ce soit d'intéressant?

Olena jeta un coup d'œil au calepin qui ne la quittait jamais et secoua la tête.

— Non, répondit-elle. Les portes étaient fermées à clé et elle n'a donc pas pu accéder à l'intérieur du bâtiment. De toute façon, les cambrioleurs étaient certainement partis depuis longtemps…

Un jeune policier du nom d'Anderson les rejoignit alors et leur tendit un disque compact.

— Ce sont les vidéos des caméras de sécurité, expliqua-t-il.

— Merci, lui répondit Olena en lui prenant le disque des mains.

Il la contempla avec un mélange d'admiration et de timidité qui avait quelque chose de touchant.

— Y a-t-il autre chose? lui demanda-t-elle en souriant malicieusement.

— Euh, oui… Désolé… Il y a quelqu'un dans le hall qui demande à parler à la personne responsable de l'enquête.

— De qui s'agit-il ?

— Je l'ignore, madame. On m'a juste demandé de vous apporter ce disque et de vous prévenir de l'arrivée de cet homme.

Olena jeta un coup d'œil interrogatif à Sophie qui haussa les épaules.

— C'est peut-être quelqu'un qui travaille pour le maire, suggéra-t-elle. Après tout, il s'agit de l'une des principales banques de Nouveau Monde. Je suis certain que la plupart des pontes de la ville possèdent un coffre ici…

— J'espère bien que non, soupira Olena. Je déteste les bureaucrates.

Olena glissa le disque dans la poche intérieure de son blouson en cuir et suivit Anderson en direction du grand hall de la banque. Elle percevait distinctement le désir qu'elle inspirait au jeune homme. Il s'agissait sans aucun doute d'un lycan et il ne devait pas avoir plus de vingt-cinq ans. Chaque année, les recrues de la police lui paraissaient plus jeunes encore que précédemment. Mais c'était peut-être parce qu'elle-même se sentait de plus en plus âgée.

Lorsqu'ils parvinrent enfin dans le hall, Olena constata que les policiers qu'elle avait chargés de recueillir les témoignages des employés et des clients qui avaient été enfermés dans le coffre étaient toujours à l'œuvre. Le directeur de la banque, quant à lui, était en pleine discussion avec un inspecteur.

Mais l'homme qui attira aussitôt l'attention d'Olena se tenait légèrement en retrait et observait la scène d'un œil attentif. Il était vêtu d'un costume sombre aussi austère qu'élégant qui mettait en valeur sa carrure athlétique.

Au bout de deux siècles et demi d'existence, Olena ne se laissait pas facilement impressionner. Elle avait croisé toutes sortes d'hommes : des mendiants et des princes, des riches et des pauvres, des esthètes, des hommes de pouvoir, des penseurs et des fous.

Certains l'avaient émue, d'autres avaient éveillé sa colère et sa haine, d'autres encore avaient su la séduire. Aujourd'hui, rares étaient ceux qui retenaient son attention. Mais l'inconnu était de ceux-là. Il se dégageait de lui un mélange d'assurance et de volonté peu commun qui lui donnait une force et un éclat particuliers.

Olena se demanda de qui il pouvait bien s'agir : d'un client venu s'enquérir de ce qu'il était advenu de son coffre-fort, d'un représentant de la compagnie d'assurances ou encore de l'un des hommes de confiance du maire.

Elle comprit que c'était vers lui qu'Anderson la guidait. Elle le vit alors braquer sur elle un regard acéré qui la prit de court. La plupart des hommes qu'elle croisait ne pouvaient s'empêcher de jeter un coup d'œil admiratif à ses longues jambes ou à sa poitrine généreuse en fonction de leurs préférences personnelles. Mais l'inconnu gardait son regard résolument braqué sur son visage et ne trahissait pas la moindre émotion.

— Je vous laisse, lui dit alors Anderson avant de s'éloigner en direction de ses collègues.

— Etes-vous la personne en charge de l'enquête? s'enquit l'inconnu.

Son accent trahissait des origines britanniques.

Mais ce qui était plus surprenant, c'est qu'il s'agissait d'un humain.

Contrairement à ce qui se passait aux Etats-Unis, ici les humains avaient le droit de fréquenter les villes réservées aux vampires, aux lycans et aux sorciers. La plupart d'entre eux évitaient cependant de le faire parce qu'ils se sentaient trop exposés dans un tel environnement. Mais l'homme auquel elle avait affaire ne se laissait apparemment pas intimider facilement.

— C'est exact, répondit-elle enfin en lui tendant la main. Je suis l'inspectrice Olena Petrovich de la police de Nouveau Monde. Que puis-je pour vous ?

L'homme lui serra brièvement la main avant de sortir un porte-cartes de la poche intérieure de sa veste.

— Inspecteur Cale Braxton, dit-il. J'appartiens à Interpol.

— Je crois que c'est la première fois que nous avons affaire à quelqu'un de chez vous, remarqua Olena en lui décochant un sourire qui se voulait engageant.

Le visage du dénommé Braxton ne trahit pas la moindre réaction.

— Je me suis entretenu avec le commissaire divisionnaire Jakob Weiss, reprit-il sans tenir compte de sa remarque. Il m'a assuré que je pouvais compter sur votre coopération.

— Que voulez-vous dire ? s'enquit Olena, méfiante.

— Que c'est moi qui serai désormais en charge de cette enquête, expliqua-t-il.

Cette réponse fit à Olena l'effet d'une gifle. Elle avait travaillé dur pour prouver sa valeur à ses supérieurs hiérarchiques et avait mérité cette affaire. De quel droit cet étranger venait-il la lui voler ?

— Je ne vois pas en quoi un simple cambriolage pourrait bien relever de la compétence d'Interpol, objecta-t-elle.

— Je suis désolé, mais vous n'êtes pas habilitée à obtenir une telle information. Et, si vous n'avez pas d'autres questions, j'aimerais beaucoup que vous me conduisiez aux coffres qui ont été endommagés.

Olena lui décocha un regard noir. Car, si elle appréciait l'assurance chez un homme, elle ne goûtait guère l'arrogance. Or Braxton paraissait en être généreusement pourvu.

Au lieu de l'emmener jusqu'à la salle des coffres, elle lui tourna donc le dos et sortit son téléphone portable de sa poche. Bien décidée à ne pas se laisser marcher sur les pieds, elle composa aussitôt le numéro de Gabriel.

— Inspecteur Bellmonte, j'écoute.

— Gabriel ? Peux-tu me dire pourquoi il y a ici un humain qui prétend être en charge de *mon* enquête ?

— Il est arrivé plus vite que prévu.

— Dois-je en déduire que tu étais au courant ?

— Oui, mais depuis quelques minutes seulement. Le commissaire divisionnaire m'a appelé pour me demander de coopérer pleinement avec l'inspecteur Braxton.

Olena s'efforça de maîtriser le mélange de colère et de déception qui montait en elle. Elle ne tenait surtout pas à ce que son visage trahisse ses émotions lorsqu'elle ferait de nouveau face à Cale Braxton. Gabriel, en revanche, ne fut pas dupe.

— Je suis désolé, lui dit-il. Je sais combien cette affaire est importante pour toi. Mais Jakob ne m'a pas laissé le choix. Nous ne pouvons pas nous mettre Interpol à dos.

— Très bien, répondit-elle d'un ton dépourvu d'enthousiasme. Je te promets d'être gentille avec lui.

Jetant un coup d'œil à la dérobée à Braxton, elle s'aperçut que ce dernier s'efforçait de réprimer un sourire ironique, ce qui ne fit qu'accentuer la rancœur qu'il lui inspirait.

— Fais attention, Olena, la prévint Gabriel qui la connaissait parfaitement. Ce n'est qu'un humain. Il est fragile et je ne tiens pas à ce que nous le renvoyions à Interpol entre quatre planches. C'est vraiment le genre d'ennui dont Nouveau Monde n'a pas besoin.

— Je sais, répondit Olena. Mais je ne te promets rien.

Se tournant vers Braxton, elle lui décocha un sourire glacé qui révéla ses canines acérées. Malgré le sang-froid dont il paraissait doté, elle le vit frissonner légèrement et s'en félicita. De toute évidence, cet homme avait besoin d'être remis à sa place et elle se ferait un plaisir de s'en charger.

2

Cale s'efforça de demeurer stoïque tandis qu'Olena passait sa langue sur ses canines pointues. Curieusement, le frisson que ce geste fit naître en lui tenait moins de la peur que du désir. Car la vampire était incontestablement la femme la plus séduisante qu'il ait jamais rencontrée.

Il avait d'ailleurs beaucoup de mal à masquer la fascination que lui inspiraient la sensualité de sa silhouette, la finesse de ses traits et l'éclat troublant de son regard de jade. Mais il savait qu'il avait affaire à quelqu'un de beaucoup plus expérimenté que lui et était bien décidé à ne pas se laisser manipuler.

Il avait déjà commis une fois l'erreur de baisser la garde face à l'une de ces créatures et l'avait payé très cher. Et il ne tenait pas à ce que cela se reproduise.

— Pouvez-vous me conduire aux coffres ? demanda-t-il de nouveau.

Olena le fixa longuement de ses splendides yeux verts qui semblaient le transpercer de part en part chaque fois qu'ils se posaient sur lui. Puis, sans un mot, elle se détourna et se mit en marche en direction de la porte par laquelle elle était entrée.

Il lui emboîta le pas et tous deux remontèrent un long couloir. Le jean qu'Olena portait mettait admirablement en valeur la cambrure de ses reins et, presque malgré lui, Cale ne put s'empêcher d'admirer le balancement fascinant de ses hanches.

Olena dut le sentir car elle se tourna à demi vers lui et lui décocha un sourire ouvertement moqueur. Cale détourna aussitôt les yeux, mais comprit qu'il venait de commettre une première erreur : tant qu'il se trouverait en présence de cette femme, il devrait surveiller chacun de ses actes, chacune de ses paroles et de ses réactions.

— Nous y sommes, déclara enfin Olena en s'arrêtant devant une chambre forte dont la porte était grande ouverte.

Elle s'effaça légèrement pour le laisser entrer. Et, comme il passait à sa portée, il inspira une bouffée de son parfum qui s'immisça en lui, au plus profond de son être.

Il avait toujours été sensible aux odeurs, mais celle d'Olena éveillait en lui un étrange écho, une curieuse impression de familiarité, comme si tous deux s'étaient connus il y a très longtemps.

Se forçant à ignorer le trouble croissant que lui inspirait la vampire, Cale découvrit la salle des coffres endommagée. Au centre se tenait une jeune femme aux longs cheveux roux qui le considéra avec un mélange de curiosité et de défiance.

— Il appartient à Interpol, indiqua Olena. Il est venu prendre la direction des opérations.

La méfiance de la rousse parut redoubler. De toute évidence, il n'était pas le bienvenu. Mais cela n'avait aucune importance : il était là pour faire son travail et se souciait peu de ce que les autres pouvaient en penser.

— Ecoutez, mademoiselle Petrovich, je sais que je piétine vos plates-bandes et j'en suis navré. Mais croyez-moi, cette affaire dépasse de très loin les questions d'ego des uns et des autres.

Le regard d'Olena se fit plus glacial encore et il comprit qu'il venait de l'insulter. Telle n'était pourtant pas son intention. Tout ce qu'il voulait, c'était en finir avec les querelles de clocher et se mettre au travail le plus rapidement possible.

Plus il en terminerait vite ici, moins il passerait de temps en compagnie d'Olena Petrovich. Il avait généralement la réputation d'être quelqu'un d'imperturbable, mais la vampire avait le don de le mettre terriblement mal à l'aise. Et le pouvoir qui émanait d'elle dépassait tout ce qu'il avait connu jusqu'à ce jour.

— Le seul ego dont vous ayez à vous préoccuper, c'est le vôtre, agent Braxton, lui répondit Olena d'une voix aussi tranchante que l'acier.

La rousse jeta un coup d'œil étonné à sa compagne puis à Cale. Elle se détourna alors et alla récupérer la mallette de métal qui était posée dans un coin de la pièce.

— Je vous laisse, leur dit-elle. Je vais aller voir si Kellen est arrivé.

Après avoir jeté un dernier regard à Olena, elle quitta les lieux, les laissant seuls. La vampire n'avait pas bougé d'un pouce. Les bras croisés sur la poitrine, elle le contemplait toujours d'un air menaçant. Cale se força à dominer la peur qui montait en lui.

Car il était évident qu'Olena laissait à présent libre cours à son pouvoir. Il jaillissait d'elle et rayonnait dans la pièce, presque palpable. La plupart des humains se seraient certainement effondrés en présence d'une telle manifestation psychique. Mais Cale avait reçu une formation spéciale qui lui permettait de côtoyer les peuples de l'ombre.

Bien sûr, il n'était pas de taille à résister à la force surnaturelle d'un lycan ou d'un vampire ou à la magie d'un sorcier. Mais, dans une certaine mesure, il était capable de supporter l'aura qui émanait d'eux et exerçait sur leurs interlocuteurs une forme de fascination mêlée de peur.

— Pourriez-vous contrôler votre pouvoir, mademoiselle Petrovich ? lui demanda-t-il froidement. Je vous rappelle que nous sommes dans le même camp, vous et moi.

— Vraiment ? répliqua-t-elle en levant un sourcil dubitatif. Votre attitude semble pourtant indiquer le contraire. Cependant, si vous consentez à faire preuve d'un peu plus de respect, je vous promets de faire de même.

Cale remarqua que l'accent russe qui filtrait dans sa voix était à présent nettement plus marqué, sans doute du fait de la colère qu'il avait éveillée en elle. Il comprit alors qu'il avait commis une erreur qui risquait de rendre la situation bien plus compliquée qu'elle ne l'était déjà.

— Je crois que nous devrions reprendre depuis le début, déclara-t-il.

Olena ne répondit pas, mais il la sentit se détendre presque imperceptiblement.

— Interpol aimerait vous apporter son concours sur cette affaire, reprit-il. Je ne peux pas vous dire de façon précise pourquoi elle nous intéresse, mais, si vous m'expliquez ce qui s'est passé ici, je pourrai peut-être vous donner quelques indications utiles.

Olena parut hésiter puis elle hocha la tête. Instantanément, il sentit décroître le pouvoir qui se dégageait d'elle. Elle lui raconta alors en détail ce qui s'était passé quelques heures auparavant.

— D'après le directeur de la banque, les cambrioleurs n'ont pas touché à l'argent : ni à celui qui se trouvait dans le coffre-fort principal, ni même à celui qui se trouvait aux guichets. Ces types étaient des professionnels et ils ne s'intéressaient qu'à une chose précise qui devait être dans l'un des coffres.

— Avez-vous la liste des propriétaires?

— Pas encore. Mais le directeur m'a assuré qu'il nous la fournirait très rapidement.

Cale hocha la tête et s'approcha du mur sur lequel s'alignaient les coffres. Il remarqua aussitôt que les dégâts ne devaient rien au hasard : ceux qui avaient placé les explosifs avaient volontairement cherché à cacher à quel coffre ils s'intéressaient réellement.

— Savez-vous ce qu'ils cherchaient? lui demanda Olena.

— Peut-être...

— Peut-être, mais vous n'en êtes pas encore sûr? Ou peut-être, mais vous n'avez pas l'intention de me le dire?

Cale se tourna vers elle et vit qu'elle le considérait d'un air ironique.

— Peut-être que ce n'est pas le plus important pour le moment, répondit-il posément. Ce qui compte, c'est d'obtenir au plus vite cette liste de noms de façon à déterminer à qui appartenait le coffre qui était visé.

Peut-être pourriez-vous aller trouver le directeur et lui demander d'accélérer un peu les choses ?

Le regard d'Olena se durcit une fois de plus et la température de la pièce parut baisser de plusieurs degrés. Cale réprima un frisson, refusant de céder face à cette femme. Il avait affronté suffisamment de terroristes et de tueurs professionnels pour ne pas se laisser impressionner par une vampire en colère.

Evidemment, elle était sans doute capable de le tuer en quelques secondes. Mais il était convaincu qu'elle n'en ferait rien. Olena était une professionnelle : il l'avait compris à l'instant même où il l'avait vue entrer dans le hall de la banque.

— Est-ce que les gens font toujours ce que vous leur ordonnez, agent Braxton ? lui demanda-t-elle d'une voix glacée.

— En général oui, répondit-il.

Evidemment, cela ne contribua guère à apaiser la vampire.

— Quel âge avez-vous ? s'enquit-elle d'un ton ouvertement méprisant.

— Trente-quatre ans, répondit-il sans se laisser démonter.

— Cela signifie que je suis de deux cent quarante ans votre aînée. Si vous continuez à me provoquer de la sorte, pensez-vous vraiment que c'est vous qui l'emporterez, en fin de compte ?

Sans attendre sa réponse, elle tourna les talons et quitta la pièce. Cale la suivit des yeux, impressionné par l'intensité qui se dégageait d'elle. Jamais encore il n'avait rencontré un vampire aussi âgé. Et l'idée qu'Olena puisse être née au XVIIIe siècle lui paraissait passablement surréaliste.

Cela expliquait pourquoi elle disposait d'un si grand pouvoir, la puissance des vampires ne cessant de croître avec le temps. Il comprenait aussi pourquoi elle était aussi furieuse contre lui : elle ne devait pas être habituée à ce qu'on lui tienne tête de cette façon.

Même entre eux, les vampires prenaient grand soin d'éviter toute provocation. Leurs rapports étaient régis par un code complexe qui sous-tendait le recours à des précautions oratoires aussi bien qu'à des signaux non verbaux qui échappaient à la plupart de leurs autres interlocuteurs.

Il existait également au sein de leur communauté un sens de la hiérarchie très poussé et les vampires les plus âgés étaient les plus respectés. En se montrant aussi cavalier à l'égard d'Olena, il l'avait offensée. Et le fait qu'il ne soit qu'un humain devait encore ajouter à l'insulte.

Cale poussa un soupir résigné. Il était probablement trop tard pour s'excuser. Et il n'avait pas vraiment envie de le faire. Après tout, Olena ne s'était guère montrée plus aimable à son égard.

De plus, il ne lui avait pas demandé d'aller chercher cette liste pour la remettre à sa place. En réalité, c'était surtout une façon de l'éloigner pour procéder discrètement à quelques vérifications.

3

Luttant contre la colère qui faisait rage en elle, Olena regagna le hall de la banque où elle retrouva Sophie et Kellen en train de boire un café. Lorsqu'elle les rejoignit, sa collaboratrice lui tendit la tasse qu'elle venait de remplir à son intention.

— Ça s'est si mal passé que cela ? s'enquit-elle.

Olena accepta la tasse avec reconnaissance et avala quelques gorgées avant de répondre.

— Crois-tu qu'Interpol se poserait des questions si l'un de ses agents disparaissait dans des circonstances mystérieuses ?

— En tout cas, je connais quelques endroits parfaits pour cacher un corps, répondit Kellen.

Comme souvent, il était difficile de déterminer si le vampire plaisantait ou s'il était sérieux. Car il y avait chez Kellen une part d'ombre que son amour pour Sophie avait atténuée sans la faire disparaître complètement. C'était peut-être pour cette raison qu'Olena l'appréciait tant.

— Je te prendrai peut-être au mot, lui dit-elle.

Cet échange leur valut un regard horrifié de la part de Sophie. Olena se dirigea alors vers le bureau du directeur de la banque. Elle n'avait pas d'autre choix que de coopérer avec Cale Braxton. Mais elle était bien décidée à découvrir avant lui le fin mot de l'histoire.

Car, si elle avait appris au cours de ces dernières années la valeur du travail en équipe, elle refusait de coopérer pleinement avec quelqu'un comme lui. Comment était-elle censée le considérer comme un partenaire alors qu'il faisait de la rétention d'informations ?

Après tout, il travaillait pour Interpol et pas pour les services secrets…

Lorsqu'elle pénétra dans le bureau du directeur, ce dernier était au téléphone et lui fit signe de s'asseoir. Il s'excusa auprès de son interlocuteur, lui promettant de le rappeler au plus vite. Puis il raccrocha et fit glisser vers Olena le papier qui était posé juste devant lui.

— Voici la liste que vous m'avez demandée, lui dit-il.

Olena s'en saisit et fit mine de la lire. Mais elle sentit alors une présence juste derrière elle. Avant même qu'elle ait eu le temps de se retourner, Cale Braxton s'empara de la feuille qu'elle tenait à la main.

— Je m'en charge, lui dit-il. Merci.

— Mais qu'est-ce que vous faites ? protesta Olena, livide.

— Juste mon métier, répondit-il.

Il plia la liste et la glissa dans la poche intérieure de sa veste. Olena resta sans voix : jamais elle n'avait rencontré quelqu'un de plus agaçant que cet homme. Même Raspoutine qu'elle avait bien connu avait plus de manières que ce rustre.

— Nous en avons fini ici, déclara-t-il.

Sans ajouter un mot, il quitta le bureau du directeur. Après quelques instants d'hésitation, Olena le suivit.

Elle avait beaucoup de mal à ravaler les injures qui lui montaient aux lèvres.

— Vous plaisantez ? s'exclama-t-elle d'une voix tremblante de colère. Nous devons encore effectuer tous les prélèvements nécessaires sur la scène du crime !

— J'ai demandé à vos coéquipiers de s'en charger, lui indiqua-t-il. Ils doivent être en train de le faire à l'instant où nous parlons.

— Vous vous êtes permis de donner des ordres à mon équipe ? s'écria-t-elle, outrée.

— Oui, répondit-il sans se démonter. J'estime que la priorité pour nous est de rentrer au commissariat pour étudier cette liste de noms.

Sur ce, il tira de sa poche une paire de lunettes de soleil qu'il enfila.

— J'imagine que vous avez une voiture, ajouta-t-il en poussant la porte d'entrée de la banque.

Olena n'eut d'autre choix que de le suivre. Mais elle en avait plus qu'assez de l'attitude de ce mufle et était plus décidée que jamais à lui donner une leçon d'humilité. Elle se dirigea donc vers sa Jaguar noire qui était garée de l'autre côté de la rue.

Cale la suivit et contourna le véhicule tandis qu'elle ouvrait la portière et s'installait au volant. Elle abaissa alors la fenêtre du côté passager et lui décocha un sourire moqueur.

— Je vous retrouve au commissariat, lui dit-elle. J'espère que vous trouverez le chemin.

Sur ce, elle mit le contact et démarra en trombe sans laisser à Cale le temps de poser la main sur la poignée de la portière. C'était sans doute un peu puéril de sa part, mais, lorsqu'elle vit dans son rétroviseur l'expression sidérée de Braxton, elle s'estima amplement récompensée.

Qui sait ? La journée ne finirait peut-être pas aussi mal qu'elle ne l'avait imaginé…

4

Après avoir vainement cherché une station de taxi, Cale regagna la banque et demanda à l'un des officiers de police qui se trouvaient là s'il pouvait le ramener au commissariat. Le lycan accepta sans enthousiasme et, cinquante minutes plus tard, Cale se retrouva devant le bâtiment qui abritait le laboratoire de la police scientifique.

Il ne s'était pas attendu à ce qu'Olena l'abandonne de cette façon. Il n'avait pas l'habitude de se laisser surprendre ainsi. Mais il était bien décidé à mettre cette leçon à profit et à se rappeler qu'il n'avait pas affaire à une femme ordinaire mais à une vampire deux fois centenaire.

Evidemment, cela n'expliquait pas non plus vraiment cette étrange attitude. La plupart des vampires qu'il avait rencontrés jusqu'alors lui avaient semblé conservateurs. C'était peut-être parce qu'ils vivaient très longtemps qu'ils se rattachaient ainsi à leurs traditions et à leurs habitudes. Mais, de toute évidence, ce n'était pas le cas d'Olena.

En pénétrant dans l'enceinte du laboratoire, Cale découvrit que l'endroit était aménagé de façon à la fois moderne et fonctionnelle. L'équipement qu'il apercevait à travers les portes entrouvertes était à la pointe de la technologie.

Un peu naïvement, il s'était imaginé Nouveau Monde comme une cité tout droit sortie du XIXe siècle. Dans son esprit, vampires, lycans et sorciers demeuraient attachés à une tradition sortie d'un autre âge. Mais, depuis qu'il était arrivé ici, il ne cessait de s'étonner du fait que la ville n'était pas très différente de la plupart des autres métropoles européennes qu'il connaissait.

Evidemment, cette fausse familiarité pouvait se révéler dangereuse. Il était facile d'oublier que ces lieux en apparence anodins abritaient des créatures qui étaient pour la plupart capables de tuer d'un simple geste. Et à aucun moment il ne pouvait se permettre de l'oublier.

Fort de cette conviction, il suivit les panneaux qui le guidèrent jusqu'au bureau du directeur du service, le commissaire Bellmonte. Alors qu'il s'apprêtait à frapper à sa porte, une voix résonna à l'intérieur.

— Entrez !

Surpris, Cale poussa la porte et pénétra dans une vaste pièce lumineuse, meublée de façon très contemporaine. L'homme qui était installé derrière le bureau leva les yeux du dossier qu'il était en train de lire et observa attentivement Cale.

— Vous devez être l'agent Braxton, conclut-il.

— C'est exact. Comment saviez-vous que j'étais sur le point de frapper ?

— J'ai senti votre odeur dans le couloir. Il n'y a pas beaucoup d'humains qui se promènent dans nos locaux.

— Je vois, acquiesça Cale.

Il savait déjà que le chef de la police scientifique était

un lycan. Ceux-ci avaient la réputation d'être des enquêteurs hors pair dont l'intuition et la ténacité faisaient merveille. Bellmonte fit signe à Cale de prendre place sur l'une des chaises qui lui faisaient face.

— Olena m'a dit que vous aviez fait connaissance, reprit le commissaire.

— C'est exact, acquiesça Cale. Et j'ai bien peur que votre inspectrice ne méconnaisse le sens du travail en équipe.

— Vous vous trompez, agent Braxton, objecta Bellmonte d'un ton aussi tranchant que l'acier. Elle sait parfaitement ce que cela signifie.

En croisant son regard, Cale avisa la mise en garde muette qu'il contenait. Il savait que la plupart des lycans attachaient une grande importance à l'honneur et à la loyauté. Ils luttaient sans merci et étaient même prêts à se sacrifier pour défendre ceux qui appartenaient à leur clan.

De toute évidence, Bellmonte considérait qu'Olena était sous sa protection et n'entendait pas laisser un étranger la critiquer impunément. C'était quelque chose que Cale comprenait et respectait. Il soutint néanmoins le regard du commissaire pour lui faire comprendre qu'il ne comptait pas se laisser intimider.

Puis il baissa les yeux, concédant ainsi à son interlocuteur une victoire symbolique. Car, pour bénéficier des ressources du laboratoire, il aurait besoin du soutien de Bellmonte. De plus, seul le lycan était susceptible de ramener Olena à de meilleures dispositions.

— Avez-vous un bureau où je pourrais m'installer, le temps de cette enquête ? demanda-t-il enfin.

— Mais certainement, répondit Bellmonte. Suivez-moi.

Il se leva et se dirigea vers la porte. Cale lui emboîta le pas et tous deux remontèrent le couloir jusqu'à une porte que Bellmonte ouvrit. Il s'effaça pour le laisser passer.

— Je me demandais combien de temps il vous faudrait pour venir, déclara Olena sans même détourner les yeux de l'écran d'ordinateur qui se trouvait en face d'elle.

— Je vais vous laisser travailler, déclara Bellmonte avec un demi-sourire teinté d'ironie. Si vous avez besoin de quoi que ce soit, je serai avec Sophie et Kellen en train d'analyser les indices matériels qu'ils ont dû récolter à la banque.

Sans leur laisser le temps de répondre, il referma la porte et les laissa seuls. S'efforçant d'adopter une attitude décontractée, Cale s'avança vers Olena et constata qu'elle était en train de consulter une banque de données.

— Qu'est-ce que vous cherchez ? lui demanda-t-il en sortant de sa poche la liste que leur avait fournie le directeur de la banque.

— J'ai demandé à Henri de me faxer la liste, répondit-elle d'un ton narquois. Et j'ai entré les noms pour voir si l'un des propriétaires de coffre était fiché par nos services. Je n'allais tout de même pas attendre que vous trouviez le chemin du commissariat…

Cale replaça la liste dans sa poche. Olena tendit alors la jambe vers le fauteuil à roulettes qui se trouvait devant l'ordinateur voisin et elle le rapprocha du sien avant de tapoter le coussin.

— Installez-vous, lui dit-elle. Vous devriez ôter votre veste et desserrer votre nœud de cravate. Il se peut que ces recherches prennent un certain temps…

Il y avait dans le regard qu'elle lui jeta un mélange de défi et de sensualité qui faillit avoir raison de son self-control. Il dut se forcer à réprimer le violent accès de désir qui montait en lui.

Tous les vampires étaient dotés d'un charisme supérieur à celui des humains, mais jamais encore il n'en avait rencontré qui soit doté d'un tel pouvoir de séduction. Olena exerçait sur lui une véritable fascination qu'il avait le plus grand mal à dominer. En s'asseyant dans le fauteuil qu'elle lui offrit, il prit donc soin de maintenir entre eux une certaine distance.

— Quelque chose ne va pas ? lui demanda-t-elle alors. Vous paraissez tendu.

— Vous savez très bien pourquoi, répondit-il.

— Je ne vois pas de quoi vous parlez.

Le ton de sa voix n'était qu'innocence, mais, dans ses yeux, il lisait une pointe de malice. Comme il s'apprêtait à lui expliquer qu'il était un professionnel et entendait se conduire comme tel, un message d'alerte s'afficha sur l'écran de l'ordinateur.

— Nous avons déjà un gagnant, déclara-t-elle. Apparemment, l'un des propriétaires a un casier judiciaire.

Elle fit apparaître la fiche de police correspondante. C'était celle d'une certaine Marie Morgan, une lycane âgée de quarante-cinq ans qui avait été arrêtée et condamnée pour coups et blessure.

— Ce n'est pas la personne que nous cherchons, déclara Cale avec assurance.

— Comment le savez-vous ?

— Parce qu'elle ne correspond pas au profil.

— Quel profil ?

Cale se contenta de hausser les épaules. Il ne tenait pas à expliquer à Olena d'où lui venait cette certitude.

— Qu'est-ce que vous me cachez, au juste ? insista-t-elle.

Voyant qu'il ne comptait pas lui répondre, elle poussa un soupir exaspéré. Sans dire un mot, elle repoussa son fauteuil et se leva pour se diriger vers la porte du bureau.

— Où allez-vous ? s'enquit Cale.

— Travailler sur une autre affaire, lui dit-elle. Il est évident que vous n'avez pas besoin de moi, agent Braxton. Je suis certaine que vous vous débrouillerez très bien tout seul.

Cale était tenté de la prendre au mot, mais il savait pertinemment que, sans le soutien de la police locale, il aurait beaucoup de mal à mener son enquête.

— Ce qui se trouvait dans le coffre que nous cherchons relève de la sécurité internationale. Et nous avons tout lieu de croire que les cambrioleurs appartiennent à une organisation terroriste ou ont été engagés par elle.

Olena vint se rasseoir devant l'ordinateur et se tourna vers lui.

— Pouvez-vous me dire quel genre de personne nous cherchons ? lui demanda-t-elle.

— Malheureusement, non. Mais il est peu probable que cette Morgan soit impliquée dans une affaire de ce genre.

— Si je résume la situation : nous ne savons pas précisément ce qui se trouvait dans le coffre, nous ignorons à qui il appartenait et nous ne savons pas qui l'a forcé. C'est bien ça ?

— C'est un bon résumé, concéda Cale avec un demi-sourire.

Olena l'observa attentivement et il acquit la conviction qu'elle cherchait à lire en lui. Finalement, un éclair de malice passa dans ses yeux verts.

— Vous êtes venu ici de votre propre chef, n'est-ce pas ?

Cale s'efforça de dissimuler son étonnement.

— Que voulez-vous dire ?

— Je suis certaine que si j'appelle Interpol pour les interroger sur cette affaire, personne ne saura de quoi je parle. Je suis sûre que votre venue ici est une initiative personnelle.

— Qu'est-ce qui vous fait penser une chose pareille ?

— Mettez cela sur le compte de l'intuition féminine, répliqua-t-elle.

Par-delà l'ironie qui perçait dans sa voix, Cale perçut une forme de reconnaissance et de respect, comme s'il venait soudain de remonter dans l'estime d'Olena. Il n'était toujours pas certain de pouvoir lui faire confiance, mais il commençait à penser que tous deux parviendraient peut-être à trouver un terrain d'entente.

— Vous avez raison, lui dit-il. Lorsque j'ai entendu parler de ce cambriolage, j'ai décidé de venir ici pour vérifier une intuition. Mais, contrairement à ce que vous pensez, mes supérieurs sont au courant et m'ont autorisé à enquêter sur cette affaire.

Olena l'étudia plus attentivement encore et il songea qu'elle devait être une interrogatrice redoutable. Qui sait ? Si tout se passait comme il l'espérait, il pourrait peut-être la recommander auprès de sa hiérarchie.

— Vous avez *entendu parler* du cambriolage ? répéta Olena d'un ton ouvertement dubitatif.

S'efforçant de ne pas se laisser déstabiliser, il hocha la tête d'un air faussement décontracté. Olena fronça les sourcils, visiblement agacée par la façon dont il éludait ses questions.

— Vous êtes arrivé sur les lieux quelques heures après, objecta-t-elle, moins d'une heure après moi, alors que j'avais été prévenue presque immédiatement et que le commissariat se trouve seulement à trente minutes en voiture de la banque. Que me cachez-vous encore, agent Braxton ?

— Au risque de me répéter, certains éléments de cette affaire doivent rester confidentiels, Olena.

Un sourire se dessina sur les lèvres sensuelles de la vampire.

— Très bien, lui dit-elle, je ne vous interrogerai plus sur le sujet tant que vous ne serez pas prêt à me faire confiance. Mais c'est uniquement parce que j'aime la façon dont vous prononcez mon prénom…

Cale ne put s'empêcher de frissonner. S'ils devaient coopérer sur cette affaire, il lui faudrait très rapidement développer une immunité à son charme.

— Vous ne pensez donc pas que cette Marie Morgan puisse être mêlée à cette affaire, reprit-elle d'un ton parfaitement professionnel en se tournant vers son écran.

Cale s'éclaircit la gorge.

— Non, répondit-il. Il s'agit certainement d'un homme. Je ne puis être certain de son espèce, mais je pencherais plutôt pour un vampire.

— Cela devrait déjà nous permettre de réduire la liste, déclara-t-elle en entrant ces nouveaux paramètres.

Une dizaine de noms apparurent à l'écran. Mais avant

qu'Olena ait eu le temps d'ouvrir les fiches correspondantes, son téléphone portable se mit à sonner.

— Petrovich, j'écoute.

Elle resta silencieuse quelques instants, attentive à ce que lui disait son correspondant puis décocha à Cale un sourire ravageur. Il se demanda alors comment les collègues d'Olena parvenaient à ne pas se laisser distraire par ce corps et ce visage envoûtants.

— Merci, Kellen, conclut-elle. Excellent travail !

Elle raccrocha et ouvrit sa messagerie pour récupérer le mail que son collègue venait de lui envoyer. En pièce jointe, il y avait un diagramme représentant le mur des coffres ainsi que la zone endommagée par les explosifs.

— Comparons la liste des vampires mâles et la position des coffres détruits. Cela devrait nous permettre d'en éliminer quelques-uns.

De fait, ils ne tardèrent pas à s'apercevoir que seules deux personnes correspondaient à ce double critère.

— Karl Mannheim et Luc Dubois…, murmura Olena.

— Ces noms vous disent quelque chose ?

— Celui de Dubois, oui, répondit-elle. C'est une figure du monde de la nuit à Nouveau Monde. Il possède un certain nombre de boîtes de nuit et de bars.

— A-t-il déjà eu des démêlés avec la justice ?

— Eh bien… Il n'a jamais été inculpé. Mais, comme bon nombre de ses semblables, il navigue dans un milieu interlope, souvent à la limite de la légalité. Je me souviens qu'il a été entendu dans le cadre d'une affaire de blanchiment d'argent. Il y a eu aussi ces soupçons de trafic de sang dans l'un des bars à sang dont il était propriétaire.

— Un bar à sang ?

— C'est là que sortent les vampires lorsqu'ils veulent boire un verre, répondit Olena en haussant les épaules.

Cale frissonna malgré lui.

— Très bien, déclara-t-il. Nous commencerons donc par interroger ce M. Dubois.

5

Après avoir informé Gabriel de leurs découvertes, Olena et Cale quittèrent le commissariat pour se rendre au domicile de Luc Dubois. Ils n'avaient pas encore assez d'éléments pour obtenir un mandat mais espéraient pouvoir lui parler.

Après tout, il devait avoir hâte de récupérer ce qui lui avait été dérobé le matin même. Et s'il s'agissait de quelque chose d'illégal, comme Cale paraissait le penser, Dubois se trahirait peut-être.

Olena se demanda une fois de plus ce dont il pouvait bien s'agir. Elle n'était même pas certaine que Cale en sache beaucoup plus long qu'elle. De toute évidence, il avait suivi son instinct. Et, sans qu'elle puisse vraiment dire pourquoi, cette idée lui plaisait assez.

Elle était pourtant convaincue qu'il lui cachait quelque chose d'autre. En effet, il était parfaitement impossible qu'il soit arrivé à Nouveau Monde après avoir entendu parler de l'attaque de la banque. Jamais il n'aurait eu le temps de rejoindre l'établissement aussi rapidement.

Cela signifiait donc qu'il avait anticipé cette explosion. Disposait-il d'un informateur à Nouveau Monde ? Avait-il suivi la piste des cambrioleurs jusqu'ici ? Olena n'avait aucun moyen de le savoir et il était évident que Cale n'avait pas l'intention d'en dire plus à ce sujet.

Olena savait pourtant que ce n'était qu'une question de temps : tôt ou tard, elle parviendrait à le faire parler et il lui dirait tout ce qu'elle voulait savoir. Cette certitude fit naître sur ses lèvres un sourire amusé qui n'échappa pas à son compagnon.

— Qu'y a-t-il de si drôle ? lui demanda-t-il.

Elle détourna brièvement le regard de la route pour jeter un coup d'œil à Cale.

— Rien d'important, éluda-t-elle.

— Je n'en crois pas un mot, objecta-t-il. Je suis persuadé que vous ne faites jamais rien au hasard.

— Vous me surestimez, assura-t-elle en riant.

— Je ne crois pas que ce soit possible, rétorqua Cale.

Olena se sentit plus flattée par cette remarque qu'elle ne l'aurait dû. Mais elle était loin d'être insensible au charme qui émanait de cet homme. Elle aimait l'impression de force et de volonté qui se dégageait de lui.

La plupart de ses semblables se sentaient très mal à l'aise à Nouveau Monde. Ce n'était guère étonnant, d'ailleurs : durant des siècles, les humains avaient été considérés par la plupart des vampires et des lycans comme de simples proies. Aujourd'hui encore, certains d'entre eux avaient du mal à accepter de cohabiter pacifiquement avec un peuple qu'ils jugeaient inférieur.

L'attitude des humains à l'égard des peuples de l'ombre n'avait pas arrangé les choses : durant des siècles, ils les avaient persécutés, n'hésitant pas à brûler vifs tous ceux qui étaient soupçonnés de lycanthropie, de vampirisme ou de sorcellerie.

Cale devait donc savoir tout cela : visiblement, il avait déjà côtoyé des représentants des peuples de l'ombre. Mais il semblait décidé à traiter d'égal à égal avec eux sans se laisser impressionner par leurs pouvoirs surnaturels ou le fait que la plupart d'entre eux étaient capables de le tuer d'un simple geste.

Ce mélange d'assurance et de courage forçait le respect d'Olena. En d'autres temps, elle aurait même pu se laisser séduire par un homme de cette trempe. Mais la vie lui avait enseigné le prix qu'un vampire devait payer lorsqu'il commettait l'erreur de s'éprendre d'un être humain.

S'il devait se passer quelque chose entre Cale et elle, il ne s'agirait que d'une liaison sans lendemain, le temps d'explorer l'étrange attirance qui existait entre eux. Car, contrairement à ce qu'il paraissait penser, cette alchimie ne devait rien à ses pouvoirs. Sans doute aurait-il été surpris de découvrir qu'elle n'y était pas plus insensible que lui.

Mais le moment était mal choisi pour s'appesantir sur la question. Si Cale avait raison, l'homme auquel ils devaient rendre visite était peut-être lié de près ou de loin à un mouvement terroriste. Ils ne pouvaient donc se permettre de se laisser distraire.

Bien décidée à se conduire en professionnelle, Olena se gara devant la maison splendide qu'habitait Luc Dubois. Elle était située dans l'un des quartiers les plus chic de la ville.

— On dirait que notre homme n'est pas à plaindre, remarqua Cale en observant la demeure majestueuse.

— Effectivement, acquiesça Olena. Il faut croire que ses établissements ont beaucoup de succès.

— Ou qu'il possède d'autres sources de revenus…

Cale descendit de voiture et Olena l'imita.

— Est-ce que vous avez une arme ? lui demanda-t-il.

Elle ouvrit la fermeture Eclair de son blouson, révélant la crosse rehaussée de nacre de son colt 45.

— Il est chargé de balles en argent, expliqua-t-elle. Mais cela ne suffirait pas à arrêter un vampire décidé, bien sûr.

— Sans doute. Par contre, ça lui donnerait matière à réflexion.

— Ne vous en faites pas, je vous protégerai, lui assura-t-elle. Je suis plus rapide et plus vicieuse que la plupart des vampires.

— Je saurai m'en souvenir.

— Bien. Suivez-moi.

Olena se dirigea vers la porte d'entrée et Cale lui emboîta le pas. S'il avait été formé à fréquenter les peuples de l'ombre, il devait savoir que les relations entre les vampires étaient hautement codifiées et que ce serait donc elle qui parlerait durant leur entretien avec Luc Dubois. La plupart de ses semblables n'éprouvaient que peu de respect à l'égard des humains.

Tel n'était pas le cas d'Olena qui, au fil des décennies, avait eu de nombreux amants humains. Elle était même tombée amoureuse de certains d'entre eux. Mais tous avaient disparu, victimes de l'extrême fragilité de leur espèce.

C'était peut-être cette fragilité qu'elle appréciait le plus chez eux : parce qu'ils savaient que leur existence était si brève, les humains lui attachaient beaucoup de prix. Contrairement aux vampires qui cédaient souvent au cynisme et au relativisme le plus complet, les mortels étaient pétris de valeurs et d'idéaux.

Tout cela les rendait si fascinants aux yeux d'Olena que, par comparaison, les membres des peuples de l'ombre lui paraissaient souvent fades et prévisibles. Hélas, cette attirance lui avait déjà coûté cher. Car tous ceux qu'elle avait aimés étaient morts, emportant avec eux un petit morceau de son cœur.

C'est pourquoi, aujourd'hui, elle préférait se protéger. C'était également la raison pour laquelle elle était restée si longtemps célibataire. Car, contrairement à ce que pensaient la plupart des gens, elle avait du mal à ne pas s'impliquer émotionnellement lorsqu'elle sortait avec quelqu'un.

— Quelque chose ne va pas? lui demanda Cale, la tirant brusquement de ses pensées.

Olena se réprimanda intérieurement.

— Tout va bien, répondit-elle en lui adressant un sourire un peu forcé.

Elle pressa la sonnette et tous deux attendirent patiemment. Comme personne ne faisait mine de venir leur ouvrir, elle sonna de nouveau et frappa trois coups, sans plus de résultat.

Elle posa sa joue contre le battant et tendit l'oreille. Son ouïe n'était pas aussi développée que celle d'un lycan, mais elle était nettement supérieure à celle des humains. Et, si elle n'entendit ni bruits de pas ni voix, elle perçut les basses puissantes d'un morceau de rap.

— Alors? murmura Cale, curieux.

— J'entends de la musique, lui indiqua-t-elle. Si Dubois n'est pas là, c'est qu'il a oublié d'éteindre sa chaîne.

Cale hocha la tête et s'approcha de la petite fenêtre qui se trouvait sur le côté pour jeter un coup d'œil à l'intérieur.

— Je ne vois aucune lumière, conclut-il. Faisons le tour.

Malheureusement, le jardin qui entourait la maison était ceint d'une haute grille de fer forgé. La porte et le portail qui permettaient d'y accéder étaient fermés à clé.

— J'y vais, déclara Olena. Si je trouve une porte ouverte, je viendrai vous ouvrir.

Cale lui jeta un regard étonné, mais elle ne lui laissa pas le temps de l'interroger. Presque sans prendre d'élan, elle bondit dans les airs et agrippa le haut de la grille avant de se propulser de l'autre côté. Elle retomba gracieusement sur ses pieds et se tourna vers Cale.

Il ne paraissait pas aussi étonné qu'elle aurait pu le penser : le sourire qui jouait sur ses lèvres indiquait plus d'amusement que de stupeur.

— Si je pouvais faire ce genre de chose, mon travail s'en trouverait grandement facilité, remarqua-t-il.

— Ne soyez pas jaloux, rétorqua-t-elle.

Le sourire de Cale s'élargit encore et elle ne put s'empêcher de remarquer combien elle était sensible au charme de cet homme. Cela faisait longtemps qu'elle ne s'était pas sentie aussi vulnérable.

— Je n'en ai pas pour longtemps, lui assura-t-elle.

— Faites attention à vous.

Elle le considéra avec étonnement. Le fait qu'il s'inquiète pour elle était assez paradoxal. C'était pourtant lui qui était en danger, ici. Il ne disposait ni des réflexes ni de la force surnaturelle des peuples de l'ombre. Et une simple balle pouvait mettre fin à son existence. Pourtant, cette marque de sollicitude la touchait plus qu'elle ne l'aurait voulu.

Evitant prudemment de s'appesantir sur cette émotion,

Olena se dirigea vers l'arrière de la maison. Là, elle découvrit une grande piscine qui confirma l'impression initiale de Cale : Luc Dubois était un homme très fortuné. Elle contourna le bassin et observa la véranda qui donnait sur la terrasse.

Il n'y avait personne à l'intérieur, mais l'une des portes-fenêtres coulissantes était ouverte.

— Monsieur Dubois? appela Olena en s'avançant prudemment.

Personne ne lui répondit. Il était peu probable que le propriétaire des lieux ait quitté la maison en laissant une porte ouverte. Refusait-il sciemment de lui répondre? Se trouvait-il hors de portée de voix?

La maison semblait vaste et, si Luc Dubois était en train d'écouter de la musique, il ne l'avait peut-être pas entendue. Pour faire bonne mesure, elle appela de nouveau en précisant qu'elle était de la police.

Elle ne disposait d'aucun mandat et ne pouvait donc se permettre d'entrer sans y être invitée. Luc Dubois aurait alors pu l'accuser d'être entrée par effraction. Mais comme elle s'apprêtait à se détourner, une odeur familière vint lui chatouiller les narines.

Du sang. En grande quantité.

Olena tira d'une de ses poches une paire de gants en latex qu'elle enfila. Puis elle dégaina son arme de service, pénétra dans la véranda et alla ouvrir la double porte qui donnait sur le salon. En entrant dans cette pièce, elle chercha des yeux des traces de sang mais n'en trouva aucune. Quelque part dans la maison, la chaîne hi-fi continuait à diffuser du rap.

Olena traversa le salon pour gagner le couloir qui desservait la cuisine, la salle à manger, un bureau et une grande bibliothèque. Toutes ces pièces étaient désertes. Elle alla donc ouvrir la porte d'entrée devant laquelle Cale attendait patiemment.

— J'ai senti une odeur de sang, lui indiqua-t-elle.

Il hocha la tête et tira sa propre arme avant de la suivre à l'intérieur.

— Je ne sens rien, constata-t-il. Je ne savais pas que les vampires avaient un odorat surdéveloppé.

— Ce n'est pas le cas, lui assura Olena. Mais l'odeur du sang est un cas un peu à part. Nous pouvons le repérer de très loin.

— Je vois, acquiesça-t-il. Est-ce que vous avez vu quelque chose à l'intérieur ?

— Rien au rez-de-chaussée, mais je n'ai visité ni les étages ni le sous-sol.

— C'est de là que vient la musique. Nous devrions aller jeter un coup d'œil.

— Suivez-moi.

Cale la laissa passer devant et tous deux se dirigèrent vers l'escalier. Ignorant la volée de marches qui conduisait au premier, ils descendirent et se retrouvèrent face à une porte close.

— L'odeur est plus forte ici, lui indiqua-t-elle.

— Je peux même la sentir, à présent.

— Vous devriez peut-être rester en arrière, lui suggéra-t-elle.

— Je ne vais tout de même pas vous laisser tout faire toute seule, protesta-t-il. Ne vous en faites pas pour moi. J'ai déjà eu affaire aux peuples de l'ombre par le passé et je ne sous-estime pas le danger qu'ils constituent. De plus, j'ai une arme et je sais m'en servir.

Passez devant si vous voulez, mais ne comptez pas sur moi pour vous abandonner.

— J'espère que vous savez ce que vous faites, soupira-t-elle. Je ne tiens pas à vous ramener au commissariat en pièces détachées. Mon patron ne me le pardonnerait jamais.

— Je ferai ce que je peux pour vous éviter cela, lui dit-il en souriant.

Elle hocha la tête et ouvrit la porte devant laquelle ils se trouvaient. La salle qu'ils découvrirent n'avait rien d'une cave : c'était une pièce confortable et luxueuse qui paraissait exclusivement consacrée aux loisirs.

Il y avait un gigantesque écran plat, une collection de disques compact et de D.V.D., un bar et une imposante chaîne hi-fi qui diffusait un morceau d'Eminem. Les lieux étaient décorés avec goût, dans un style qui évoquait celui des cabarets de la fin du XIXe siècle. Ils rappelaient à Olena certains endroits qu'elle avait fréquentés à l'époque à Paris et à Londres.

— Ce Dubois sait recevoir, remarqua Cale qui avait baissé le son et regardait les bouteilles alignées derrière le bar. Et il a eu de la compagnie récemment, ajouta-t-il en désignant les trois verres qui étaient posés sur l'une des tables basses.

Olena se dirigea vers la porte qui s'ouvrait au fond de la pièce et d'où provenait l'odeur de sang.

L'arme au poing, Cale lui emboîta le pas. Lorsqu'elle poussa le battant, tous deux découvrirent une vaste chambre à coucher au centre de laquelle trônait un lit assez grand pour accueillir une bonne demi-douzaine de personnes.

L'un des murs était recouvert de miroirs. A l'autre

étaient accrochés une chaîne métallique munie de menottes ainsi qu'un râtelier auquel étaient suspendus des fouets, des combinaisons de cuir et de latex et toutes sortes de gadgets sexuels.

Mais ce qui attira immédiatement leur attention, c'était le chevalet qui se trouvait sur leur gauche et sur lequel gisait le corps écartelé d'un vampire dont le cœur, les mains et les pieds avaient été transpercés par des pieux de bois et dont la tête avait été sectionnée.

6

Cale poussa un juron sourd.

Il avait déjà vu des clichés représentant des meurtres rituels de vampires, mais n'avait jamais vu réellement une telle scène.

Se tournant vers Olena, il constata qu'elle demeurait figée, les yeux rivés sur le corps décapité.

— Est-ce que ça va? lui demanda-t-il en rengainant son arme de service.

Elle hocha la tête, mais il ne fut pas dupe. Le corps de la vampire semblait parcouru de frissons et son visage d'ordinaire très pâle était à présent livide. Cale hésita un instant avant de la prendre par les épaules. Au lieu de se dégager, elle se tourna vers lui et enfouit son visage au creux de son cou.

Cale songea qu'elle devait être en état de choc pour trahir une telle fragilité. En temps normal, Olena était probablement bien trop fière pour donner le moindre signe de faiblesse. La serrant contre lui, il l'entraîna hors de la pièce. Là, il demeura quelques instants immobile, la main posée sur ses cheveux soyeux qu'il n'osait caresser.

— Laissez-moi juste quelques instants pour me reprendre, murmura-t-elle.

Il hocha la tête, heureux de la sentir contre lui et de

pouvoir la réconforter. Mais ce moment d'intimité ne dura que quelques instants avant qu'Olena ne s'écarte de lui.

— Je suis désolée, lui dit-elle. Cela faisait longtemps que je n'avais pas vu une telle exécution.

Elle se tourna de nouveau vers la porte et observa le corps d'un air presque détaché.

— Une exécution ? répéta Cale, curieux.

— Oui. Celui qui l'a assassiné a voulu faire un exemple. Il s'agit d'un avertissement.

— A l'intention de qui ?

Olena haussa les épaules.

— Je l'ignore. Mais celui à qui il est destiné comprendra parfaitement ce dont il retourne. J'imagine qu'il s'agit de quelqu'un qui était proche de Dubois : un membre de sa famille, une maîtresse, un ami ou encore l'un de ses associés…

Elle sortit son téléphone portable de la poche de son blouson.

— Je ferais mieux d'appeler l'équipe, lui dit-elle.

— Très bien. Pendant ce temps, je jetterai un coup d'œil au reste de la maison. J'aimerais retrouver la tête pour m'assurer que c'est bien à Luc Dubois que nous avons affaire.

Olena acquiesça et s'éloigna pour téléphoner. Cale la suivit des yeux, songeant que cela lui laisserait le temps d'effectuer discrètement certaines vérifications. Il chercha des yeux un interrupteur électrique, mais ne trouva que des bougies et quelques lampes à huile. Il sortit donc sa lampe torche et l'alluma avant de repousser la porte derrière lui.

Précautionneusement, il s'avança jusqu'au chevalet

et observa le corps crucifié. Les agresseurs avaient dû commencer par planter les pieux au travers de ses paumes et de ses pieds avant de le frapper en plein cœur.

Dubois avait donc eu le temps de se débattre, ce qui signifiait que ses adversaires avaient dû le maîtriser pendant le temps qu'avait duré l'exécution. Cale estima que seuls des vampires étaient capables d'accomplir un tel exploit.

Les pieux qu'ils avaient utilisés ne présentaient aucun signe particulier. C'était de simples morceaux de bois aplatis d'un côté et aiguisés de l'autre qui avaient probablement été enfoncés à l'aide d'un maillet.

Ils pouvaient provenir de n'importe quel magasin de bricolage ou même avoir été fabriqués spécialement pour l'occasion.

Jetant un coup d'œil en direction de la porte, Cale s'assura qu'elle était toujours close. Posant sa lampe sur le chevalet, il enfila alors une paire de gants très fins en latex et effleura le pieu qui était planté dans le cœur de Dubois. Fermant les yeux, il prit une profonde inspiration et se concentra.

Durant quelques instants, rien ne se produisit. Puis une brusque sensation de chaleur remonta le long de sa main et de son bras, accompagnée par une succession d'images kaléidoscopiques.

Il vit une pièce aux dimensions réduites, sale et encombrée. Deux hommes aux visages indistincts discutaient à voix basse sans qu'il puisse discerner leurs paroles.

La scène disparut, remplacée par la vision d'une vieille camionnette blanche. Il aperçut deux autres hommes de dos qui en sortaient pour se diriger vers la maison de Luc Dubois. L'un d'eux sonna et Dubois vint leur ouvrir. En souriant, il les invita à entrer.

D'autres images se succédèrent, bien trop rapides pour que Cale puisse les interpréter. Il vit juste du sang, beaucoup de sang.

La dernière chose qu'il vit clairement fut le visage d'une jeune femme aux yeux très bleus qui le fixait intensément. Puis tout redevint noir.

Cale rouvrit les yeux et arracha ses doigts du pieu. Ils fourmillaient toujours, comme s'il venait de recevoir une légère décharge électrique. Cette sensation désagréable perdurait souvent pendant plusieurs heures, mais il estimait généralement que les informations qu'il récoltait de cette façon valaient bien ce léger désagrément.

Cette fois, pourtant, ce qu'il avait vu lui laissait un arrière-goût amer. La violence et la cruauté qu'il avait ressenties lui donnaient l'impression d'avoir été souillé.

— Je n'aurais jamais imaginé que vous puissiez être un médium, fit une voix derrière lui.

Le cœur battant à tout rompre, Cale se retourna pour faire face à Olena qui se tenait dans l'embrasure de la porte et l'observait attentivement. Il ravala un juron, regrettant presque d'avoir fait usage de ses dons.

— Pourquoi ne m'avez-vous rien dit ? lui demanda-t-elle, curieuse.

— Je n'aime pas discuter de cela.

— Pourquoi donc ?

Il haussa les épaules. Il avait trop souffert par le passé de cette différence et ne tenait pas aujourd'hui à s'étendre sur le sujet.

— Pourquoi ? insista Olena.

— A votre avis?

— Parce que vous ne voulez pas passer pour un phénomène de foire? Parce que, lorsque vous étiez petit, vous aviez peur des choses que vous pouviez voir sans toujours les comprendre? Parce que les autres enfants se moquaient de vous?

Cale lui jeta un coup d'œil à la fois agacé et admiratif. Il n'avait pas l'habitude d'être si transparent.

— Ils ne se sont pas moqués de moi très longtemps, répondit-il.

— J'imagine que non, acquiesça-t-elle. Vous avez dû leur faire comprendre rapidement que ce n'était pas une bonne idée.

— Exactement.

— Est-ce que les gens d'Interpol sont au courant de l'existence de ce don?

— Je vois plus cela comme une malédiction que comme un don, répondit-il. Il n'y a vraiment que dans notre métier qu'on peut le considérer comme quelque chose d'utile. Mais, pour répondre à votre question, mon chef et son chef savent ce dont je suis capable. C'est pour cela qu'ils me laissent suivre mes intuitions lorsque j'en ai une qui leur paraît intéressante.

— Pouvez-vous lire dans l'esprit des gens qui vous entourent?

— Non, répondit Cale. Mon pouvoir ne fonctionne que sur les objets inanimés. Les êtres vivants sont bien trop complexes pour que je puisse lire en eux.

La méfiance qui se lisait dans les yeux d'Olena lui arracha un sourire ironique.

— Auriez-vous peur que je puisse lire dans vos pensées?

— Non, répondit-elle. Je n'ai rien à cacher.

— J'en doute fort, répondit Cale.

Elle le considéra avec un mélange d'amusement et de désapprobation.

— Est-ce que vous choisissez toujours de tels moments pour flirter ? lui demanda-t-elle en désignant le corps décapité d'un geste du menton.

— Je ne flirtais pas, protesta-t-il vivement.

Pourtant l'intensité de ses propres protestations lui parut suspecte. Il ne pouvait nier l'attirance qu'exerçait sur elle la séduisante vampire. Et, même s'il était bien décidé à ne pas y céder, une partie de lui aspirait à gagner son respect et son admiration.

— Je n'en crois pas un mot, répondit Olena avec une assurance d'autant plus agaçante qu'elle était sans doute justifiée. Quoi qu'il en soit, j'étais venue vous prévenir que les renforts ne tarderaient pas à arriver. En attendant, je vais aller chercher mon matériel dans la voiture et je commencerai à relever les indices.

Sans attendre sa réponse, elle tourna les talons, le laissant seul avec le cadavre du vampire.

7

Ils trouvèrent la tête de Luc Dubois à l'étage, posée sur l'un des coussins de son lit. Olena ne put s'empêcher de penser au *Parrain* de Coppola. La mise en scène faisait inévitablement penser à un règlement de comptes au sein de la mafia.

Dubois s'était-il attiré les foudres d'une organisation criminelle quelconque ? Après tout, il travaillait dans le monde de la nuit et nombre des propriétaires de bars, de boîtes de nuit et de clubs de strip-tease étaient en cheville avec le crime organisé.

Une chose était certaine, cependant : ceux qui s'en étaient pris à lui n'étaient pas des amateurs.

L'équipe de Gabriel passa au peigne fin le sous-sol de la maison. Au vu du nombre impressionnant d'empreintes disséminées un peu partout dans la pièce, il était évident que Dubois recevait souvent et qu'il fréquentait beaucoup de gens différents. Il serait donc quasiment impossible de recenser tous les invités.

— Nous ne pouvons pas nous permettre d'attendre les éléments que le laboratoire pourra tirer de la scène de crime, déclara Cale à Gabriel lorsqu'ils eurent terminé leur travail. Si Olena est dans le vrai, cette exécution constitue un avertissement. Nous ferions mieux de découvrir rapidement à qui il s'adresse si nous voulons éviter de nous retrouver très bientôt avec une nouvelle victime sur les bras.

— A quoi pensez-vous ? lui demanda Gabriel.

— J'aimerais interroger les collègues et les associés de Dubois. Je sais qu'il possédait un certain nombre de clubs en ville. Mais où se trouvaient ses bureaux ?

— Au Phantasia, répondit sans hésiter Olena. C'est un sex-club du centre-ville principalement fréquenté par des sorciers.

— Pensez-vous qu'il soit ouvert, à cette heure-ci ?

Elle jeta un coup d'œil à sa montre et constata qu'il était un peu moins de 8 heures du soir.

— Pas encore, répondit-elle.

Elle observa attentivement Cale et remarqua la fatigue qui se lisait sur ses traits tirés.

— Si vous voulez, je peux vous ramener à votre hôtel, suggéra-t-elle. Vous pourrez vous reposer un peu avant que nous allions trouver les associés de Dubois.

— Ne vous en faites pas pour moi, répondit-il. Je suis capable de travailler quarante-huit heures d'affilée si nécessaire.

— Justement, rien ne vous y oblige, objecta-t-elle. Et nous avons au moins cinq heures à attendre avant que l'ambiance ne batte son plein au Phantasia. Profitez-en pour faire un somme.

— Et vous ?

Elle haussa les épaules.

— Plus le temps passe et moins j'ai besoin de sommeil, répondit-elle.

— Très bien, soupira Cale. Cela me permettra au moins de changer de vêtements et d'étudier le dossier de la victime.

Tous deux prirent congé de Gabriel qui leur demanda de le contacter dès qu'ils auraient du nouveau. Puis ils regagnèrent la voiture d'Olena qui était toujours garée en face de chez Dubois.

Durant le trajet qui les mena à l'hôtel où Cale était descendu, ce dernier passa le plus clair de son temps à pianoter sur son téléphone portable pour envoyer un rapport à ses supérieurs et leur indiquer qu'il comptait prolonger son séjour à Nouveau Monde.

Olena ne put que s'en féliciter. Etant donné ce qui venait de se passer, elle n'était guère d'humeur à faire la conversation. Bien sûr, ce n'était pas la première fois qu'elle se trouvait confrontée à une telle exécution. Mais la dernière à laquelle elle avait assisté avait eu lieu soixante ans auparavant et elle avait fini par croire que ce genre de pratique appartenait désormais au passé.

De toute évidence, elle s'était trompée.

La violence de cet acte l'avait frappée de plein fouet et, sur le moment, elle avait été incapable de cacher l'horreur qui s'était emparée d'elle. Rétrospectivement, elle s'étonnait de la prévenance et de la douceur dont Cale avait fait preuve à son égard en cet instant.

Elle était convaincue qu'il n'était pas homme à s'attendrir facilement. Mais il avait paru réellement touché par ce moment de faiblesse. Et cela ne la rassurait guère. Car, si elle se sentait capable de gérer le désir qu'elle inspirait visiblement à Cale, elle n'était pas certaine de pouvoir faire face à de la tendresse.

Déjà, les émotions qu'il lui inspirait s'étaient transformées. L'attirance purement physique qu'elle avait éprouvée avait pris un tour nettement plus personnel.

N'était-ce pas pour cela qu'elle l'avait interrogé au

sujet de son don ? Qu'elle avait senti son cœur se serrer lorsqu'elle avait deviné les vexations qu'il avait essuyées étant enfant et la blessure profonde qu'il dissimulait sous son apparente nonchalance ?

Cale s'insinuait en elle et, si elle n'y prenait garde, elle risquait fort de se laisser complètement séduire. Une fois de plus, elle en conclut qu'il était préférable de garder ses distances. Et en arrivant à son hôtel elle était bien décidée à le déposer et à rentrer directement chez elle.

Pourtant, lorsqu'il l'invita à venir manger un morceau avec lui, elle se surprit à accepter sans la moindre hésitation. En se garant dans le parking souterrain, elle parvint presque à se persuader que c'était uniquement parce qu'elle comptait en apprendre un peu plus au sujet de ce supposé groupe terroriste.

Mais, au fond d'elle-même, elle savait pertinemment qu'elle était en train de se mentir.

Tandis qu'ils traversaient le hall de l'hôtel, Olena aperçut un distributeur de boissons et fit un crochet pour acheter une bouteille de sang. Mais, comme elle faisait mine de l'ouvrir, elle avisa l'expression qui se peignait sur le visage de son compagnon.

— Cela ne vous dérange pas, j'espère ? lui demanda-t-elle. Je suis assoiffée…

Il secoua la tête, mais, lorsqu'elle porta la bouteille à ses lèvres et avala quelques gorgées, elle le vit pâlir. Chez la plupart des humains, une telle réaction ne l'aurait pas étonnée. Mais elle était convaincue que ce qu'elle lisait dans le regard de Cale n'était pas de la peur.

De son propre aveu, il connaissait les peuples de l'ombre et les avait déjà fréquentés. Il n'avait d'ailleurs pas hésité à pénétrer chez Luc Dubois en dépit des mises en garde d'Olena. Alors pourquoi semblait-il soudain si mal à l'aise en la voyant boire du sang ? Cela paraissait n'avoir aucun sens…

Incapable de répondre à cette question, elle le suivit jusqu'à sa suite. Là, il se débarrassa de sa veste qu'il lança sur l'un des fauteuils du salon.

— Je vais me changer, lui dit-il. Faites comme chez vous.

— Voulez-vous que je commande quelque chose à manger ?

— Avec plaisir, tant que ce n'est pas un bol de sang, répondit-il avec un sourire qui paraissait un peu forcé.

Olena le suivit des yeux tandis qu'il disparaissait dans la chambre à coucher. Se forçant enfin à détourner le regard, elle observa la pièce dans laquelle elle se trouvait. Mais l'idée qu'il était en train de se déshabiller à quelques mètres de là suffisait à enflammer son imagination.

Elle pouvait presque voir ses larges épaules, son ventre plat et, plus bas encore…

Olena serra les dents et se tança intérieurement. Elle était en train de se conduire de façon aussi ridicule qu'une adolescente à la veille de son premier rendez-vous. Et, si elle ne voulait pas que l'irrésistible attirance que lui inspirait Cale ne se mue en véritable obsession, le mieux était peut-être de jouer cartes sur table et de satisfaire une fois pour toutes l'envie qu'elle avait de lui.

Forte de cette décision, elle se dirigea vers la porte de la chambre et poussa la porte d'un geste résolu. Cale se tenait près du lit, lui tournant le dos. Il avait ôté sa chemise et s'apprêtait à en prendre une autre qui était posée sur son lit. En l'entendant entrer, il se tourna vers elle.

Dans son regard, il y avait un mélange de surprise, de désir et de colère.

— J'étais venue vous demander ce que vous vouliez manger, mentit-elle en s'avançant vers lui. Mais je me rends compte que ça m'est égal.

— Olena…

— Je sais, l'interrompit-elle. C'est une mauvaise idée. C'est ce que je me suis répété. J'ai tenté de me convaincre que je n'avais pas vraiment envie de vous, que tout cela risquait de mal se finir. Mais je crois que je m'en moque également. Pour le moment, j'ai juste besoin d'être dans vos bras…

Il déglutit, visiblement pris de court par cette déclaration. Il était toujours torse nu et elle s'aperçut que son physique était à la hauteur de ce qu'elle avait imaginé. Il était évident que Cale pratiquait un ou plusieurs sports de façon assidue. Il n'avait rien à envier aux athlètes professionnels qu'elle avait eu l'occasion de rencontrer.

— Ecoutez, Olena, il est clair que vous avez été victime d'un choc, ce soir. Il est parfaitement compréhensible que vous vouliez évacuer le souvenir de cette scène traumatique. Mais je vous assure que ce n'est pas la meilleure façon de le faire…

Olena hésita un instant, sidérée qu'un humain puisse lui opposer un tel refus.

— Vous vous trompez, répondit-elle enfin en s'approchant encore un peu. Je ne suis pas une jeune fille innocente et inexpérimentée. Au cas où vous l'auriez oublié, j'ai quelques années de plus que vous. Et je vous assure que je ne les ai pas passées dans un couvent…

Cale tiqua et il ne put s'empêcher de laisser son regard glisser le long de son corps, s'attardant une fraction de seconde sur sa poitrine. Elle y vit la confirmation de ce qu'elle savait déjà : il avait autant envie d'elle qu'elle de lui.

Malgré la distance qui les séparait toujours, elle sentit distinctement augmenter la chaleur qui émanait de son corps. Elle entendait également les battements précipités de son cœur. Et elle admira le fait qu'il parvienne à conserver un masque impassible en dépit du trouble qui l'habitait.

— Je sais ce qui est bon pour moi, reprit-elle. Et j'ai suffisamment vécu pour être capable de supporter les regrets. Mais, croyez-moi, je ne compte pas regretter ce qui va se passer…

Sans attendre sa réponse, elle le rejoignit et posa ses mains sur ses épaules avant de l'embrasser. Il ne chercha pas à résister, lui rendant au contraire son baiser avec ardeur. L'une de ses mains se plaqua au creux de son dos tandis que l'autre plongeait dans ses longs cheveux.

Elle se fit alors plus audacieuse, laissant ses mains courir sur le corps de Cale. Sous ses doigts, elle percevait sa tension. Elle comprit alors qu'il y avait en lui une part d'ombre, une forme de dureté qui lui avait échappé au premier abord.

C'était un homme bien plus dangereux qu'il n'y paraissait, un homme capable d'aller plus loin que la plupart des gens et de franchir la ligne rouge s'il l'estimait nécessaire.

Et il semblait sur le point de le faire. Car, de toute évidence, coucher avec elle était contraire à ses principes. Elle aurait été prête à parier que ce n'était pas simplement parce qu'elle était une collègue.

Eprouvait-il de la répulsion à l'égard des peuples de l'ombre ? Ou plus précisément à l'égard des vampires ?

Si c'était le cas, il était en train de se laisser corrompre par son propre désir. Et elle n'avait aucunement l'intention de le laisser reprendre le contrôle de lui-même. Elle laissa glisser ses ongles le long de son dos nu, lui arrachant un violent frisson de bien-être.

Il gémit doucement contre ses lèvres. Encouragés par cette réaction, ses doigts suivirent la courbe de ses hanches pour venir se poser sur le bouton de son pantalon. Mais, à cet instant, Cale s'arracha à elle et recula d'un pas.

— Arrête ! s'exclama-t-il d'une voix si rauque qu'elle en était presque méconnaissable.

Dans ses yeux, elle lisait distinctement le combat que se livraient sa volonté et l'envie qu'il avait d'elle.

— Pourquoi ? articula-t-elle, se forçant à grand-peine à maîtriser son propre désir.

Elle brûlait de le sentir en elle, de s'abandonner à cet homme fascinant et rempli de contradictions.

— Cela ne ferait que compliquer les choses, répondit-il.

— Pas du tout, protesta-t-elle vivement. Je t'assure que je suis parfaitement capable de distinguer ma vie personnelle de mes responsabilités professionnelles.

— Eh bien, tu es peut-être plus douée que moi, répondit-il en détournant les yeux.

Il se pencha pour ramasser la chemise qui était posée sur son lit.

— Ce n'est pas la vraie raison, n'est-ce pas ? lui demanda-t-elle. C'est parce que je suis un vampire.

— Pas du tout, répondit-il d'un ton qui manquait singulièrement de conviction.

Olena comprit brusquement qu'elle s'était trompée du tout au tout. Ce qu'elle avait pris pour de la répugnance était bel et bien de la peur. Mais ce n'était pas elle qu'il craignait : c'était ce qu'elle aurait pu lui faire.

Cale Braxton avait déjà eu une aventure avec une vampire auparavant. Et elle l'avait blessé.

— Sache que je ne te ferai jamais de mal, lui dit-elle, plus touchée qu'elle ne l'aurait voulu par la fêlure qu'elle percevait à présent en lui. Je ne prendrai jamais rien qui ne me soit librement donné.

Il releva enfin les yeux et, dans son regard, elle lut la confirmation de ce qu'elle venait de pressentir. L'une de ses semblables lui avait effectivement pris ce qu'il n'était pas prêt à offrir et il en éprouvait un mélange de regret et de honte.

Elle chercha sur son corps l'endroit où il avait été mordu. Ce n'était pas au cou car elle aurait aussitôt repéré une telle marque. Ni au poignet, ce qui ne lui aurait pas non plus échappé. Ce devait donc probablement être en haut de la cuisse.

— Va-t'en, articula-t-il, sachant probablement qu'elle avait deviné son secret.

— Je suis désolée, Cale. Si j'avais su…

— Cela ne fait rien. Laisse-moi dormir quelques heures et reviens me chercher. Je suis épuisé.

— D'accord, acquiesça-t-elle. Mais je tiens à ce que tu saches que je ne t'aurais jamais fait une chose pareille.

Il hocha brièvement la tête et enfila sa chemise qu'il commença à boutonner. Olena comprit qu'il n'y avait plus rien à ajouter. Seul le temps pourrait refermer cette blessure. Mais, pour la première fois depuis bien longtemps, elle se prit à songer que cet homme méritait peut-être qu'on l'attende.

8

Lorsque Olena quitta sa chambre d'hôtel, Cale n'alla pas se coucher. Il avait menti en prétendant être fatigué : tout ce qu'il voulait, c'était qu'elle le laisse seul. Car les émotions qu'elle avait réveillées en lui le terrifiaient tout autant que la facilité avec laquelle elle avait mis à jour ses deux secrets les mieux gardés.

En quelques heures seulement, elle avait deviné qu'il était médium et qu'il avait aimé une vampire.

Cela s'était produit six ans auparavant, lorsqu'il avait rencontré Marta, une jeune inspectrice qui travaillait pour Interpol. Il était tombé éperdument amoureux d'elle.

Du moins était-ce ce qu'il avait cru sur le moment. Rétrospectivement, cette passion soudaine lui apparaissait plus comme une forme de désir plus intense et plus enivrante que tout ce qu'il avait pu connaître jusqu'alors.

Lorsqu'il était à ses côtés, il se sentait différent. La vie lui paraissait plus vibrante, plus riche. Et il avait l'impression que rien ni personne ne pourrait entamer les sentiments qu'il avait pour elle.

Elle lui avait alors avoué qu'elle appartenait aux peuples de l'ombre. Mais cela n'avait rien changé. Cale ne pensait qu'à elle. Il voulait passer autant de temps que possible à ses côtés. C'était devenu une obsession qui commençait à rejaillir sur son travail.

Richard, son supérieur hiérarchique, l'avait mis en garde, lui conseillant de prendre un peu de distance car il risquait de détruire sa carrière. Cale l'avait très mal pris et, sur le coup, il avait menacé de démissionner.

Sans doute l'aurait-il fait, d'ailleurs, s'il n'avait pas été brusquement rappelé à la réalité.

C'était arrivé un vendredi soir. Marta et lui étaient allés dîner au restaurant et avaient dansé dans un club de Londres avant de rentrer à l'appartement de la vampire.

Marta était une amante extraordinaire, aussi passionnée qu'inventive, et qui lui avait fait découvrir de nouveaux horizons. A plusieurs reprises, déjà, elle lui avait demandé si elle pouvait le mordre et il avait refusé. Mais, cette fois-ci, elle avait décidé de se passer de sa permission.

Au cours de leurs préliminaires, elle l'avait mordu à l'artère fémorale. La douleur fulgurante qu'il avait éprouvée avait rapidement été suivie par une sensation de plaisir si intense qu'elle dépassait de loin tout ce qu'il avait connu jusqu'alors.

Aujourd'hui encore, il aurait eu du mal à décrire ce qu'il avait éprouvé exactement. Mais il se rappelait parfaitement que, tout au fond de lui, il s'était senti sali, souillé, avili. Marta avait trahi sa confiance et l'avait utilisé sans le moindre état d'âme.

Lorsqu'elle s'était enfin repue de son sang et que Cale avait repris ses esprits, il s'était arraché à leur lit et avait récupéré ses vêtements. Il voyait trouble, était en proie à une affreuse sensation de vertige et titubait comme un homme ivre.

Il ignorait comment il était parvenu à quitter l'appartement et à rentrer chez lui en voiture. Mais la rancune qu'il éprouvait envers Marta était si profonde, si intense que, s'il était resté chez elle, il aurait sans doute essayé de la tuer.

De retour à son appartement, il s'était effondré sur son canapé et avait dormi deux jours d'affilée. Et, lorsqu'il avait émergé de ce sommeil sans rêve, il avait compris que rien ne serait jamais plus comme avant. Cette morsure avait fait de lui un homme différent. C'était comme si Marta lui avait volé une partie de son âme, ce soir-là.

Avant même de satisfaire la faim dévorante qui l'habitait, il avait parcouru son appartement pour détruire systématiquement toute trace de la vampire : les photos qu'il avait d'elle, les cadeaux qu'elle lui avait faits, les souvenirs des moments qu'ils avaient passés ensemble. Il avait effacé son numéro de téléphone de son portable ainsi que tous les mails qu'ils avaient échangés.

Evidemment, ces gestes purement symboliques n'avaient pas suffi à conjurer le souvenir de Marta et de sa trahison. Cale s'était donc plongé dans le travail, ne refusant aucune mission et ne prenant jamais un seul jour de congé. Richard avait commencé par se féliciter de ce revirement avant de s'inquiéter à son sujet.

De fait, Cale n'avait plus la moindre vie privée. Il ne vivait que pour son travail. Mais cette ascèse lui convenait parfaitement. A ses yeux, il s'agissait d'une forme de thérapie. Et il avait d'ailleurs fini par se croire définitivement guéri.

Jusqu'à aujourd'hui…

Car auprès d'Olena il retrouvait la même fascination qu'avec Marta. Bien sûr, il savait qu'elles étaient aussi différentes l'une de l'autre que deux êtres humains pouvaient l'être. Mais il émanait d'elle cette même sensualité, ce mélange surnaturel de charisme, de pouvoir et de grâce qui le subjuguait.

Et lorsque Olena l'avait embrassé, lorsqu'il avait senti sous sa langue la pointe de ses canines, il n'avait pu dominer sa terreur. Le souvenir de la morsure de Marta lui était brusquement revenu, manquant lui arracher un hurlement d'angoisse et de rage.

Mais ce qui lui avait fait le plus peur, peut-être, c'était l'excitation qu'il avait éprouvée, comme s'il était sur le point de goûter de nouveau à quelque fruit défendu, à quelque perversion qu'il n'osait pas même nommer.

Au fil des années, il avait cru se purger une fois pour toutes de la fascination que les vampires exerçaient sur lui, mais il devait bien admettre aujourd'hui qu'il s'était menti à ce sujet. Or il ne pouvait se permettre de céder à une telle attirance sous peine de compromettre l'équilibre qu'il était parvenu à retrouver.

Bien décidé à lutter contre cette attraction malsaine, il commanda au service d'étage un copieux dîner. Il ne savait pas ce que la nuit leur réservait et préférait prendre des forces.

En attendant son repas, il alluma son ordinateur portable afin de se connecter aux bases de données d'Interpol. Il tenait à en apprendre un peu plus sur Luc Dubois et ses éventuelles relations avec le milieu du crime organisé.

Il comptait également s'informer au sujet du Phantasia,

de façon à ne pas se retrouver trop démuni dans un sexe-club fréquenté par des sorciers, des lycans et des vampires capables de le terrasser d'un simple geste.

Tout en pianotant sur le clavier, Cale réfléchit à ce que lui avaient appris ses pouvoirs de médium. C'était à eux qu'il devait d'être arrivé si vite sur les lieux. Ainsi qu'Olena l'avait deviné, il était déjà en route lorsque le cambriolage s'était produit.

Tout avait commencé avec cette alerte à la bombe à la tour Eiffel. Un coup de téléphone anonyme avait signalé qu'une charge d'explosifs avait été placée quelque part sur le monument et qu'elle exploserait à midi. La police avait évacué les lieux et l'équipe de déminage était parvenue à localiser et à désamorcer l'engin avant l'heure fatidique.

Lorsque Cale avait inspecté la bombe, il avait eu la vision d'un vampire sale et mal habillé qui parlait de la meilleure façon de faire sauter un coffre dans la banque de Nouveau Monde ainsi que d'un mystérieux virus.

Visiblement, celui qui avait assemblé la bombe de la tour Eiffel était le même que celui qui avait fabriqué celle de la salle des coffres. Bien sûr, cela ne signifiait pas forcément que les deux affaires étaient liées : l'homme pouvait parfaitement être un spécialiste en explosifs engagé par deux groupes différents.

Mais la mention d'un virus avait éveillé la curiosité de Cale et de Richard. Tous deux savaient que de nombreux groupes terroristes s'intéressaient de près aux armes biologiques qui étaient souvent plus discrètes et plus meurtrières encore que les bombes traditionnellement utilisées.

Jusqu'à présent, les peuples de l'ombre avaient soigneusement évité de se mêler aux mouvements radicaux et aux fondamentalistes religieux. La plupart d'entre eux ne se sentaient pas vraiment de liens avec l'humanité et préféraient se tenir à l'écart de ses conflits internes.

Mais Luc Dubois avait parfaitement pu servir d'intermédiaire entre une organisation mafieuse et une cellule terroriste. Celle-ci avait pu faire exploser son coffre-fort pour récupérer le virus.

Dans ce cas, la mort de Dubois pouvait s'expliquer de deux façons différentes : soit les terroristes s'étaient aperçus que le coffre ne contenait pas ce qu'ils cherchaient et étaient venus l'interroger, soit les mafieux avaient cru qu'il était de mèche avec les cambrioleurs et étaient venus lui demander des comptes...

Lorsque Olena frappa à sa porte vers 1 heure du matin, Cale en savait un peu plus long au sujet de Luc Dubois. Le vampire était effectivement l'un des principaux acteurs du monde de la nuit et avait amassé une fortune considérable.

Comme le lui avait dit Olena, il était proche de plusieurs personnages peu recommandables de Nouveau Monde, mais aucun lien avec le crime organisé n'avait été démontré de façon probante.

Quant à Phantasia, il s'agissait d'un sexe-club dont les animateurs comme les clients étaient principalement des sorciers pratiquant la magie tantrique. Apparemment, l'endroit tenait lieu à la fois de cabaret, de maison close et de club échangiste pour gens fortunés.

Mais, si Cale s'était préparé autant qu'il le pouvait à l'étrange soirée qui l'attendait, il comprit rapidement que le danger pouvait très bien venir de lui-même en fin de compte. Car la simple vision d'Olena dans l'encadrement de sa porte suffit à faire renaître son trouble.

Elle était magnifique, plus belle encore que Marta qu'il considérait sans conteste comme la femme la plus séduisante qu'il lui ait jamais été donné de rencontrer. Et, chaque fois qu'il posait les yeux sur elle, il avait beaucoup de mal à détourner le regard. Car, s'il s'était écouté, il aurait pu passer des heures entières à la contempler.

— Est-ce que tu es prêt? lui demanda-t-elle.

Il hocha la tête et alla récupérer sa veste dans le fauteuil du salon. Olena ne faisait pas mine d'entrer et il se demanda si c'était parce que, conformément à la légende, elle ne pouvait le faire tant qu'il ne le lui avait pas demandé ou si elle cherchait juste à ménager son intimité.

Si c'était le cas, il devait bien reconnaître qu'elle ne manquait pas de tact.

— Tiens, dit-elle en lui tendant un lourd médaillon d'argent accroché à un cordon de cuir. Mets-le à ton cou. Tu en auras besoin.

Cale s'en empara et l'observa avec curiosité.

— Qu'est-ce que c'est? s'enquit-il.

— Une amulette de protection contre la magie, expliqua-t-elle. François les fabrique pour notre équipe lorsque nous enquêtons sur des sorciers. Ses sorts de protection sont très puissants.

— Crois-tu que nous courons un danger en allant là-bas? demanda-t-il en passant l'amulette autour de son cou.

Même à travers le coton de sa chemise, il avait l'impression qu'une légère chaleur se dégageait d'elle.

— On ne peut jamais être sûr de rien lorsqu'on a affaire à des sorciers, répondit Olena en haussant les épaules. Plus ils sont puissants et plus ils deviennent... bizarres. Les plus expérimentés sont généralement complètement imprévisibles.

— Voilà qui est rassurant, grommela Cale sans enthousiasme.

Tous deux quittèrent la chambre et se dirigèrent vers le hall d'entrée.

— Au fait, lui dit-elle, tu sais que si nous rencontrons un vampire il te faudra me laisser lui parler ?

— Je suis au courant, acquiesça-t-il. J'ai un peu étudié les relations entre les vampires.

— Tant mieux. Cela devrait nous éviter bien des malentendus.

Avisant l'inquiétude qui se lisait probablement sur son visage, Olena effleura son bras d'un geste qui se voulait rassurant.

— Ne t'en fais pas, lui dit-elle. Les gens savent que nous sommes de la police. Je suis sûre que nous n'aurons aucun problème.

Cale aurait aimé partager son optimisme. En fait, il sentait confusément que quelque chose allait se produire à Phantasia. Il n'aurait su dire ce dont il s'agissait, mais il était désormais convaincu que cette affaire était bien plus délicate encore qu'il ne l'avait imaginé en arrivant à Nouveau Monde.

9

Olena ne s'était rendue au Phantasia qu'une seule fois auparavant. Cela se passait durant la Seconde Guerre mondiale, bien avant que l'existence des peuples de l'ombre ne soit révélée à tous par l'improbable coming out de Liam Wolf, le célèbre comédien qui avait révélé en direct à la télévision qu'il était un lycan et qu'il avait des milliers de semblables de par le monde.

Le club ne s'appelait pas encore le Phantasia, à l'époque, et son existence était un secret soigneusement gardé par ceux qui le fréquentaient. Mais, en pénétrant à l'intérieur, Olena constata que l'endroit n'avait quasiment pas changé d'apparence.

La décoration baroque évoquait autant le cabaret du XIXe siècle que les cachots de l'Inquisition espagnole. L'éclairage était toujours assuré par des torches accrochées aux murs de pierre brute, conférant à la scène une atmosphère à la fois romantique et inquiétante.

De profonds canapés de velours rouge étaient disposés autour de la scène. Ils étaient occupés par des gens d'apparences très diverses dont les tenues allaient de la quasi-nudité aux robes de soirée les plus élaborées. La plupart se trouvaient sous l'emprise d'un sort quelconque.

Au-dessus de la scène étaient accrochés des trapèzes sur lesquels étaient assis des hommes et des femmes vêtus de combinaisons de cuir moulantes ou de voiles de soie presque transparents.

Olena jeta à Cale un coup d'œil à la dérobée. Son compagnon observait les lieux d'un air mi-sidéré, mi-fasciné qui, en d'autres circonstances, n'aurait pas manqué de l'amuser. Mais, contrairement à ce qu'elle lui avait assuré, elle savait pertinemment qu'en venant ici ils couraient un réel danger.

Les gens qui fréquentaient ce genre d'endroits n'étaient pas toujours recommandables et nombre d'entre eux avaient de bonnes raisons de se défier de la police. Certains n'hésiteraient peut-être pas à se servir de leur magie contre eux.

Olena effleura la manche de Cale et lui désigna le bar. Il hocha la tête et la suivit en se frayant un chemin au milieu des danseurs. La musique qui résonnait dans le club était constituée d'un étrange mélange de rythmes et de sons venus du monde entier.

On entendait aussi bien des tambours africains que des percussions indiennes, une flûte égyptienne ou un violon chinois. Loin de former la cacophonie à laquelle on aurait pu s'attendre, cette improbable cohabitation constituait un fond sonore envoûtant qui devait encore renforcer les effets de la magie qui saturait l'atmosphère.

Olena effleura le pendentif qu'elle portait autour du cou et remercia silencieusement François qui l'avait fabriqué. Car, en dépit de sa présence, elle sentait distinctement les enchantements qui étaient à l'œuvre en ces lieux et qui tentaient de franchir la barrière mentale formée par l'amulette.

Jetant un nouveau coup d'œil à Cale, elle avisa l'expression résolue qui se peignait sur son visage.

Percevait-il lui aussi cette magie ? Comprenait-il vraiment ce à quoi il avait affaire ? Et, dans ce cas, combien de temps parviendrait-il à y résister ?

Lorsqu'ils atteignirent enfin le bar, les clients s'écartèrent pour leur laisser la place. Sans doute avaient-ils compris en voyant la mine farouche de Cale et le costume qu'il portait qu'Olena et lui n'étaient pas ici pour s'amuser. Et, à Phantasia, cela ne pouvait vouloir dire qu'une chose : qu'ils étaient de la police…

Elle s'accouda au comptoir et observa fixement le barman qui feignait de ne pas la remarquer. Lorsqu'elle lui fit signe, il n'eut pourtant d'autre choix que de s'approcher à contrecœur.

— Que voulez-vous ? leur demanda-t-il.

— Parler à la personne qui dirige l'établissement, répondit Olena.

Tout en parlant, elle avait fait usage de son pouvoir et le barman tiqua, frappé de plein fouet par l'aura de séduction qui émanait d'elle en cet instant. Troublé, il finit par désigner une porte qui se trouvait dans un coin de la pièce et sur laquelle était accrochée une pancarte indiquant simplement : « Privé ».

Olena fit signe à Cale de la suivre et il s'exécuta. Elle remarqua alors la transpiration qui perlait sur son front et aux commissures de ses lèvres.

— Est-ce que tout va bien ? lui demanda-t-elle, inquiète.

— Oui, pourquoi ?

— Tu transpires.

— Il fait chaud, répondit-il en haussant les épaules.

— Tu es sûr que c'est la seule raison ?

— Quelle autre raison y aurait-il ?

— La magie qui est à l'œuvre ici est très puissante. Même moi, je peux la sentir.

De fait, sa peau était parcourue d'un incoercible frémissement qui éveillait en elle un trouble délicieux.

— Ne t'inquiète pas pour moi. Je suis ici pour faire mon travail et je le ferai.

— Très bien, acquiesça-t-elle. Mais ne viens pas me dire que je ne t'avais pas prévenu si tu es saisi d'une brusque envie de faire l'amour avec la première personne venue !

— Cela n'arrivera pas, lui assura-t-il.

Olena se garda bien de le contredire et ouvrit la porte que lui avait désignée le barman. Immédiatement, un homme au physique impressionnant s'avança, bloquant l'entrée.

— Vous vous êtes trompés de porte, leur dit-il.

C'était un lycan, bien sûr. Dotées d'une force et d'une constitution sans pareilles, ces créatures étaient d'une loyauté totale envers ceux qui les engageaient. La plupart des videurs et des gardes du corps de la ville étaient recrutés parmi leurs rangs.

Mais Cale ne se laissa pas intimider le moins du monde. D'un geste presque nonchalant, il exhiba sa carte d'Interpol.

— Voici notre passe-partout, déclara-t-il. Nous venons voir le gérant.

Le lycan hésita un instant avant de s'effacer pour les laisser entrer. Olena s'avança la première, suivie par Cale, et le videur referma la porte derrière eux avant de leur faire signe de le suivre. Il remonta un couloir et ouvrit une porte qui donnait sur un vaste bureau équipé de façon nettement plus moderne que le reste de l'établissement.

Quatre hommes se trouvaient déjà à l'intérieur : deux lycans visiblement chargés d'assurer la sécurité et deux hommes dont l'un était incontestablement un vampire et l'autre probablement un sorcier.

Olena se tourna vers le sorcier qui était confortablement installé dans un fauteuil club et les observait d'un air intrigué. Le sourire qui se dessinait sur ses lèvres semblait indiquer qu'il était parfaitement détendu. Olena décida de l'interroger en premier.

— Etes-vous Valentino DeCosta ? lui demanda-t-elle.

Le sourire de l'homme s'élargit encore un peu.

— En personne, répondit-il. A qui ai-je l'honneur ?

— Je m'appelle Olena Petrovich et je travaille pour la police de Nouveau Monde. Voici Cale Braxton, d'Interpol. Nous sommes ici pour vous poser quelques questions au sujet de Luc Dubois.

Valentino la considéra avec curiosité.

— Qu'est-ce qu'il a fait ? s'enquit-il.

— Il est mort, répondit Cale.

— Comment ?

— Il a été sauvagement assassiné, déclara son compagnon.

Olena décida de le laisser poursuivre l'interrogatoire à sa façon. Car, lorsqu'elle questionnerait le vampire qui n'avait toujours rien dit, il ne pourrait plus intervenir.

— Que voulez-vous savoir au sujet de Luc ? demanda Valentino qui ne paraissait guère affecté par la disparition de son associé.

— Est-ce qu'il avait des ennemis ?

Le sourire du sorcier se fit cruel.

— Bien sûr, répondit-il. On ne devient pas aussi riche et puissant sans froisser quelques personnes…

— Vous considérez-vous comme l'une de ces personnes ?

— Certainement pas ! s'exclama Valentino en feignant d'être outragé. Nous aimions tous Luc, ici. Certains plus que d'autres…

Les lycans se fendirent d'un sourire ironique en jetant subrepticement un coup d'œil au vampire qui se trouvait là. Olena le connaissait de vue. Il se nommait Otto Krause et était prêt à tout pour se faire une place au sein de la hiérarchie des vampires.

En cet instant, il observait fixement Cale avec autant d'aménité que s'il s'apprêtait à lui arracher un membre.

— Puis-je savoir ce que fait un agent d'Interpol dans mon club ? demanda-t-il enfin d'une voix glaciale.

A ces mots, Cale se raidit et Olena comprit qu'Otto venait de faire usage de son pouvoir. Tous les vampires étaient dotés d'un don particulier qui venait s'ajouter à leur longévité, à leur force et à leur vue surnaturelles. Elle-même était capable de projeter une aura de séduction à laquelle peu de gens pouvaient résister.

Apparemment, le pouvoir d'Otto Krause résidait dans sa voix. Cale était sur le point de lui répondre, mais elle posa sa main sur son bras pour lui intimer le silence.

— Il est avec moi, déclara-t-elle. Il se trouve sous ma protection.

Le vampire lui sourit et ses canines s'allongèrent légèrement, ce qui constituait en soi un acte d'agression.

— Vous n'avez pas répondu à ma question, déclara-t-il.

— Effectivement, répliqua Olena avant de lui montrer ses propres canines.

S'il espérait pouvoir l'intimider, il se trompait lourdement. Otto ne devait pas avoir plus d'une centaine d'années et elle était donc plus âgée et plus puissante que lui.

— Votre visage ne m'est pas inconnu, mademoiselle Petrovich, remarqua-t-il alors. Ne nous serions-nous pas déjà rencontrés ?

Olena ignora sa question, ajoutant encore à l'injure qu'elle venait de lui faire. Elle se tourna vers Valentino qui avait suivi leur échange avec un amusement évident.

— Est-ce que Luc avait de la famille ? lui demanda-t-elle.

— Pas que je sache. En tout cas, s'il en avait, il n'en parlait jamais.

— Avait-il une petite amie ?

— Qui n'est pas passé sur son chevalet, un jour ou l'autre ? répliqua Valentino d'un ton amusé.

— Est-ce votre cas ?

— Non, répondit-il. Contrairement à vous, par exemple, Luc n'était pas vraiment mon type.

Le bref coup d'œil que Valentino adressa à Krause n'échappa pas à Olena et elle se tourna vers ce dernier.

— Et vous, Otto ? Fréquentiez-vous le chevalet de Luc, de temps à autre ?

La vitesse à laquelle il se déplaça surprit Olena qui ne l'imaginait pas si véloce. Avant même qu'elle ait eu le temps de réagir, elle se retrouva plaquée contre le mur le plus proche, les doigts d'Otto noués sur sa gorge.

Cale tira alors son arme qu'il braqua sur le vampire. Instantanément, les lycans sortirent les leurs et les pointèrent en direction de Cale.

— Lâche-la tout de suite ou je te colle une balle en argent entre les deux yeux, gronda ce dernier à l'intention d'Otto.

Ce dernier ne quitta pas Olena des yeux.

— Je vais t'égorger, articula-t-il, visiblement hors de lui.

Son regard trahissait la colère qui bouillonnait en lui en cet instant, mais elle discernait aussi autre chose qu'elle mit quelques instants à identifier et qui la prit de court. Car il était évident qu'Otto était profondément affecté par la disparition de Luc.

De toute évidence, tous deux avaient été bien plus que de simples partenaires en affaires. Le chagrin qu'elle devinait dans son regard était authentique, ainsi qu'avaient dû l'être ses sentiments pour Luc. Qui sait? Peut-être l'avait-il vraiment aimé…

— Calme-toi, Cale, lui dit-elle d'une voix apaisante. Otto ne me fera pas de mal. Range ton arme.

Mais Cale ne fit pas mine de bouger. Son arme était toujours résolument braquée sur Otto.

— Si j'étais toi, je n'en serais pas si sûr, menaça ce dernier.

— Si tu étais moi, tu aurais pris tes précautions, répliqua-t-elle. Baisse les yeux.

Otto jeta un rapide coup d'œil vers le bas et découvrit la lame en argent qu'elle pointait en direction de son cœur. Elle appuya légèrement de façon à ce qu'il sente la pointe acérée contre sa poitrine. Il était si furieux contre elle qu'il ne l'avait même pas vue tirer cette arme de sa ceinture.

— Otto veut juste nous parler, déclara-t-elle. N'est-ce pas, Otto?

Un rictus amer joua sur les lèvres du vampire qui recula brusquement, relâchant son emprise sur la gorge d'Olena. Passant une main légèrement tremblante dans ses longs cheveux blonds, il se détourna et alla prendre place derrière le bureau qui trônait au fond de la pièce.

Cale abaissa alors son arme qu'il remit dans son étui, aussitôt imité par les lycans.

— Maintenant, pourrions-nous avoir de vraies réponses ? demanda Olena de sa voix la plus désinvolte.

— Laissez-nous ! ordonna Otto.

Il avait usé de son pouvoir et le ton de sa voix était si impérieux que les gardes n'eurent d'autre choix que d'obéir. Olena elle-même fut presque tentée de se diriger vers la porte. Mais elle résista à cette suggestion et prit le bras de Cale pour l'empêcher de s'éloigner comme il faisait mine de le faire.

Valentino jeta alors un coup d'œil interrogatif à Otto qui hocha la tête.

— Toi aussi, Valentino, lui dit-il. S'il te plaît.

Le sorcier acquiesça et suivit les gardes. Mais il ne paraissait pas très heureux d'être écarté de cette façon. Une fois que la porte se fut refermée sur lui, Olena vint s'asseoir sur l'une des chaises qui faisaient face au bureau. Cale préféra se placer debout juste derrière elle.

En choisissant cette position, il se trouvait vis-à-vis d'elle dans une position d'autorité et de protection. Bien sûr, il n'avait sans doute aucune idée de cela. Il ignorait probablement aussi que c'était ainsi que se serait installé un vampire pour signifier qu'ils formaient un couple…

— Vous avez raison, reconnut Otto, brisant le silence pesant qui s'était installé. Luc et moi étions amants.

— Je suis désolée, lui dit-elle gravement.

Il la considéra avec étonnement, ne s'attendant visiblement pas à une telle marque de compassion.

— Merci, répondit-il enfin.

— Depuis combien de temps étiez-vous liés?

— Cela faisait vingt-deux ans.

— Alors vous devriez savoir si Luc était mêlé à une affaire susceptible d'intéresser Interpol, remarqua Cale.

Olena eut beaucoup de mal à dissimuler la surprise que lui inspirait cette sortie. Cale devait pourtant savoir qu'en interrogeant Otto de la sorte il contrevenait à l'une des règles les plus élémentaires qui présidaient aux rapports entre les vampires.

Mais, s'il fut aussi étonné qu'elle, Otto ne parut pas pour autant s'en formaliser. Sans doute considérait-il qu'en de telles circonstances la diplomatie était moins importante que la mort de l'homme qu'il avait aimé.

— Luc ne parlait guère de ses affaires, répondit-il. Et j'évitais généralement de le presser de questions. Je l'aimais, mais j'avais parfaitement conscience de ne pas le posséder. Il a toujours chéri sa liberté.

— Mais savez-vous s'il avait d'autres intérêts que la gestion des clubs et des boîtes de nuit qu'il possède à travers toute la ville?

— Il en avait beaucoup d'autres, c'est certain.

— Avez-vous la moindre idée de ce dont il pouvait s'agir?

— Eh bien... Je sais que Luc se passionnait pour l'informatique. Je l'entendais souvent parler de serveurs et de réseaux. Malheureusement, je n'ai aucune compétence en la matière et je ne saurais vous dire de quoi il s'agissait au juste.

— A votre avis, quelqu'un avait-il des raisons de vouloir sa mort?

Otto hocha la tête.

— Valentino a raison : nous avons tous des ennemis

et certains d'entre eux seraient prêts à aller très loin pour nous nuire. Mais Luc était quelqu'un que la plupart des gens aimaient et respectaient. Très franchement, je ne vois pas qui aurait pu vouloir l'assassiner…

Olena se leva et s'inclina légèrement.

— Merci, Otto, lui dit-elle. Votre aide nous sera certainement très précieuse.

— J'aimerais pouvoir vous en dire plus, soupira-t-il en se levant à son tour.

— Ne vous en faites pas : je vous promets que nous retrouverons le meurtrier.

Otto hocha la tête. Il paraissait très las, comme si Luc avait emporté dans la mort une partie de lui. Peut-être était-ce le cas, d'ailleurs. C'était parfois ce qui arrivait aux vampires qui perdaient leur âme sœur. Cette perte laissait en eux une sensation de vide dont ils ne parvenaient jamais à se remettre vraiment.

C'était d'ailleurs l'une des raisons pour lesquelles Olena avait toujours évité de sortir avec l'un de ses semblables. Perdre quelqu'un que l'on aimait était déjà suffisamment difficile. Perdre une partie de soi-même devait être insupportable.

Lorsqu'ils quittèrent le bureau, Cale garda le silence. Olena avait pourtant l'impression qu'il brûlait de lui dire quelque chose mais n'osait pas le faire. Une fois de plus, elle s'étonna de la difficulté qu'elle avait à lire en lui. La plupart des humains étaient de véritables livres ouverts, leurs visages reflétant le moindre de leurs sentiments. Mais Cale gardait jalousement ses secrets.

Etait-ce parce qu'il savait combien il était menacé dans cette ville ? Ou bien encore parce que ses pouvoirs de médium lui permettaient de constituer autour de lui une sorte de barrière mentale ? Elle n'aurait su le dire.

Comme ils approchaient de la porte conduisant à la salle principale, ils aperçurent Valentino qui se tenait là, arborant un sourire des plus affables. Mais Olena n'était pas dupe de cette amabilité de façade : en tant que gérant de ce club, il ne devait pas apprécier la présence de la police qui rendait ses clients nerveux.

— J'espère que vous avez tout ce qu'il vous faut, leur dit-il.

— Je l'espère aussi, acquiesça Olena. Dans le cas contraire, nous serions obligés de revenir.

— N'hésitez surtout pas, répondit-il. Et, cette fois, je me ferai un plaisir de vous accueillir en personne.

Il inclina légèrement la tête et tendit la main à Cale. Ce dernier la prit avec précautions, redoutant visiblement quelque mauvais tour. Mais, à cet instant précis, la porte s'ouvrit à la volée, laissant apparaître l'un des lycans qui entra en courant, bousculant Olena et Cale.

Valentino les retint, leur évitant une chute, puis il se tourna vers le lycan qu'il fusilla du regard.

— Bon sang, Jake ! Tu ne pourrais pas regarder où tu vas ? Espèce de brute !

Jake baissa la tête et se répandit en excuses.

— Je suis désolé, renchérit Valentino. Passez une bonne soirée, tous les deux. Et n'hésitez surtout pas à venir nous rendre visite en d'autres circonstances !

Sur ce, il se détourna et se dirigea vers le bureau où ils avaient laissé Otto. Olena et Cale franchirent la porte et se retrouvèrent dans la salle principale du club. La musique était à présent beaucoup plus entraînante et nombre de clients étaient venus s'ajouter à ceux qui se trouvaient là précédemment.

L'atmosphère de débauche s'était faite plus prononcée et certains couples n'avaient pas hésité à se déshabiller pour faire l'amour sur les canapés de velours rouge. S'efforçant de les ignorer, Olena et Cale se frayèrent un chemin à travers la foule compacte des danseurs.

Mais, comme ils atteignaient le centre de la pièce, Olena s'aperçut brusquement que quelque chose avait changé. L'air lui semblait moite et brûlant et son cœur battait la chamade, semblant résonner au rythme de la musique.

Les frissons qu'elle avait éprouvés en arrivant au Phantasia étaient à présent beaucoup plus marqués et elle constata qu'elle avait la chair de poule. Passant sa langue sur ses lèvres, elle tenta de lutter contre le trouble qui montait en elle. Mais en vain.

La magie qui l'environnait de toute part commençait à faire effet et elle sentait l'extrémité de ses seins durcir et se presser contre son corsage. Une étrange pulsation se faisait à présent sentir au creux de ses cuisses et son corps tout entier se couvrit d'une sueur brûlante.

Elle se détourna pour prévenir Cale, mais il lui prit alors le bras et le serra très fort. Son visage était couvert de gouttelettes de transpiration.

— Je me sens très bizarre, Olena, articula-t-il d'une voix rauque.

C'est alors qu'elle remarqua ce qu'elle aurait dû voir dès le début : Cale ne portait plus son amulette. Elle porta la main à son cou et constata sans surprise que la sienne aussi avait disparu. Valentino avait dû les leur subtiliser au moment où le lycan les avait bousculés.

Elle comprit alors que, s'ils ne parvenaient pas très vite à sortir du club, ils tomberaient sous l'emprise du charme puissant dont ils commençaient déjà à sentir les premiers effets. Et Dieu sait ce qui se produirait alors…

10

Cale avait de plus en plus de mal à contrôler le désir lancinant qui s'insinuait en lui. Mais le pire, c'est qu'Olena paraissait être aussi affectée que lui par le sort qu'on leur avait jeté.

— Nos amulettes ont disparu ! s'exclama-t-elle d'une voix inquiète. Il faut que nous sortions d'ici !

Elle lui prit la main et l'entraîna en direction de la porte d'entrée. Malheureusement, ce simple contact décupla l'intensité de son trouble, faisant naître en lui l'envie presque irrépressible de se jeter sur elle pour lui faire l'amour.

Il voulait plonger les mains dans ses cheveux et sentir ses lèvres contre les siennes. Il voulait la dévorer de baisers et sentir sa langue se mêler à la sienne. Le simple souvenir du baiser qu'ils avaient échangé à son hôtel suffit à faire naître en lui un besoin impérieux.

Son corps tout entier était parcouru de tremblements convulsifs. Sa peau se couvrait d'une fine couche de sueur. Il avait l'impression de se consumer de l'intérieur, comme si son sang s'était brusquement changé en lave. Son cœur battait à tout rompre et il avait de plus en plus de mal à conserver suffisamment de contrôle de soi pour continuer à progresser en direction de la sortie.

Il savait pertinemment que ces réactions n'avaient

rien de naturel et qu'elles étaient provoquées par un enchantement dont Olena et lui étaient victimes. Malheureusement, ce sortilège était d'autant plus puissant qu'il renforçait un penchant préexistant.

L'envie qu'il avait d'Olena était bien réelle et la magie ne faisait que l'amplifier. Et il en venait à oublier toutes les bonnes raisons qu'il avait de résister à cette attirance.

Comme ils étaient sur le point d'atteindre la porte du club, un nouvel accès de désir s'empara de lui, plus intense encore que les précédents. Et, cette fois, il fut incapable de le repousser.

S'arrêtant brusquement, il attira Olena à lui et la prit par les épaules. La repoussant sans ménagement, il la plaqua contre le mur le plus proche et pressa son corps contre le sien.

Les yeux de sa compagne s'agrandirent et, dans son regard, il perçut un mélange de désir, d'angoisse et d'impatience. N'y tenant plus, il posa ses lèvres sur les siennes et l'embrassa avec passion. Elle ne chercha pas à résister et lui rendit son baiser avec une ardeur au moins égale à la sienne.

Il sentit ses mains se refermer sur sa chemise qu'elle étreignit d'un geste possessif. Tous deux étaient tendus comme les cordes d'un archet et chacun de leurs baisers ajoutait encore à cette tension.

La faim que Cale avait d'elle devenait à chaque instant un peu plus dévorante, un peu plus difficile à contrôler. Il plongea ses doigts dans les cheveux soyeux d'Olena et plaqua ses paumes contre ses joues pour l'attirer plus près encore.

Ils étaient à présent si serrés l'un contre l'autre que Cale pouvait sentir chaque courbe du corps d'Olena. Et, sans même s'en rendre compte, ils se mirent à onduler l'un contre l'autre, parfaitement à l'unisson. Les petits gémissements de sa compagne menaçaient à chaque instant de faire chanceler sa raison.

Il comprit alors que, s'il ne s'arrachait pas immédiatement à cette étreinte, il serait incapable de s'arrêter et lui ferait l'amour ici même, au beau milieu de cette boîte de nuit à l'ambiance malsaine.

Au prix d'un effort presque insoutenable, il écarta donc sa bouche de celle d'Olena qui ne put réprimer un petit cri de frustration.

— Je ne tiendrai pas beaucoup plus longtemps, articula-t-il d'une voix tremblante.

— Je sais... Il faut que nous sortions maintenant...

Mais, tout en parlant, elle avait laissé ses doigts courir sur le torse de Cale, éveillant sur sa peau d'incoercibles frissons.

— Je ne peux pas te lâcher, avoua-t-il.

— Dans ce cas, tu n'as qu'à me prendre dans tes bras et me porter à l'extérieur, suggéra-t-elle sans cesser de le caresser.

Cale hocha la tête et nicha son visage au creux de son cou. Ses mains descendirent le long du corps d'Olena pour venir se poser sur ses fesses.

D'un geste il la souleva et elle entoura sa taille de ses longues jambes. Mais elle se pressait à présent contre lui, ondulant involontairement et menaçant de lui faire perdre le peu de self-control qui lui restait.

Il n'avait qu'une envie : les débarrasser de leurs vêtements qui formaient entre eux une insupportable barrière et plonger en elle, s'abîmer dans le fourreau satiné de sa féminité jusqu'à s'y perdre corps et âme.

— Dépêche-toi, Cale, dit-elle d'une voix qui trahissait une fébrilité aussi grande que la sienne.

Il serra les dents et se força à avancer en direction de la porte. A chaque pas, le simple frottement du corps d'Olena contre le sien le rapprochait un peu plus de l'extase. Il ne voyait plus vraiment où il allait, se laissant guider par son instinct.

Sans qu'il comprenne vraiment comment, ils franchirent enfin la porte du club et se retrouvèrent sur le parking. Il avait pensé qu'en franchissant le seuil tous deux seraient brutalement délivrés de l'emprise du maléfice. Mais il n'en était rien.

Son désir était toujours là, intact.

— Je ne sens aucun changement, souffla-t-il.

— Moi non plus... Nous devrions peut-être nous éloigner un peu plus...

Cale se mit à courir jusqu'à la voiture d'Olena et la déposa sur le capot. Mais, lorsqu'il essaya de nouveau de s'arracher à elle, il en fut incapable. Et le pire, c'était qu'ils étaient à présent dans une position idéale pour faire l'amour...

Etendue sur le capot, les jambes écartées, Olena paraissait complètement offerte à lui. Incapable de résister à la tentation, il se pencha vers elle pour l'embrasser. Elle noua de nouveau ses jambes autour de sa taille, attisant encore l'envie qu'il avait d'elle.

— Tu vas me tuer, gémit-il contre sa bouche.

— Je suis désolée, murmura-t-elle d'une voix très rauque. Je ne peux pas m'en empêcher...

Sur ce, elle plongea ses mains dans ses cheveux et l'attira de nouveau vers elle pour agacer ses lèvres du bout de sa langue. Cette fois, les doigts de Cale se posèrent sur la poitrine généreuse d'Olena qui émit un feulement de plaisir.

Ses tétons se dressaient sous ses doigts et il prit un plaisir presque sadique à les agacer du bout de ses pouces. Le corps d'Olena s'arqua sur le capot de la voiture pour mieux s'offrir à lui.

— Arrête, gémit-elle. Je t'en supplie…

Cale marqua un temps d'arrêt et la considéra d'un air incertain. Il était évident qu'elle n'avait pas plus envie que lui qu'il mette un terme à ses caresses.

— Ce n'est pas comme cela que tu me veux, n'est-ce pas ? articula-t-elle. Lorsque nous ferons l'amour, ce sera parce que nous l'aurons décidé, pas contraints et forcés…

Sans doute le connaissait-elle mieux encore qu'il ne l'avait imaginé car, contre toute attente, les paroles qu'elle venait de prononcer parvinrent effectivement à refroidir légèrement ses ardeurs.

Olena avait raison : s'il devait vraiment céder à l'attirance qu'elle exerçait sur lui, ce serait parce qu'il l'aurait choisi et non parce qu'un sorcier de pacotille le lui avait imposé…

Cette idée l'aida à se ressaisir un peu et il regarda sa compagne droit dans les yeux.

— Je vais compter jusqu'à trois et tu me pousseras en arrière, d'accord ?

— Je ne sais pas si j'en serai capable, avoua-t-elle.

Elle était si irrésistible en cet instant qu'il fut tenté de l'embrasser de nouveau. Mais il savait que cela ne ferait que compliquer les choses. Mieux valait agir pendant qu'il avait l'esprit un peu plus clair.

— Tu n'auras qu'à te souvenir que c'est moi qui t'ai volé ton enquête, répondit-il enfin.

— C'est vrai, reconnut-elle avant de hausser les épaules. Mais je n'arrive même pas à t'en vouloir.

— Ecoute, Olena, plaida-t-il, j'ai très envie de toi. Mais, si je m'abandonne à ce sortilège et que nous faisons l'amour maintenant, nous ne pourrons plus jamais nous regarder en face, toi et moi.

— Je sais, soupira-t-elle à contrecœur.

— Bien. Alors repousse-moi, Olena. Je n'arriverai pas à le faire tout seul.

Elle hocha la tête et ferma les yeux. Cale compta alors jusqu'à trois et, au prix d'un effort surhumain, il s'arracha à l'étreinte d'Olena. Celle-ci détendit aussitôt les jambes, le propulsant violemment en arrière. Il fit un vol plané sur quelques mètres et retomba de tout son long sur le sol de béton.

— Cale, je suis désolée ! s'exclama-t-elle en faisant mine de venir vers lui.

Il l'arrêta d'un geste et secoua la tête pour reprendre ses esprits.

— Ce n'est pas grave, lui dit-il en se redressant péniblement. L'essentiel, c'est que cela ait fonctionné. J'ai déjà les idées un peu plus claires…

De fait, si son désir ne l'avait pas quitté, il était à présent un peu plus contrôlable, comme si le sortilège était progressivement en train de perdre son emprise sur lui. Olena se redressa à son tour et, d'une main tremblante, elle sortit ses clés de voiture de sa poche.

— Nous ne sommes pas encore tout à fait sortis d'affaire, mais je crois que nous devrions y arriver, à présent, articula-t-elle.

Cale hocha la tête.

— Par mesure de sécurité, tu devrais commencer par t'installer au volant et démarrer. Je m'assiérai sur la banquette arrière.

Elle hocha la tête et s'exécuta aussitôt. Quelques instants plus tard, ils démarraient en trombe pour prendre la direction de l'hôtel de Cale.

11

Il fallut moins de dix minutes à Olena pour rejoindre le centre-ville en utilisant le gyrophare dont sa voiture était équipée. Fort heureusement, à cette heure de la nuit, la circulation n'était pas très dense et ils ne croisèrent quasiment personne.

En s'éloignant du club à toute vitesse, elle avait espéré pouvoir se débarrasser définitivement de l'enchantement qu'on leur avait jeté. Mais elle n'avait pas tardé à comprendre que la distance ne suffirait pas. Une partie du sortilège se trouvait toujours en eux et ne s'estomperait probablement pas avant plusieurs heures.

Lorsqu'elle se gara sur le parking situé devant l'hôtel, elle se sentait donc toujours aussi tendue. Fort heureusement, la surcharge d'émotions qui s'étaient succédé en elle avait quelque peu engourdi ses sens.

Et si elle avait toujours envie de Cale, c'était de façon bien plus sourde et plus paisible qu'au club. Là-bas, elle avait cru devenir folle en résistant à l'appel impérieux de son propre désir. Et le simple souvenir de ce qui s'était passé entre eux menaçait à chaque instant de réveiller son ardeur.

Elle avait besoin d'un peu de temps pour se ressaisir, pour reprendre pleinement le contrôle de son corps et de son esprit.

— Je ferais peut-être mieux de descendre de voiture, articula Cale à l'instant même où elle se faisait cette réflexion.

Elle jeta un coup d'œil dans le rétroviseur et croisa son regard toujours brûlant. Un nouveau frisson la parcourut et elle hocha la tête.

— Ce serait peut-être préférable, concéda-t-elle.

Sans un mot, Cale ouvrit sa portière et sortit. Elle ne le regarda même pas s'éloigner, craignant de céder à la tentation de le suivre jusqu'à sa chambre. Curieusement, ce n'était pas tant le pouvoir du sort qu'elle redoutait que celui de ses propres sentiments.

Car, en la poussant dans les bras de Cale, le charme qu'on leur avait lancé lui avait permis de mieux apprécier l'intensité de son attirance pour lui.

Maintenant qu'il commençait à se dissiper, elle ne pouvait plus nier l'évidence : elle se sentait de plus en plus troublée par cet homme qu'elle connaissait à peine mais qui avait déjà pris une place si importante dans son existence.

Cette révélation la mettait terriblement mal à l'aise. Car, à la mort de son dernier amant humain, elle s'était promis de ne plus jamais tomber amoureuse d'un mortel. Elle ne pouvait plus supporter de les perdre les uns après les autres et avait fini par espérer trouver un vampire avec qui elle pourrait passer le reste de ses jours.

Hélas, elle semblait destinée à s'éprendre uniquement d'humains. Etait-ce ce qui était en train de lui arriver une fois de plus ? Elle avait besoin d'un peu de temps et de tranquillité pour y réfléchir.

En rentrant chez elle, elle commencerait par prendre une douche glacée pour chasser les derniers vestiges du désir qui s'accrochait encore à sa peau et à son esprit. Puis elle se servirait un verre de bourgogne et irait s'installer sur sa terrasse pour méditer sur la question…

Hélas, en arrivant devant son appartement, Olena comprit qu'elle n'avait aucune chance de mettre ce projet à exécution. Car sur le pas de sa porte elle eut la désagréable surprise de découvrir Valentino qui se tenait nonchalamment adossé au chambranle.

— Comment avez-vous fait pour monter jusqu'ici ? lui demanda-t-elle d'un ton peu amène.

— Ce n'était pas difficile : un simple sort d'invisibilité et votre gardien n'y a vu que du feu.

— Vous avez dix secondes pour repartir comme vous êtes venu avant que je ne vous fasse très mal.

— Ne vous énervez pas comme ça ! protesta Valentino en souriant. Je suis venu vous apporter une information qui devrait vous intéresser au plus haut point.

— Et peut-on savoir pourquoi vous ne l'avez pas fait avant, au lieu de nous jeter cet enchantement ridicule ?

— Je ne vous ai lancé aucun sortilège, protesta vivement Valentino.

— Je n'en crois pas un mot : l'agent Braxton et moi avons bien failli nous retrouver en train de faire l'amour au beau milieu de votre parking !

— Je n'y suis pour rien, insista son visiteur. En venant dans un club comme le Phantasia, vous preniez des risques, Olena.

Celle-ci lui jeta un regard noir : elle ne croyait pas un mot de ce qu'il venait de lui dire. Mais elle savait aussi qu'il était parfaitement inutile d'insister. Après tout, elle n'avait pas la moindre preuve de l'implication de Valentino.

— Je répète ma question, lui dit-elle. Pourquoi ne pas m'avoir communiqué ces informations avant ?

— Parce qu'elles concernent Otto et que je ne tiens pas à m'en faire un ennemi. Vous avez vu qu'il peut se montrer très… passionné, lorsqu'il s'agit des affaires de Luc.

— Il ne m'a pas parlé de ses affaires mais de leur liaison, objecta Olena.

— Dans ce cas, vous ne connaissez que la moitié de l'histoire, déclara Valentino.

Olena hésita quelques instants avant d'ouvrir la porte de son appartement.

— Je vous laisse deux minutes pour vous expliquer, lui dit-elle en rentrant.

Valentino la suivit et observa avec attention l'immense entrée et le salon luxueusement meublé que l'on devinait au-delà.

— Je ne savais pas que vous étiez aussi fortunée, lui dit-il.

— Je vis depuis très longtemps, répondit-elle. Et il n'est guère difficile de faire fortune lorsque l'on a l'éternité pour faire fructifier ses gains…

— Je me suis laissé dire que vous aviez été moins heureuse en amour.

— Vous n'avez plus qu'une minute et demie, lui signala Olena. Vous feriez mieux de commencer à parler. Et gardez vos mains dans vos poches : je ne tiens pas à retrouver l'un de vos gris-gris chez moi après votre départ.

— Jamais je ne ferais une chose pareille ! s'exclama Valentino d'un ton offusqué.

— Cela va sans dire, railla-t-elle. Une minute quinze.

— Luc n'avait pas qu'Otto dans sa vie, déclara Valentino en la regardant droit dans les yeux. Il avait une nièce.

— Et alors ?

— Alors Otto ne l'apprécie guère.

— Et alors ? répéta Olena.

— Alors vous devriez peut-être vérifier le testament de Luc. Je serais prêt à parier que ce brave Luc a légué toute sa fortune à sa nièce miséreuse et non à son amant de toujours.

— Toute sa fortune ? répéta Olena, curieuse. Y compris ses parts dans les nombreuses boîtes de nuit que vous possédez tous les deux ?

Valentino hocha la tête.

Olena fronça les sourcils. Si l'information de son visiteur se vérifiait, cela signifiait qu'Otto avait un mobile pour tuer Luc. De plus, il était physiquement de taille à le faire.

Mais pourquoi un agent d'Interpol se serait-il intéressé à cette affaire s'il s'agissait d'un simple règlement de comptes familial ? Et quel rapport y avait-il avec ce qui s'était passé à la banque ?

— Connaissez-vous le nom et l'adresse de cette fameuse nièce ? demanda-t-elle.

— Elle s'appelle Ivy Seaborn. Mais je ne sais pas où elle habite. Elle n'a que dix-sept ans et vit seul. Je crois que ses parents sont morts et que Luc était la seule famille qui lui restait.

— C'est une vampire ?

— Une dhampir. Et, d'après ce que j'ai entendu dire, elle possède de puissants pouvoirs magiques.

— On dirait que vous êtes jaloux.

Valentino la fusilla du regard.

— Jaloux d'une gamine ? s'exclama-t-il. N'y comptez pas !

L'intensité de ses dénégations convainquit Olena qu'elle avait vu juste : Valentino était bel et bien jaloux, que ce soit des pouvoirs que possédait l'adolescente ou d'autre chose la concernant.

— Merci pour ces informations, lui dit-elle.

Il hocha la tête et fit mine d'ouvrir la porte. Mais il se figea alors et se retourna lentement vers elle.

— Vous savez, je me souviens de la fois où je vous ai vue au club, lui dit-il.

— C'est peu probable.

— C'était en 1942, insista Valentino. Je n'étais encore qu'un adolescent à l'époque, mais je me rappelle parfaitement la danseuse russe qui se produisait ce soir-là. Votre numéro était le plus érotique qu'il m'ait jamais été donné de voir. Il m'arrive encore d'y penser…

Le regard de Valentino glissa sur son corps et elle eut la très nette impression qu'il la déshabillait des yeux. Elle résista à la tentation de le pousser dehors et secoua la tête.

— C'était il y a soixante ans, objecta-t-elle. Comment auriez-vous pu me voir ?

— J'ai déjà eu recours à plusieurs sorts de longévité, expliqua-t-il. Je ne suis pas qu'un vulgaire magicien tantrique, Olena. Je possède de grands pouvoirs, moi aussi.

— Je saurai m'en souvenir, acquiesça-t-elle.

De fait, elle commençait à penser que le véritable Valentino ne ressemblait guère au sorcier à la langue bien pendue et à l'éternelle bonne humeur qu'il prétendait être.

Elle ne devait d'ailleurs pas perdre de vue le fait qu'il n'était pas venu lui livrer ces informations par pure bonté d'âme. Il avait probablement un motif ultérieur qu'il lui faudrait découvrir si elle voulait comprendre le sens de sa démarche.

— Je me demande ce que vos amis de la police penseraient en apprenant que vous vous êtes produite au Phantasia, remarqua-t-il alors.

— Ils savent déjà que je n'ai pas mené une vie de sainte, répondit Olena, se demandant s'il s'imaginait pouvoir la faire chanter. Croyez-moi, lorsque j'étais à la cour de Louis XVI et de Marie-Antoinette, j'ai fait des choses bien pires.

Sur ce, elle le poussa fermement dehors et referma la porte à clé derrière lui. Sans attendre, elle se dirigea vers le téléphone et composa le numéro de portable de Gabriel. Il répondit à la troisième sonnerie.

— Bellmonte, j'écoute.

— C'est Olena. Je t'appelle parce que j'ai des informations importantes au sujet de Luc Dubois.

— J'en déduis que votre visite au club s'est révélée productive, acquiesça Gabriel d'une voix légèrement pâteuse.

— Dis, je ne te réveille pas, au moins?

— A ton avis? répliqua-t-il.

Elle jeta un coup d'œil à la pendule du salon et constata qu'il était 4 h 30 du matin. Or Gabriel ne commençait généralement à travailler qu'à 6 heures.

— Je suis désolée, s'excusa-t-elle. Je n'avais pas vu l'heure qu'il était. Veux-tu que je te rappelle plus tard?

— Maintenant que je suis réveillé, autant me tenir au courant.

Elle l'entendit farfouiller à la recherche du calepin qui ne le quittait quasiment jamais.

— Je t'écoute...

— Luc Dubois avait une nièce âgée de dix-sept ans du nom d'Ivy Seaborn. Il se pourrait qu'elle soit son unique héritière.

— J'appellerai le notaire de Dubois dès que son étude sera ouverte, acquiesça Gabriel. Que sais-tu de cette mystérieuse jeune fille ?

— Pas grand-chose, en réalité. Il semblerait qu'elle ait perdu ses parents et vive seule. Je n'ai ni adresse ni numéro de téléphone.

— Je mettrai quelqu'un sur le coup. Mais, dis-moi, comment se passe la cohabitation avec Braxton ?

Olena repensa à ce qui s'était passé ce soir-là et se demanda ce que Gabriel en penserait si elle le lui racontait. Sans doute lui conseillerait-il de renoncer au plus vite à cette affaire.

— Très bien, éluda-t-elle. Il n'est pas si mal, en fin de compte...

Gabriel resta longuement silencieux et elle comprit que quelque chose dans l'intonation de sa voix avait dû la trahir.

— Pourquoi ai-je l'impression que tu es en train de me cacher quelque chose ? lui demanda-t-il.

— Peut-être parce que c'est effectivement le cas.

Son patron soupira d'un air résigné.

— Voilà qui promet... Bon, on se retrouve au laboratoire.

— J'y serai dans quelques heures, le temps de faire une petite sieste, lui promit-elle avant de raccrocher.

Il ne lui restait plus qu'à espérer qu'elle serait capable de trouver le sommeil alors que son esprit était hanté par le souvenir de ce qui s'était produit au Phantasia.

12

Cale avait bien dû passer une heure entière sous une douche glacée. Lorsqu'il en sortit enfin, sa peau était aussi fripée que celle d'une vieille femme et il tremblait convulsivement.

Au moins, il avait eu raison de l'érection qui ne l'avait pas quitté depuis le moment où Olena et lui s'étaient rendu compte qu'ils n'avaient plus leurs amulettes.

Emmitouflé dans l'un des peignoirs de bain généreusement fournis par l'hôtel, il s'était installé dans le petit salon de sa suite pour appeler Richard, son supérieur hiérarchique direct à Interpol. Ce dernier ne répondit qu'au bout de cinq sonneries.

— Richard Alcott. Qui est à l'appareil?

— C'est Cale. Est-ce que je te réveille?

— Evidemment! s'exclama Richard avec humeur. J'espère pour toi que ce que tu as à me dire est important.

— J'aimerais que tu fasses quelques recherches pour moi dans les dossiers d'Interpol consacrés aux peuples de l'ombre.

— Pourquoi n'appelles-tu pas le service toi-même?

Le silence de Cale fut plus éloquent que n'importe quelle réponse.

— Je suis désolé, s'excusa Richard. Cela m'était sorti de la tête.

Cale, quant à lui, ne risquait pas d'oublier le fait que Marta travaillait pour cette section spéciale d'Interpol. C'était d'ailleurs là qu'il l'avait rencontrée, alors qu'il effectuait des recherches sur un réseau de prostitution dirigé par un lycan originaire de Nécropolis.

— Quels noms veux-tu que je vérifie ? lui demanda Richard, l'arrachant à ces désagréables souvenirs.

— Luc Dubois, Otto Krause et Valentino DeCosta. Il me faut tout ce que tu pourras obtenir : domaine d'activité, associés connus, réseaux amicaux et familiaux, liens éventuels avec le milieu du crime…

— Penses-tu toujours qu'il s'agit d'une affaire de terrorisme ?

— Peut-être. Mais, pour le moment, je préfère considérer toutes les hypothèses et ne fermer aucune porte. Tout ce que je sais, c'est que plusieurs personnes sont impliquées dans cette histoire.

— Des vampires ?

— Peut-être pas uniquement.

— Très bien, soupira Richard. Je vais transmettre ces noms à Marta et je te rappellerai si elle trouve quoi que ce soit. De ton côté, n'hésite pas à me contacter si tu as besoin de quelque chose.

— Merci, Richard, répondit Cale avant de raccrocher.

Il porta à ses lèvres la tasse de café brûlant qu'il s'était préparée et avala quelques gorgées en passant en revue les pistes dont il disposait. Et force était de reconnaître qu'il n'y en avait pas beaucoup.

Un mystérieux vampire avait fabriqué une bombe pour faire sauter le coffre de Luc Dubois à la banque. Il existait un rapport entre ledit coffre et un mystérieux virus.

Luc Dubois s'était fait tuer par deux autres vampires et ce crime pouvait avoir un lien avec le cambriolage.

Au moment de sa mort, Dubois avait vu ou pensé à une adolescente aux yeux très bleus.

Tout ceci paraissait bien décousu et, en d'autres circonstances, Cale aurait peut-être laissé tomber cette affaire qui, pour le moment, ne semblait pas relever de sa juridiction.

Mais quelque chose dans l'attitude de Valentino et d'Otto avait éveillé sa suspicion et il était persuadé que l'un des deux hommes au moins était impliqué. Il pensait également que Dubois avait été tué à cause de l'une des affaires illégales auxquelles il était mêlé.

Toute la question était de savoir ce qu'avait pu contenir le coffre-fort de la banque. Pour l'obtenir, quelqu'un n'avait pas hésité à attaquer l'un des établissements financiers les mieux sécurisés du pays, négligeant au passage les sommes d'argent colossales qui devaient être contenues dans le coffre principal.

Cette même personne avait été jusqu'à tuer Dubois pour obtenir ce qu'elle cherchait. Il devait donc s'agir de quelque chose de très précieux.

Après des années passées à enquêter sur les crimes les plus divers, Cale était convaincu que malgré leurs différences les malfaiteurs humains et ceux des peuples de l'ombre partageaient tous les mêmes motivations : la recherche du pouvoir et de l'argent, la colère ou la concupiscence.

En songeant à ce dernier mobile, Cale ne put s'empêcher de repenser à ce qui s'était passé au club. Les effets du sort qu'on lui avait lancé s'étaient complètement dissipés, à présent, mais cela ne suffisait pas à faire disparaître le désir lancinant qu'il éprouvait chaque fois qu'il pensait à Olena.

Le souvenir de son corps sensuel étendu sur le capot de la voiture le poursuivait. Il revoyait sa bouche légèrement tuméfiée par les baisers ardents qu'ils avaient échangés, sa poitrine généreuse qui se dressait sous ses caresses et ses jambes qui entouraient sa taille…

S'il avait pu revenir en arrière, s'il avait pu se retrouver brusquement projeté sur ce parking, il n'aurait probablement pas été capable de la repousser une seconde fois. Bien sûr, il savait qu'ils avaient pris la bonne décision, qu'en résistant à ce sort ils avaient probablement sauvé leur collaboration future…

Mais cette conviction faisait pâle figure comparée à l'intensité de la frustration qu'il éprouvait à présent. Et il était persuadé que, s'ils avaient cédé à la tentation, il ne se sentirait pas aussi insatisfait à l'heure actuelle.

Etouffant un juron, Cale reposa sa tasse de café sur la table basse et s'étendit sur le canapé. S'il voulait être capable de se remettre au travail, il fallait qu'il dorme quelques heures.

Il avait hâte d'en finir avec cette enquête. Car, dès qu'il l'aurait résolue, il serait libre de quitter cette ville étrange, de rentrer chez lui et d'oublier une fois pour toutes l'irrésistible Olena Petrovich…

Quelques heures plus tard, Cale rejoignit Gabriel dans son bureau. En avisant la présence d'Olena à son côté, il ne put retenir un frisson de désir. Elle se contenta de le saluer d'un petit signe de tête et il constata qu'elle évitait soigneusement son regard.

— Vous n'avez pas l'air frais, ce matin, agent Braxton, constata Gabriel.

— Je n'ai pas beaucoup dormi, avoua Cale.

Il s'abstint de préciser que ces quelques heures de sommeil avaient été troublées par des rêves érotiques qui ne l'avaient guère aidé à se détendre. En avisant les cernes qui soulignaient les beaux yeux d'Olena, il eut au moins la satisfaction de constater qu'il n'était apparemment pas le seul à souffrir d'insomnie.

— Olena a obtenu des informations intéressantes, reprit Gabriel. Nous avons une nouvelle piste.

Cale jeta un coup d'œil étonné à la vampire.

— Quand est-ce arrivé ? lui demanda-t-il.

— En rentrant chez moi, ce matin, j'ai trouvé un visiteur sur le pas de ma porte.

— Qui donc ?

— Valentino.

— Vraiment ? s'exclama Cale, sidéré. Il a eu l'audace de venir te voir après ce qu'il nous a fait ?

Olena jeta un coup d'œil à Gabriel qui leva un sourcil interrogatif. Apparemment, elle ne lui avait pas parlé de ce qui s'était passé au Phantasia.

— Que t'a-t-il dit ? reprit Cale, gêné.

— Que Luc Dubois avait une nièce du nom d'Ivy Seaborn à laquelle il avait légué toute sa fortune.

— J'ai obtenu la confirmation de cette information auprès du notaire de M. Dubois, précisa Gabriel.

— Et c'est elle qui hérite de tout ?

— Sans exception, confirma Gabriel.

— Valentino s'est fait un plaisir de préciser qu'Otto ne devait pas être ravi : selon lui, il s'attendait à ce que Luc lui lègue ses biens.

— Ce n'était pourtant pas un motif pour tuer Dubois, remarqua Cale. Si Otto avait dû tuer quelqu'un, il s'en serait probablement pris à cette fille.

— Exact, concéda Gabriel. De plus, cela n'expliquerait pas le cambriolage de la banque.

Cale se rappela l'adolescente aux yeux bleus qu'il avait aperçue au cours de l'une de ses visions et se demanda s'il pouvait s'agir de la nièce de Dubois.

— Nous devrions aller interroger cette Ivy, déclara-t-il. Elle sait peut-être ce que trafiquait son oncle et ce que contenait ce fameux coffre.

Olena brandit le morceau de papier qu'elle tenait à la main.

— J'ai son adresse, lui dit-elle. Je n'attendais que toi pour y aller.

13

Contrairement à son oncle, Ivy Seaborn vivait dans l'un des quartiers les moins recommandables de la ville. Les murs décrépis des immeubles étaient couverts de graffitis et de nombreux bâtiments paraissaient avoir été laissés à l'abandon.

Les caniveaux étaient encombrés de détritus, ce qui n'empêchait pas un nombre consternant de S.D.F. d'installer leurs misérables abris en carton dans les ruelles les plus sordides.

Chaque fois qu'Olena venait ici, elle éprouvait un mélange de tristesse et d'amertume. Lorsque la ville de Nouveau Monde avait été fondée, quelques années auparavant, elle avait espéré comme beaucoup d'autres que les peuples de l'ombre avaient enfin trouvé leur terre promise et qu'ils pourraient y vivre heureux.

Hélas, cet idéalisme s'était rapidement heurté à la dure réalité. Car, si les peuples de l'ombre avaient désormais leur propre cité, ils n'avaient pas renoncé pour autant au modèle socio-économique des humains. Et très rapidement la misère et le crime avaient repris leurs droits.

Olena se gara dans l'une des rues principales et espéra qu'elle retrouverait sa voiture intacte en revenant. Elle se demanda comment Ivy Seaborn avait pu échouer dans un tel endroit. Après tout, elle avait un oncle fortuné. Et, si ce dernier lui avait légué sa fortune à sa mort, il était peu probable qu'il ait refusé de l'aider de son vivant.

Mais ce n'était qu'un mystère de plus qui venait s'ajouter à une liste déjà longue…

L'adresse que leur avait donnée le notaire de Dubois correspondait à un hôtel miteux dont les chambres se louaient surtout à la semaine.

Comme Olena et Cale approchaient de l'entrée, un vieux lycan vêtu d'un imperméable sortit d'une ruelle voisine et se précipita vers eux. Se plantant devant la vampire, il ouvrit son manteau, lui donnant un aperçu aussi bref que complet de son anatomie.

Avant même qu'elle ait eu la présence d'esprit de réagir, le vieillard décampa en riant comme un dément. Cale fit mine de le poursuivre, mais comprit rapidement qu'il ne serait pas de taille à battre un lycan à la course, si décrépit soit-il.

En avisant le regard outré de son compagnon, Olena ne put s'empêcher d'éclater de rire. Cale l'imita et elle sentit diminuer la tension qui s'était installée entre eux depuis qu'ils avaient quitté le commissariat.

Ce constat la réjouit. Car par-delà l'attirance physique qu'elle éprouvait envers Cale, c'était quelqu'un qu'elle appréciait beaucoup, tant sur le plan professionnel que personnel. Et, même s'ils ne devenaient jamais intimes, elle espérait pouvoir être amie avec lui.

— Quel est le numéro de sa chambre ? s'enquit Cale alors qu'ils pénétraient dans le hall d'entrée désert.

— C'est la 308, répondit-elle.

— Comme il n'y a personne à la réception, nous n'avons qu'à monter directement.

Ils se dirigèrent vers l'escalier qu'ils commencèrent à gravir.

— D'où vient cette odeur atroce, à ton avis ? lui demanda Cale.

— C'est celle de la viande avariée. La plupart des clients de cette pension doivent être des lycans qui n'ont pas les moyens de s'acheter de la viande fraîche tous les jours.

— Pourquoi y aurait-il plus le lycans que de vampires ou de sorciers ?

— Parce que les vampires ont une longévité qui leur permet d'accumuler de véritables fortunes et que les sorciers peuvent utiliser la magie pour se sortir des situations difficiles. De plus, la plupart des lycans ne s'intéressent pas vraiment au pouvoir et à l'argent.

— Si tout le monde était comme eux, nous nous retrouverions rapidement au chômage.

— Pas sûr car les lycans ont une certaine propension à la violence. Ils doivent bien représenter les trois quarts des arrestations pour coups et blessures.

Ils dépassèrent le deuxième étage et poursuivirent leur ascension.

— Et toi ? lui demanda alors Cale en souriant.

— Moi ?

— Est-ce que tu t'intéresses au pouvoir et à l'argent comme la plupart des vampires que j'ai rencontrés ?

— Après deux cent cinquante ans d'existence, on finit par relativiser l'importance de ces notions.

— C'est pour cela que tu travailles dans la police.

— Que veux-tu dire ?

— Eh bien, rien ne t'oblige à travailler, n'est-ce pas ? Tu as dû accumuler suffisamment d'argent pour pouvoir vivre dans l'oisiveté. De plus, notre métier n'est pas vraiment le plus rentable qui soit. J'en déduis que tu l'exerces par passion, parce que tu crois que tu peux changer les choses.

— Excellentes déductions, inspecteur, répondit-elle en souriant.

— Je suis vraiment admiratif, tu sais. Je connais peu de gens dotés d'un tel sens civique.

— C'est une question de longévité, répondit-elle. Avec le temps, on se rend compte que certaines idées valent la peine que l'on s'investisse et que l'on se batte pour elles.

— Tu es trop modeste. Si c'était aussi inévitable que tu voudrais me le faire croire, tous les vieux vampires seraient des saints. Or je sais bien que tel n'est pas le cas. Tu es vraiment quelqu'un de spécial, Olena…

La gravité qui perçait dans le ton de sa voix la surprit et elle l'observa attentivement. Le regard qu'il posait sur elle était très intense, mais ne reflétait pas le désir qu'elle avait coutume d'y lire.

Il trahissait au contraire un mélange d'admiration et de tendresse qui lui fit comprendre combien les sentiments de Cale à son égard avaient évolué depuis qu'ils se connaissaient.

Curieusement, ce constat éveilla en elle une pointe d'inquiétude. Car, si elle était prête à devenir l'amie ou l'amante de Cale, elle était toujours aussi terrifiée à l'idée de tomber amoureuse de lui. Peut-être l'était-elle même plus encore qu'auparavant…

S'éclaircissant la gorge pour masquer sa nervosité,

Olena s'engagea dans le couloir du troisième étage. Ils ne tardèrent pas à atteindre la chambre 308 et elle frappa. Ils patientèrent quelques instants avant de recommencer.

Comme personne ne venait leur ouvrir, Olena plaqua son oreille contre le battant et écouta attentivement. Elle ne perçut aucun mouvement à l'intérieur, ce qui semblait indiquer qu'Ivy n'était pas chez elle.

— Est-ce que le notaire nous a donné son adresse professionnelle ? demanda Cale.

Olena secoua la tête.

— Cette chambre d'hôtel est la seule que nous ayons. Et il n'avait aucun numéro de téléphone portable. Nous n'avons rien non plus dans nos archives. Ivy n'a jamais été arrêtée.

— Nous devrions aller trouver le gérant. Si cela se trouve, elle ne vit même plus ici…

Ils redescendirent donc au rez-de-chaussée et allèrent presser le bouton de la sonnette qui se trouvait sur le comptoir de l'accueil. Un son strident se fit entendre quelque part dans le bâtiment, bientôt suivi d'un juron bien senti.

— J'arrive ! leur cria-t-on.

De fait, quelques instants plus tard, ils furent rejoints par un lycan au physique impressionnant qui boitait légèrement.

— Vous êtes bien le gérant de cet hôtel ? lui demanda Olena en produisant sa carte de police.

— Bartholomew Simmons pour vous servir. Mes amis m'appellent Bart.

— Dites-moi, Bart, pouvez-vous me dire si Ivy Seaborn habite toujours la chambre 308 ?

— Je n'ai jamais eu personne de ce nom ici, objecta le gérant.

— Vous êtes sûr ?

— Absolument certain. Le locataire de la 308 est un garçon surnommé Tick. Je ne connais pas son vrai nom, mais il me paie cash chaque lundi et, franchement, c'est tout ce que je lui demande.

— Sauriez-vous par hasard où il travaille ? demanda Cale.

— Pas vraiment... Mais je le vois souvent dans la boutique de bandes dessinées qui se trouve au bout de la rue. Je ne sais pas si c'est l'un des vendeurs ou simplement un passionné...

Après avoir remercié le gérant, ils quittèrent l'hôtel pour gagner le magasin qu'ils avaient aperçu en venant. C'était apparemment l'un des rares commerces encore ouverts dans le quartier.

Olena et Cale poussèrent la porte et pénétrèrent dans la boutique minuscule aux murs couverts d'étagères qui couraient du sol au plafond et étaient surchargées de bandes dessinées neuves et d'occasion. Une forte odeur de marijuana flottait dans l'air.

Il n'y avait que deux personnes en dehors d'eux : un jeune homme assis derrière la caisse enregistreuse qui lisait un vieux numéro de *Spiderman* et un autre qui était agenouillé devant une caisse de bandes dessinées en promotion et les passait en revue une à une.

Olena et Cale échangèrent un coup d'œil puis Cale se dirigea vers l'acheteur tandis qu'elle allait trouver le vendeur. Elle lui brandit son badge sous le nez.

— Qui est Tick ? lui demanda-t-elle sans autre forme de procès.

Le vendeur jeta un coup d'œil au garçon près duquel se trouvait Cale. Ce dernier réagit aussitôt en propulsant la caisse en direction de l'agent d'Interpol. Il se précipita alors en direction du comptoir qu'il franchit avec une agilité stupéfiante et se rua dans l'arrière-boutique.

Olena jura et se lança à sa poursuite, suivie de Cale. Ils traversèrent la réserve qui devait contenir autant de bandes dessinées que la salle principale et gagnèrent la porte qui donnait sur l'arrière du bâtiment. Tick avait déjà atteint le coin de la ruelle et continuait à courir.

— C'est un lycan, s'exclama Olena. Si nous lui laissons le temps de se transformer, nous ne le rattraperons jamais !

Cale hocha la tête et tous deux accélérèrent encore l'allure. Comme tous les vampires, Olena était dotée d'une force et d'une constitution supérieures à la moyenne des êtres humains, mais elles étaient loin de valoir celles des lycans.

Cale parvint donc à se maintenir à sa hauteur, mais tous deux perdirent rapidement du terrain sur Tick qui ne tarda pas à les distancer. Haletants, ils s'arrêtèrent à l'entrée de la rue dans laquelle il venait de disparaître. Il n'y avait plus trace du jeune homme.

— Où est-il passé, à ton avis ? demanda Cale en s'efforçant de reprendre son souffle.

— J'imagine qu'il a dû se réfugier dans l'un de ces immeubles abandonnés.

— Est-ce que tu veux aller jeter un coup d'œil ?

— Oui. Il faut absolument que nous trouvions Ivy.

Ils entreprirent d'explorer le premier bâtiment abandonné de la rue. Mais il était désert et, à l'intérieur, ils ne trouvèrent que les traces d'un feu de camp, quelques seringues et des bouteilles vides.

Ils ressortirent et s'apprêtaient à inspecter l'immeuble suivant lorsque Olena s'arrêta brusquement. Tendant l'oreille, elle entendit de la musique qui provenait de l'un des bâtiments situés un peu plus loin sur leur droite.

— Commençons par celui-ci, suggéra-t-elle en le désignant à Cale.

Il hocha la tête et tous deux gagnèrent l'entrée de l'immeuble. La porte avait été forcée et le hall était entièrement décoré de graffitis. Mais la musique était plus forte à présent et Olena pouvait aussi entendre des bruits de voix.

Elle fit mine de se diriger vers l'escalier, mais Cale la retint par le bras.

— Fais attention, lui conseilla-t-il. Nous ne savons pas combien de personnes il peut bien y avoir à l'intérieur.

Touchée par ses mises en garde, Olena le considéra pourtant avec stupeur. Il paraissait oublier qu'il était probablement le seul humain à des kilomètres à la ronde et que tous ceux qui l'entouraient étaient mille fois plus dangereux que lui.

Qui sait ? Peut-être le savait-il mais se préoccupait-il plus de sa sécurité à elle que de la sienne. Cela semblait assez correspondre à son tempérament.

Lorsqu'ils atteignirent le premier étage, Olena aperçut des flashes de lumière sur leur droite et songea qu'ils venaient peut-être de découvrir l'une de ces raves sauvages qui étaient tellement à la mode, ces derniers temps.

Elles n'étaient pas illégales en soi, mais elles donnaient lieu à du tapage diurne ou nocturne, à des trafics de drogue, à de la vente d'alcool à des mineurs et à des dizaines d'autres crimes et délits plus ou moins sérieux.

Olena ne tarda pas à se rendre compte qu'elle avait vu juste puisqu'ils découvrirent une vaste salle dans laquelle se trouvaient quelques dizaines de jeunes qui dansaient au rythme de la musique assourdissante que mixait un D.J. juché sur une estrade entourée d'enceintes.

La fête devait toucher à sa fin car les personnes présentes paraissaient toutes épuisées. Sans doute ne continuaient-elles à danser que sous l'effet de l'ecstasy qu'elles avaient dû ingérer durant toute la nuit.

Olena parcourut la pièce des yeux à la recherche de Tick et finit par l'apercevoir. Il était assis sur un vieux canapé défoncé et s'entretenait de façon très animée avec une jolie fille couverte de piercings dont les cheveux noirs étaient coiffés en pointes.

Cale et elle se dirigèrent vers eux. Ils n'eurent aucun mal à se frayer un chemin au milieu de la foule. En fait, les gens s'écartaient d'eux et les considéraient avec méfiance. Lorsqu'ils atteignirent le centre de la salle, presque tous les regards convergeaient dans leur direction.

Tick dut sentir qu'il se passait quelque chose d'étrange car il releva brusquement les yeux et les vit. Se tournant vers la jeune fille, il lui dit quelques mots et celle-ci dirigea vers eux ses grands yeux bleus qui reflétaient une terreur sans nom.

— C'est elle, déclara alors Cale. C'est Ivy. Je l'ai aperçue lors de l'une de mes visions !

14

Tick et Ivy se levèrent brusquement du canapé sur lequel ils étaient assis et s'enfuirent chacun de leur côté. Peut-être cherchaient-ils à diviser leurs poursuivants. Peut-être étaient-ils trop paniqués pour agir de façon cohérente. A les voir, Cale penchait plutôt pour la seconde hypothèse. Car à cet instant les jeunes gens ressemblaient vraiment à deux enfants terrifiés.

Comme Ivy passait à sa portée, Cale tenta de l'intercepter. Mais, au moment où il posa la main sur elle, une violente décharge d'électricité remonta le long de son bras et il recula, légèrement sonné.

— Que se passe-t-il ? s'enquit Olena, inquiète.

— Elle a essayé de m'électrocuter, balbutia-t-il, sidéré.

— Valentino m'a dit qu'elle avait de grands pouvoirs, acquiesça la vampire.

— C'est maintenant que tu me le dis ?

— Ne t'en fais pas, je m'en charge.

Joignant le geste à la parole, elle s'élança à la poursuite de la jeune femme qu'elle parvint à rattraper au moment où elle s'apprêtait à franchir le seuil de la pièce. Elle la saisit par le bras et le ramena dans son dos pour l'immobiliser.

Ivy répondit à cette agression par une nouvelle série

de décharges et le visage d'Olena se crispa sous l'effet de la douleur.

— Ivy, nous voulons juste vous parler, lui dit-elle tandis que Cale les rejoignait.

— Allez vous faire voir !

— Je suis Olena Petrovich de la police criminelle et voici l'agent Braxton, d'Interpol. Nous voudrions vous parler de votre oncle Luc…

Ivy cessa aussitôt de se débattre et ses yeux s'emplirent de larmes.

— Vous avez dit la police criminelle ? Il lui est arrivé quelque chose, n'est-ce pas ?

— Je suis désolée, Ivy, mais votre oncle est mort.

De grosses larmes roulèrent le long des joues de la jeune fille.

— Je le savais…, murmura-t-elle. Je lui avais dit…

Elle s'interrompit et fondit en sanglots. Olena la relâcha enfin et la prit doucement par les épaules.

— Savez-vous qui l'a tué, Ivy ? demanda Cale d'une voix très douce. Tout ce que vous pourrez nous dire nous aidera à arrêter les coupables.

Ivy les regarda tour à tour, comme si elle cherchait à déterminer dans quelle mesure elle pouvait leur faire confiance.

— Je lui ai dit qu'il ne fallait pas faire ça et qu'ils le tueraient s'ils l'apprenaient.

— De qui parlez-vous, Ivy ? insista Cale d'une voix très douce.

Elle ouvrit la bouche pour lui répondre, mais, à cet instant précis, un cri de terreur se fit entendre. Olena avait déjà dû sentir que quelque chose n'allait pas car elle se jeta à terre, entraînant Ivy avec elle en faisant bouclier de son corps.

Cale vit alors deux hommes munis de pistolets-mitrailleurs, vêtus de noir et portant des masques de hockey, pénétrer dans la pièce. Sans le moindre avertissement, ils ouvrirent le feu sur la foule.

Le premier instinct de Cale fut de se jeter sur Olena pour la protéger, mais il comprit aussitôt que la vampire était parfaitement capable de se débrouiller sans lui. Il tira donc son arme et se jeta à terre, évitant de justesse une rafale qui déchiqueta l'enceinte située juste derrière lui.

Sans attendre, il se mit à ramper en direction du canapé et s'embusqua derrière. Puis il se pencha légèrement de côté et observa la salle qui s'était changée en véritable champ de bataille.

Des jeunes gens couraient dans tous les sens. Certains gisaient au sol dans des flaques de sang. D'autres étaient en état de choc ou trop drogués pour penser à se mettre à l'abri. Certains des spots avaient été touchés par les balles des tireurs et il régnait dans la salle une pénombre inquiétante.

Cale chercha Olena des yeux et constata qu'elle était toujours étendue au même endroit et qu'elle ne bougeait pas. Un brusque accès de panique monta en lui et il se demanda à combien de balles un vampire pouvait bien résister. Et que se passerait-il si les tireurs employaient des chargeurs de balles en argent ?

Tandis qu'il se posait ces questions, les deux hommes ouvrirent de nouveau le feu. Apparemment, ils se trouvaient toujours près de l'entrée. Dès qu'il eut senti leurs rafales passer au-dessus de sa tête, Cale se redressa et courut en direction d'Olena.

Le cœur battant à tout rompre, il s'agenouilla auprès d'elle et la retourna précautionneusement sur le dos. Ses paupières étaient closes, mais, lorsqu'il murmura son nom, elle émit un petit gémissement de douleur.

Il ouvrit son blouson et s'aperçut avec horreur que son chemisier était écarlate. Elle avait reçu deux balles dans le ventre et saignait toujours abondamment. Le mélange de panique et de désespoir qui le submergea alors lui permit de comprendre à quel point il tenait déjà à elle.

— Tu fais une drôle de tête, murmura alors la vampire.

Eperdu de soulagement, il sentit un large sourire se dessiner sur ses lèvres.

— J'ai bien cru que je t'avais perdue.

— Tu ne te débarrasseras pas si facilement de moi, répondit-elle malicieusement. J'ai la peau dure.

— Tu as été touchée.

— Je sais, répondit-elle en se redressant péniblement. Où est Ivy ?

Cale regarda autour de lui.

— Aucune idée, répondit-il. Elle a dû filer.

Passant un bras autour de la taille d'Olena, Cale l'aida à se relever.

— Je peux marcher toute seule, lui assura-t-elle.

Mais il ne lâcha pas sa taille. Il avait besoin de la sentir vivante contre lui. Fort heureusement, les tireurs s'étaient éclipsés, préférant probablement s'éloigner avant l'arrivée de la police. Cale entraîna

Olena jusqu'au canapé derrière lequel il s'était réfugié et l'allongea dessus.

Il ôta alors sa veste puis sa chemise qu'il roula en boule et pressa contre la blessure d'Olena pour étancher le saignement.

— Je vais bien, Cale, je t'assure, protesta-t-elle en faisant mine de se relever.

Il la força à rester couchée.

— Nous devons absolument retrouver Ivy ! insista-t-elle.

— Tu ne vas pas bien, Olena, objecta-t-il. Tu viens de te faire tirer dessus et tu saignes abondamment.

— Ce n'était pas de l'argent, objecta-t-elle. Je ne risque rien. Mon corps va très vite rejeter les balles et commencer à cicatriser.

Cale secoua doucement la tête d'un air incrédule. Tout ceci était vraiment très étrange. Tous les réflexes protecteurs que lui inspirait Olena étaient absurdes : après tout, elle était quasiment immortelle. Pourtant, c'était plus fort que lui. Il avait besoin de prendre sa défense et de veiller sur elle.

Et la signification de cette irrépressible pulsion ne lui avait pas échappé : malgré lui, il était en train de s'attacher à elle. Qu'il le veuille ou non, elle prenait une place de plus en plus importante dans ses pensées.

Et, paradoxalement, le fait qu'ils n'aient pas fait l'amour les avait encore rapprochés. Car une nuit de passion leur aurait peut-être permis d'exorciser l'attirance qu'ils éprouvaient l'un pour l'autre.

Au lieu de cela, cette alchimie s'était transférée sur un autre plan. Et il leur serait certainement plus difficile de se défaire du respect, de la complicité et de la tendresse qu'ils éprouvaient à présent l'un envers l'autre.

— En tout cas, reprit-elle, je suis touchée que tu t'inquiètes pour moi et je…

Elle s'interrompit brusquement et son regard se braqua sur son torse dénudé. Son visage déjà très pâle parut alors se vider de son sang et une expression horrifiée passa dans ses yeux.

— Cale, articula-t-il. Toi aussi, tu es touché…

Il baissa les yeux et avisa l'épais filet de sang qui coulait du haut de sa cage thoracique et le long de ses côtes. Olena utilisa la chemise qu'il venait de plaquer contre sa blessure pour étancher la sienne.

Ce n'est qu'à cet instant que la douleur l'envahit, si soudaine qu'il se sentit vaciller.

— Je crois que je vais m'évanouir, dit-il d'une voix blanche.

Olena se redressa et l'aida à s'allonger à son tour sur le canapé. Elle inspecta alors la blessure et poussa un profond soupir de soulagement.

— Ce n'est pas si grave, lui dit-elle. La balle n'a fait que te frôler, emportant un morceau de peau. Ce doit être assez douloureux, mais il te suffira de quelques points de suture pour être rétabli…

Mais Cale l'avait à peine écoutée, bien trop fasciné par le visage d'Olena. Même en cet instant, il était frappé par la beauté et la délicatesse de ses traits. Jamais il n'avait rencontré une femme aussi parfaite et il se demanda brusquement pourquoi il combattait avec tant d'ardeur les sentiments qu'elle lui inspirait.

— Cale ? appela-t-elle d'une voix inquiète. Ça va ?

— Je crois que je me sentirais beaucoup mieux si tu m'embrassais, lui dit-il.

Un sourire apparut sur les lèvres d'Olena qui se pencha vers lui pour poser sa bouche contre la sienne.

— Là, ça va mieux? murmura-t-elle.

— Presque...

Elle l'embrassa de nouveau, laissant libre cours à sa passion, cette fois. Ce n'était plus un simple baiser, d'ailleurs, c'était un cri de soulagement et une promesse d'avenir. Car tous deux savaient au plus profond d'eux-mêmes qu'ils avaient besoin l'un de l'autre et qu'il était vain de continuer à se mentir à ce sujet.

— Vous, au moins, vous avez l'air d'aller bien, fit une voix derrière eux.

Surpris, ils se retournèrent vers l'infirmier qui se tenait juste derrière, une lampe torche à la main. Un peu plus loin, plusieurs de ses confrères s'occupaient des jeunes qui avaient été blessés au cours de la fusillade.

— Peut-être pas si bien que cela, ajouta l'infirmier en avisant le sang dont ils étaient recouverts. Salut, Olena.

— Bonjour, Trevor, répondit-elle. Mon ami est blessé, mais la balle n'a fait que l'effleurer.

Trevor hocha la tête et s'agenouilla pour inspecter la blessure de Cale. Ce dernier garda les yeux résolument fixés sur Olena. L'idée de la quitter du regard un seul instant lui était insupportable, mais il ignorait si c'était parce qu'il avait cru la perdre ou parce qu'il commençait à admettre le fait qu'il était en train de tomber amoureux d'elle.

— Ce n'est pas très grave, conclut Trevor. Nous allons vous emmener à l'hôpital pour vous faire recoudre.

— Ne pouvez-vous pas le faire ici? demanda Cale.

— Vous seriez mieux à l'hôpital, objecta l'infirmier.

— Je n'ai pas le temps d'y aller. Nous devons retrouver un témoin dont la vie est menacée.

Trevor jeta un coup d'œil interrogatif à Olena qui haussa les épaules d'un air amusé.

— Je ne le ferai pas changer d'avis, lui dit-elle. Il est têtu comme une mule. A mon avis, tu ferais mieux de le recoudre ici.

Trevor hocha la tête et sortit de sa sacoche le matériel nécessaire.

— Je vous préviens, ça risque de vous faire mal.

— Au point où j'en suis, cela ne changera pas grand-chose.

Trevor commença par désinfecter la plaie avant de pincer la peau pour la recoudre. Lorsqu'il sentit l'aiguille lui mordre la peau, Cale dut serrer les dents de toutes ses forces pour ne pas crier.

— Je vais aller raconter à mes collègues ce qui s'est passé, déclara Olena en désignant les policiers qui venaient d'arriver à leur tour.

— D'accord.

Elle se pencha vers lui pour déposer un baiser sur ses lèvres puis s'éloigna.

— Quand je pense que c'est elle qui a deux balles dans le ventre, murmura-t-il.

— Oui, c'est toujours un peu bizarre de les voir guérir aussi vite.

— J'en déduis que vous n'êtes pas un vampire.

Trevor secoua la tête.

— Non, répondit-il. Je suis un sorcier spécialisé en magie curative.

Trevor fit un nouveau point et Cale grimaça. Il

avait déjà été recousu auparavant à la suite de coups de couteaux qu'il avait reçus à la jambe et dans le dos. Mais dans son souvenir l'expérience était nettement moins douloureuse.

— La première fois que je me suis occupé d'un vampire qui s'était fait tirer dessus, la balle était proche du cœur. Sur le coup, j'ai paniqué et j'ai commencé à lui faire du bouche-à-bouche.

— Que s'est-il passé ?

— Je me suis pris une gifle ! s'exclama Trevor en jetant un coup d'œil à Olena.

— C'était elle ?

— Oui. Et, lorsqu'elle a compris que j'étais complètement dépassé par la situation, elle a pris une pince dans ma sacoche et a extrait la balle elle-même ! Ensuite, elle me l'a laissée en guise de souvenir. Je l'ai toujours sur moi, ajouta-t-il en tapotant la poche de sa veste.

— Est-ce que c'est plus facile pour vous aujourd'hui ?

— Non, répondit gravement Trevor. Mais j'ai appris à contrôler ma panique.

Cale poussa un profond soupir. Il n'était pas certain de pouvoir supporter très souvent ce genre de scène. Il tenait trop à Olena pour la voir se faire tuer juste devant ses yeux, même si elle finissait toujours par se relever.

— Dites-moi, comment se fait-il qu'un magicien comme vous n'ait rien contre la douleur ? demanda-t-il.

— Je n'ai jamais dit ça, objecta Trevor.

— Mais pourquoi ne m'avez-vous rien donné, alors ? s'exclama Cale, sidéré.

— Je croyais que vous vouliez jouer aux durs devant Olena, expliqua l'infirmier en riant.

Cale ne put s'empêcher de sourire et Trevor acheva

de suturer la plaie. Lorsqu'il eut terminé, il sortit un petit flacon de sa sacoche et étala un peu de l'onguent qu'il contenait sur la plaie de Cale. Instantanément, la douleur reflua, remplacée par une sensation de fraîcheur très agréable.

— Qu'est-ce que c'est? s'exclama-t-il, sidéré.

— De la magie, répondit Trevor. Il s'agit d'un onguent que je prépare moi-même. Il ne contient pas moins de trois enchantements!

Cale secoua la tête. Chaque fois qu'il venait à Nouveau Monde, il avait la troublante impression de se retrouver projeté dans le monde du Magicien d'Oz ou d'Alice au Pays des Merveilles.

— Tenez, ajouta Trevor. Je vous laisse le pot. Vous n'aurez qu'à en remettre un peu dès que les effets commenceront à se dissiper.

Cale le remercia et glissa la petite fiole dans la poche de son pantalon.

— Alors? demanda Olena qui venait de revenir. Tu te sens mieux?

Cale remua précautionneusement le bras, s'attendant à provoquer un fulgurant accès de douleur. Mais il ne sentit qu'une légère démangeaison.

— Trevor, vous êtes le meilleur! s'exclama-t-il.

Ce dernier haussa modestement les épaules et leur adressa un petit signe de la main avant d'aller rejoindre ses collègues qui s'occupaient des autres blessés. Cale se tourna alors vers Olena.

— Quel est le bilan? lui demanda-t-il.

— Les tireurs ont fait deux morts, trois blessés dont un grave. Par contre, il n'y a pas la moindre trace d'Ivy.

— Elle a dû réussir à s'enfuir, déclara Cale en se

penchant pour ramasser sa veste qu'il enfila à même la peau.

— J'ai demandé à Gabriel de lancer un avis de recherche.

— Parfait. Et maintenant, que faisons-nous ?

— Maintenant, nous allons commencer par aller nous acheter des vêtements propres. Puis nous irons manger un morceau. Nous avons besoin de reprendre des forces. Et qui sait ? Pendant ce temps, une patrouille parviendra peut-être à localiser Ivy…

15

Olena avala la dernière bouchée de son gâteau au chocolat et repoussa son assiette, se sentant enfin rassasiée. Puis elle leva les yeux et avisa le regard étonné de Cale qui l'observait par-dessus sa tasse de café.

— Est-ce que tu as toujours autant d'appétit ? lui demanda-t-il d'un ton presque admiratif.

— Seulement lorsque je me suis fait tirer dessus, répondit-elle en riant. J'imagine que c'est l'avantage d'être un vampire : nous sommes dotés d'un métabolisme assez lent et nous pouvons avaler de véritables festins sans prendre un seul gramme. Et cela tombe d'autant mieux que j'adore la bonne cuisine.

— C'est ce que je vois, acquiesça Cale avec un sourire. Les hommes avec lesquels tu sors doivent dépenser des fortunes chaque fois qu'ils t'invitent au restaurant !

— A vrai dire, c'est moi qui invite en général. Ce n'est que justice puisque je suis généralement la plus riche des deux.

— Tu as vraiment toutes les qualités, on dirait.

— J'en ai bien d'autres encore, répondit-elle d'un ton mutin. Et il ne tient qu'à toi de les découvrir.

— Je saurai m'en souvenir, répondit-il en la dévorant du regard.

— Je l'espère bien…

Olena se servit un nouveau verre de sang tandis que Cale finissait son café.

— Je pense vraiment qu'Ivy joue un rôle central dans cette histoire, déclara-t-il enfin.

— Moi aussi. De toute évidence, c'est après elle que ces hommes en avaient. Peut-être a-t-elle récupéré ce qui se trouvait dans le coffre-fort de Luc avant qu'il ne soit cambriolé.

— Peut-être, concéda Cale. Quoi qu'il en soit, il nous faut la retrouver le plus vite possible. As-tu une idée de l'endroit où elle pourrait se cacher ?

— Pas la moindre. Pour qui veut se dissimuler, Nouveau Monde ne manque pas de possibilités.

— Sans doute. Mais elle ne peut pas vivre en autarcie complète. Il va lui falloir trouver à manger. J'imagine qu'elle aura aussi besoin de racheter des composantes pour ses sortilèges…

— J'en doute, répondit Olena. A mon avis, elle n'est pas du genre à concocter des onguents et des philtres. Je pense qu'elle utilise son pouvoir de sorcière à l'état brut. C'est ainsi qu'elle a pu nous électrocuter lorsque nous avons essayé de nous emparer d'elle.

Cale grimaça au souvenir de cette sensation.

— Incidemment, reprit Olena, ce genre de capacité prouve qu'elle a effectivement de grands pouvoirs. Je me suis laissé dire qu'il était extrêmement difficile de manipuler l'énergie magique à l'état brut comme elle l'a fait.

— Crois-tu que c'est pour cela que ces hommes la recherchent ?

— Pour se servir de ses pouvoirs ? s'étonna Olena.

Cale hocha la tête.

— Je n'avais jamais envisagé une chose pareille, reconnut-elle d'un ton pensif. Pourtant, cela n'expliquerait pas le coffre-fort.

Cale se renversa en arrière sur sa chaise et fronça les sourcils.

— Peut-être a-t-elle fabriqué quelque chose grâce à son pouvoir. Quelque chose qu'elle a donné à son oncle et qu'il a placé dans ce coffre à la banque. Il pourrait s'agir d'une amulette, par exemple.

Olena considéra cette hypothèse durant quelques instants. Comme tout le monde, elle avait entendu parler de ce genre d'objets magiques.

Elle savait aussi que, s'il était aisé de réaliser des potions ou des poudres, il était en revanche beaucoup plus difficile d'enchanter un objet. Peu de sorciers en étaient capables, mais elle avait la chance de connaître l'un d'eux.

Elle décrocha donc son téléphone et composa son numéro.

— Je vais poser la question à François, le sorcier de notre labo, celui qui a créé les amulettes de protection que Valentino nous a volées. Il pourra peut-être nous éclairer un peu.

François décrocha presque aussitôt.

— Bonjour, mon ange, susurra-t-il d'une voix charmeuse. Que me vaut cet appel ?

Olena était sorti avec lui, un an auparavant. Cette liaison n'avait pas débouché sur une histoire sérieuse, en grande partie parce que François était bien trop léger et capricieux pour s'embarrasser de véritables relations amoureuses. Il préférait de loin flirter avec elle et il était si doué pour cela qu'elle ne s'en formalisait pas.

— J'ai quelques questions à te poser à propos d'un dhampir sur lequel j'enquête actuellement. Je vais mettre le haut-parleur pour que l'agent Braxton puisse entendre lui aussi, d'accord ?

— O.K. Est-ce qu'il est beau garçon ?

— Tâche de te conduire avec courtoisie, s'il te plaît.

— Pourquoi pas ? répondit-il en riant.

Olena activa le haut-parleur et posa le combiné sur la table du restaurant.

— Est-ce que tu m'entends ? demanda-t-elle.

— Mais parfaitement, mon ange. Pose-moi toutes les questions que tu voudras !

Olena jeta un coup d'œil à Cale qui s'était légèrement rembruni.

— As-tu déjà entendu parler de sorciers capables de contrôler l'électricité ? demanda-t-elle.

— Pas de la contrôler, non. D'interférer avec elle, par contre.

— Que voulez-vous dire par là ? s'enquit Cale.

— Eh bien, certains sorciers génèrent une aura qui trouble les instruments électriques. Il arrive alors que des néons se mettent à clignoter en leur présence ou même que certains appareils ménagers refusent tout bonnement de fonctionner. J'avais un ami qui faisait régulièrement griller ses téléphones portables.

— Est-ce que le fait que cette fille soit à moitié vampire pourrait avoir une influence sur ses pouvoirs magiques ? demanda Olena.

— Peut-être… Tout dépend de la puissance de ses parents, j'imagine. Il me faudrait étudier ses antécédents familiaux pour te répondre.

— En tout cas, elle nous a envoyé une décharge

électrique lorsque nous avons essayé de l'attraper. Je crois qu'il s'agit d'un mécanisme de défense, une sorte de réflexe conditionné.

— C'est pratique, commenta François d'un ton appréciatif.

— Croyez-vous qu'elle puisse se servir de ce don pour créer un objet magique ? l'interrogea Cale. Comme une arme.

— De quel genre ?

— Une sorte de bombe, par exemple.

Olena lui jeta un coup d'œil étonné. De toute évidence, il avait une idée en tête. Alors pourquoi ne lui en avait-il pas parlé auparavant ?

— Une bombe ? répéta-t-elle. Est-ce que par hasard tu me cacherais quelque chose, Cale ?

— Pas vraiment.

— Comment ça, pas vraiment ? s'exclama-t-elle avec humeur.

— Ne vous disputez pas, tous les deux, intervint François. Et tâchez d'être gentil avec ma petite amie, Braxton !

— Votre petite amie ? s'exclama Cale en jetant à Olena un regard chargé de reproches.

— Vous ne le saviez pas ? renchérit le sorcier.

— François, je t'en prie, ne commence pas…

— A mon avis, Olena, ce Braxton ne te réussit pas.

Olena poussa un soupir agacé.

— Pourrais-tu revenir au sujet qui nous préoccupe et répondre à la question de Cale ?

Ce fut au tour de François de pousser un soupir théâtral.

— Très bien, lui dit-il. J'imagine que ce serait effectivement envisageable… Un peu comme constituer une boule de feu, par exemple. Elle pourrait piéger cette énergie au centre d'un champ de force et créer ainsi un engin explosif.

Cale hocha la tête d'un air satisfait : apparemment, cette opinion confirmait ses hypothèses.

— Merci, François, lui dit-elle.

— Il n'y a pas de quoi, ma toute belle. Quand reviens-tu nous voir ? Tu me manques…

Avisant l'expression de plus en plus sombre qui se peignait sur le visage de Cale, Olena jugea préférable de désactiver le haut-parleur. Elle prit congé de lui et raccrocha rapidement.

— Tu sembles avoir une théorie sur ce qui est en train de se passer, remarqua-t-elle en se tournant vers Cale.

— Je ne savais pas que tu voyais quelqu'un, répondit-il.

— Nous n'en avons jamais parlé, remarqua-t-elle en souriant. Mais si tu tiens à le savoir, ce n'est pas le cas.

— A vous entendre, j'aurais pourtant juré que tu étais très intime avec ce François…

— Il cherchait juste à te provoquer. Et, apparemment, il y est parvenu. Dis-moi, Cale, serais-tu jaloux, par hasard ?

— Pas du tout, protesta-t-il avec un peu trop de véhémence pour être vraiment crédible.

— Je te rappelle que nous ne sortons pas encore ensemble.

— Pas encore ? dit-il en la regardant droit dans les yeux.

— Pas encore, répéta-t-elle en lui décochant son sourire le plus séducteur.

Cale ne put s'empêcher d'y répondre et elle se sentit fondre intérieurement.

— En attendant, reprit-elle, nous devrions nous remettre à la recherche d'Ivy. Mais je serais vraiment curieuse de savoir ce qui t'a donné cette idée de bombe magique.

— C'est à cause de l'affaire sur laquelle je travaillais juste avant celle-ci. Un groupe terroriste menaçait de faire exploser une bombe à la tour Eiffel. Lorsque j'ai touché l'engin, j'ai eu une vision de l'homme qui l'avait fabriqué. C'était un vampire. Et il avait également mis au point les explosifs qui devaient être utilisés à la banque de Nouveau Monde.

— C'est pour cela que tu es arrivé si vite, acquiesça Olena. Et tu penses que l'attaque de la banque et la mort de Dubois peuvent être liées à des activités terroristes ?

— C'est possible. Cela expliquerait les méthodes des deux tireurs auxquels nous avons eu affaire tout à l'heure.

— Je n'aurais jamais imaginé que des vampires puissent devenir des terroristes.

— J'ai bien peur que les humains n'aient pas le monopole de la terreur.

16

Durant plus de quatre heures, Cale et Olena écumèrent le quartier où vivait Ivy pour tenter de retrouver la jeune femme. Ils commencèrent par l'hôtel, bien sûr, et apprirent sans grande surprise que Tick était venu chercher ses affaires et avait rendu la clé. Ils interrogèrent le vendeur du magasin de bandes dessinées, mais ce dernier ne connaissait du lycan que ses goûts en matière de B.D. et n'avait jamais entendu parler d'Ivy.

Se basant sur la tenue vestimentaire de la jeune dhampir, ils écumèrent ensuite les bars et les boîtes de nuit gothiques. Personne ne semblait la connaître. Cale était convaincu qu'on leur mentait car personne ne pouvait disparaître ainsi sans laisser de trace.

Après avoir essuyé un nouvel échec, Olena et lui décidèrent de s'arrêter dans un café et s'installèrent en terrasse. Cale commanda un jus d'orange fraîchement pressé et Olena une cannette de sang. Il commençait presque à s'habituer à ce curieux régime alimentaire.

En fait, plus il apprenait à connaître Olena et moins sa nature de vampire lui paraissait importante. Il voyait surtout la femme belle, intelligente et pleine d'esprit qu'elle était.

Et il ne pouvait plus se mentir sur la nature de ses sentiments envers elle : l'irrépressible jalousie qu'il avait éprouvée vis-à-vis de François prouvait s'il en était besoin qu'il était en train de tomber amoureux. C'était d'autant plus étrange qu'ils se connaissaient à peine. Mais, en discutant avec elle, il avait l'impression de retrouver une âme sœur qu'il avait trop longtemps perdue de vue.

— Dis-moi, lui dit-il lorsque le serveur leur eut apporté leurs boissons, depuis combien de temps travailles-tu pour la police?

— Un peu moins de dix ans. Et toi?

— Cela fait six ans que je suis à Interpol, mais avant cela je travaillais pour Scotland Yard.

— Tu as toujours voulu être policier?

— Oui. Mon père l'était et j'ai toujours rêvé de suivre ses traces. Et toi? Est-ce que tu as toujours voulu faire un métier de ce genre?

— Pas du tout, répondit Olena. Je suis née serve et j'ai voulu gagner ma liberté. Puis j'ai voulu faire un beau mariage. J'ai voulu devenir actrice. J'ai voulu servir mon pays en temps de guerre. J'ai voulu tant de choses encore… J'imagine que c'est le lot des personnes qui vivent pendant si longtemps : je n'ai cessé de me fixer de nouveaux objectifs et, pour la plupart, je les ai atteints. Il y a dix ans, j'ai souhaité apporter ma contribution au développement de Nouveau Monde. Comme on cherchait des policiers, je me suis engagée. Mais je ne m'attendais pas à trouver ce métier si passionnant. Qui sait combien de temps encore je l'exercerai?

— Tu as été mariée? s'étonna Cale.

— Plusieurs fois, acquiesça-t-elle.

Cale se demanda combien d'hommes elle avait pu connaître en plus de deux cents ans. Cette idée ne le réjouissait guère, bien sûr, mais il songea que l'intérêt qu'elle lui témoignait n'en était que plus flatteur. Elle avait dû fréquenter toutes sortes de personnes fascinantes au cours de son existence et, pourtant, c'était lui qui avait su la séduire aujourd'hui.

— J'espère que cette idée ne te met pas mal à l'aise, remarqua-t-elle.

— Non, répondit-il pensivement. Sauf si l'un de ceux que tu as épousés est un immortel comme toi et qu'il est de nature possessive…

— Ne t'en fais pas pour cela, répondit-elle avec un sourire empreint de tristesse. Les quatre hommes que j'ai épousés étaient des humains. Et tous sont morts.

— Pourquoi n'as-tu pas fait d'eux des vampires ? s'étonna Cale. Vous auriez pu vivre ensemble à jamais.

— Ce n'est pas aussi facile que cela, objecta-t-elle. La transformation d'un humain en vampire est un processus extrêmement dangereux. On a bien plus de chances de perdre la vie que de supporter cette métamorphose. Mais, quand les hommes que j'aimais ont commencé à sentir peser sur eux le poids des ans, je le leur ai effectivement proposé d'essayer. Mais tous ont refusé.

— Comment cela se fait-il ? La plupart des gens donneraient leur âme pour obtenir un tel don.

— C'est bien là tout le problème, répondit Olena. Il n'y a pas si longtemps, les gens étaient profondément convaincus de l'existence de Dieu. Vivre éternellement signifiait se voir interdire l'entrée au paradis. Devenir vampire revenait donc effectivement à perdre son âme. De plus, les hommes que j'ai épousés ont rapidement compris que l'immortalité ne leur apporterait pas forcément le bonheur…

— Tu n'as pourtant pas l'air malheureuse, objecta Cale.

— La vie d'un immortel n'était pas aussi facile qu'aujourd'hui, répondit-elle gravement. Il nous fallait sans cesse nous cacher. Nous ne pouvions rester trop longtemps au même endroit de peur d'éveiller les soupçons. Sans compter le fait que les vampires voient disparaître les uns après les autres les êtres qui leur sont chers.

Cale hocha la tête. Il n'avait jamais considéré les choses de cette façon. Mais en avisant l'expression qui se lisait dans les yeux d'Olena, il comprit que la désinvolture qu'elle affichait le plus souvent cachait une profonde mélancolie.

— Je suis désolé, s'excusa-t-il. Je n'aurais pas dû parler de cela.

— Au contraire, protesta-t-elle. Il est important de parler de ceux que l'on a aimés. Il n'y a rien de pire que l'oubli. A part peut-être la solitude…

Cale prit la main d'Olena dans la sienne et la serra tendrement. Il regretta amèrement de ne pouvoir la protéger contre cette souffrance qu'il percevait en elle. Mais il comprenait aussi que c'était probablement à elle qu'Olena devait la force de caractère qui la caractérisait.

Pour supporter la solitude dont elle parlait, elle était devenue une femme indépendante et libre, capable de se défendre et d'affirmer ses convictions, une femme qu'il admirait profondément.

— Tu n'es plus seule, à présent, lui dit-il malicieusement. Tu m'as, moi. Et au cas où tu ne l'aurais pas remarqué ce matin, je suis coriace !

— Merci, Cale, lui dit-elle en souriant. C'est vraiment très généreux de ta part de faire don de ta personne de cette façon.

— Protéger et servir, telle est la devise de tout bon policier.

— Et j'imagine que cette proposition est complètement désintéressée ? lui demanda-t-elle avec un sourire charmeur.

— Tout à fait. Tu peux disposer de moi corps et âme...

Olena éclata d'un rire communicatif et son visage s'illumina pour le plus grand plaisir de Cale.

Il fut brusquement tenté de la prendre dans ses bras et de l'embrasser. Certes, ils étaient toujours en service et ce genre d'attitude dénotait un certain manque de professionnalisme. Mais en cet instant, il s'en moquait. Tout ce qui importait, c'était l'envie qu'il avait d'elle.

Mais comme il faisait mine de se pencher vers elle, ce qu'il aperçut par-dessus son épaule l'arrêta net.

— Tu ne vas pas le croire, murmura-t-il, sidéré. Elle est juste de l'autre côté de la rue !

— Qui ça ?

— Ivy. Surtout, ne te retourne pas. Si elle nous aperçoit, elle risque de paniquer et de prendre ses jambes à son cou une fois de plus.

— Que fait-elle ?

— Elle est devant une épicerie... Elle a les yeux fixés sur un étalage de pommes. Je crois qu'elle s'apprête à en voler quelques-unes.

— C'est surréaliste, remarqua Olena. Cette fille

vole à l'étalage sans savoir qu'elle est sûrement riche à millions.

— Je reconnais que cela ne manque pas d'une certaine ironie, concéda Cale. Comment veux-tu que nous procédions ?

— Je suis plus rapide qu'elle et je devrais pouvoir l'intercepter par surprise.

— Quant à moi, je pourrais faire diversion de façon à ce qu'elle ne te voie pas approcher.

— Excellente idée, approuva Olena. Tu n'auras qu'à approcher par la droite en faisant en sorte qu'elle te remarque.

Cale songea que ce ne serait guère difficile : il devait être le seul à porter un costume à des lieues à la ronde. Après s'être assuré qu'Ivy fixait toujours les pommes, il posa un billet sur la table, quitta sa chaise et s'éloigna rapidement du café tandis qu'Olena partait dans la direction opposée.

Il laissa à sa partenaire le temps de se mettre en place puis se dirigea d'un pas résolu vers Ivy. Celle-ci devait être aux aguets car il ne lui fallut que quelques secondes pour l'apercevoir. Aussitôt, elle se mit à courir.

Mais elle se retrouva nez à nez avec Olena qui arrivait déjà juste derrière elle. Ivy chercha des yeux une échappatoire et la vampire en profita pour la saisir par le bras. Cale les rejoignit en courant et entendit Olena tenter de calmer Ivy.

— Nous pouvons vous protéger, lui assura-t-elle.

— Bien sûr que non ! s'exclama la jeune dhampir en fondant en larmes. Personne ne peut me protéger contre ces gens. Ils ont tué mon oncle. Et s'ils me retrouvent, ils me tueront aussi !

— Mais qui sont ces gens dont vous parlez? lui demanda Cale.

Au lieu de lui répondre, Ivy se remit à pleurer de plus belle. Olena se rapprocha d'elle et la serra tendrement dans ses bras.

— Nous allons vous conduire au commissariat, déclara-t-elle. Là, vous pourrez manger un morceau et nous discuterons tranquillement.

Elle entraîna Ivy vers sa voiture qui était garée non loin et Cale les suivit, la main posée sur la crosse de son arme. Il ne tenait pas à ce que les tireurs qui les avaient attaqués finissent leur macabre besogne alors que la jeune femme se trouvait sous leur protection.

Ivy Seaborn détenait apparemment la clé de bien des mystères. Mais toute la question était de savoir comment ils pourraient bien la convaincre de coopérer…

17

Moins d'une heure après qu'ils furent passés au commissariat pour prévenir Gabriel, ce dernier avait obtenu l'attribution d'un appartement sécurisé où ils pourraient installer Ivy tant que sa vie serait menacée.

C'est Cale qui avait insisté pour que la jeune femme ne soit pas détenue au commissariat central. Les hommes auxquels ils avaient affaire étaient peut-être des terroristes et ils n'avaient pas hésité à attaquer la principale banque de Nouveau Monde aux explosifs.

Bien sûr, Ivy avait vivement protesté. Mais Olena avait fini par la convaincre que seuls quelques membres de la police scientifique étaient au courant de la localisation de cet appartement et qu'elle y serait plus en sécurité encore qu'au commissariat.

Lorsque tous trois arrivèrent enfin à l'appartement, il était près de 9 heures du soir et Olena commanda leur dîner. Dès qu'il leur fut livré, ils s'installèrent à la table de la cuisine et s'attaquèrent aux plats chinois qu'elle avait choisis.

Elle ne regretta pas d'en avoir pris autant car Ivy se jeta sur la nourriture avec un appétit d'ogre. Il était évident qu'elle n'avait pas mangé à sa faim depuis fort longtemps. L'état de ses cheveux et de ses vêtements indiquait qu'elle avait aussi grand besoin de prendre une douche et de se changer.

Jusqu'alors, Cale était demeuré un peu en retrait, se contentant de manger en silence et d'observer la jeune femme. Olena finit par en déduire qu'il lui laissait prendre l'initiative. C'était sans doute une bonne idée car, si ses questions effarouchaient Ivy, celle-ci pourrait se tourner vers lui. Or elle ne semblait pas indifférente à son charme.

Evidemment, Olena ne pouvait le lui reprocher…

— Qu'est-ce que tu penses du poulet kung pao ?

— Pas mal, répondit sobrement Ivy.

— Finis-le, si tu veux. Ce serait dommage de le jeter.

Elle fit glisser la boîte vers Ivy qui vida le contenu dans son assiette et s'y attaqua aussitôt.

— Depuis combien de temps n'avais-tu pas fait un vrai repas ?

— Je ne sais pas… Quatre ou cinq jours, peut-être.

— Et où habites-tu ?

— A droite, à gauche… Je squatte chez des amis. Mais je ne reste jamais très longtemps.

Olena jeta un coup d'œil à Cale qui inclina presque imperceptiblement la tête, l'encourageant à continuer. Lui-même se carra dans son siège et se mit à jouer d'un air parfaitement nonchalant avec ses baguettes.

Olena posa ses coudes sur la table et se pencha légèrement en avant.

— Je suis vraiment désolée pour ton oncle, Ivy.

Celle-ci se figea, visiblement émue. Elle reposa sa fourchette et baissa la tête, laissant une mèche dissimuler pudiquement l'expression de son regard.

— Est-ce que tu étais proche de lui ? reprit Olena.

— Il était ma seule famille, répondit Ivy d'une voix un peu rauque. La seule personne qui me restait…

— Nous voulons retrouver ceux qui l'ont tué, tu sais. Et je pense que tu peux nous y aider.

Ivy ne répondit pas, se contentant de garder les yeux obstinément baissés.

— Ces gens sont dangereux, insista Olena. Et nous pensons qu'ils sont impliqués dans quelque chose de plus grave encore. C'est pour cela que l'agent Braxton est ici. Mais sans toi nous ne parviendrons jamais à intervenir à temps. Nous avons besoin de ton aide, Ivy.

A ces mots, la jeune dhampir releva légèrement la tête.

— Sans toi, nous ne retrouverons jamais les tueurs et nous ne vengerons jamais ton oncle.

Cette fois, Ivy la regarda droit dans les yeux.

— Je veux vous aider, lui dit-elle. Mais j'ai peur.

Olena tendit la main pour prendre celle de la jeune femme. Elle savait qu'établir une relation personnelle et émotionnelle avec un témoin n'était pas vraiment recommandé. Mais Ivy paraissait si seule et si perdue qu'Olena ne pouvait s'empêcher de compatir avec elle.

— Je sais que tu es terrifiée, lui dit-elle d'une voix très douce. Mais nous ne laisserons personne te faire du mal, Ivy. Je te le promets.

Ivy dégagea doucement sa main de la sienne. Puis elle observa tour à tour Olena et Cale.

— Je suis épuisée, leur dit-elle. Y a-t-il un endroit où je pourrais dormir quelques heures ?

Déçue de la voir se replier sur elle-même de cette façon, Olena hocha la tête et désigna le couloir qui partait de la cuisine.

— La deuxième pièce sur la droite est une chambre

à coucher, lui dit-elle. Il y a des draps, des oreillers et des couvertures dans l'armoire.

Ivy repoussa sa chaise et se leva.

— Merci, leur dit-elle.

Sur ce, elle se détourna et quitta la cuisine sans ajouter un mot. Quelques instants plus tard, elle disparut dans la chambre à coucher et referma la porte derrière elle. Olena se tourna alors vers Cale en soupirant.

— Je crois que ça va être encore plus difficile que je ne l'imaginais, remarqua-t-elle.

— Il faut la comprendre, répondit Cale. Il est évident que la vie ne l'a pas épargnée. Et elle n'a pas vraiment de raisons de nous faire confiance.

— Certes… Mais cela ne nous avance guère. Que suggères-tu ?

— Je ne sais pas, soupira à son tour Cale. Je n'ai pas tellement l'habitude des adolescents.

— Moi non plus. Et lorsque j'étais jeune, l'adolescence était un concept qui n'existait même pas.

— Nous devrions peut-être faire venir quelqu'un de plus qualifié demain. Vous devez certainement travailler en collaboration avec des psychologues de temps à autre.

— J'en parlerai à Gabriel, acquiesça Olena. Mais il ne pourra envoyer personne avant demain. En attendant, nous allons devoir jouer les baby-sitters.

— J'en ai bien peur, répondit Cale avant de jeter un coup d'œil à la table. Je lave et tu essuies, d'accord ?

Olena acquiesça en riant. Cale empila leurs assiettes et leurs couverts qu'il emporta jusqu'à l'évier. Après avoir récupéré un flacon de liquide vaisselle dans le placard qui se trouvait dessous, il se mit au travail.

— Voilà encore une chose que l'on n'aurait jamais

imaginée lorsque j'étais jeune, remarqua Olena d'une voix amusée. Un homme en train de faire la vaisselle!

— Au lieu de te moquer de moi, tu ferais mieux d'essuyer cette assiette, femme! s'exclama Cale sur le même ton.

Tandis que tous deux s'activaient dans la cuisine, Olena sentit son cœur se serrer dans sa poitrine. Cela faisait si longtemps qu'elle n'avait pas connu ce genre de complicité avec un homme, qu'elle n'avait pas goûté aux mille plaisirs simples qui constituaient le quotidien d'un couple.

Mais elle n'avait aucun mal à s'imaginer en train de partager de tels moments avec Cale jour après jour. En fait, la simple idée de passer sa vie avec lui éveillait en elle une douce sensation de chaleur, un bien-être dont l'intensité la prit de court. Car jusqu'à cet instant elle n'avait pas réellement compris à quel point elle était amoureuse de cet homme.

Il lui tendit alors la dernière assiette. Brusquement tirée de ses réflexions, elle la prit et leurs doigts s'effleurèrent, ce qui suffit à éveiller le long de son bras un délicieux frisson.

Cale dut le remarquer car ses yeux glissèrent involontairement vers sa bouche. Le désir qu'elle lut alors dans son regard fit naître en elle une chaleur qui se répandit en elle à une vitesse stupéfiante.

— Je n'aurais jamais cru que faire la vaisselle puisse constituer une expérience aussi excitante, remarqua Cale en souriant.

— Moi non plus, avoua-t-elle.

Cale fit un pas vers elle et posa ses mains encore humides sur ses épaules. Olena leva alors son visage, entrouvrant les lèvres pour les lui offrir. Son cœur battait à tout rompre et elle avait l'étrange impression d'être redevenue une jeune fille à la veille de son tout premier baiser.

Mais ils furent soudain interrompus par un bruit de verre brisé.

— Qu'est-ce que c'est ? s'exclama Cale en se tournant vers le couloir.

Olena s'était déjà élancée en direction de la chambre d'Ivy.

— C'était sa vitre ! s'exclama-t-elle. Elle a dû la briser pour pouvoir sortir.

Elle tendit la main vers la poignée, mais, quand ses doigts se refermèrent dessus, elle sentit une puissante décharge électrique parcourir son corps et fut violemment projetée en arrière. Cale qui arrivait juste derrière elle l'empêcha de perdre l'équilibre.

— Quelle petite garce ! s'exclama Olena, furieuse.

— Pourquoi complique-t-elle autant les choses ?

— Je l'ignore, mais cette fois j'en ai assez !

Olena s'approcha de nouveau de la porte dans laquelle elle décocha un coup de pied rageur. La violence de l'impact fut telle que la porte fut arrachée de ses gonds et s'abattit à l'intérieur de la chambre.

Celle-ci était vide, bien sûr, et Olena se précipita vers la fenêtre brisée dont les montants étaient noircis.

— Elle a dû utiliser sa magie, constata-t-elle. Décidément, cette fille ne manque pas de ressources !

— Et maintenant ? soupira Cale, désabusé. Qu'est-ce qu'on fait ?

Olena remarqua alors quelque chose qui brillait, juste

sous le lit. Se penchant pour le récupérer, elle constata qu'il s'agissait d'un bracelet en argent.

— Peut-être pourrais-tu essayer d'employer tes dons de médium sur ce bijou, suggéra-t-elle.

— Ça vaut le coup d'essayer, acquiesça-t-il.

Un autre bruit se fit entendre, du côté de la porte d'entrée, cette fois.

— Que se passe-t-il, encore? murmura Olena en regagnant le couloir.

Cale émergea à son tour de la chambre. Au même instant, un choc sourd se fit entendre et la porte d'entrée s'ouvrit à la volée.

— Couche-toi! cria Cale en se jetant sur elle pour la plaquer au sol.

Mais, au lieu des tirs automatiques qu'il avait anticipés, ce furent deux boîtes métalliques qui roulèrent dans l'appartement. Instantanément, des nuages de gaz s'en échappèrent.

— Retiens ta respiration! s'écria Olena. Sortons d'ici!

Ils se mirent à ramper en direction de la chambre.

— Trouvez la fille! s'exclama une voix d'homme derrière eux.

— Et l'humain et la vampire?

— Ils ne nous sont plus de la moindre utilité. Tuez-les.

Olena et Cale atteignirent enfin la chambre d'Ivy.

— Nous sommes coincés, constata-t-il en tirant son arme. Il ne nous reste plus qu'à espérer qu'ils ne sont pas trop nombreux.

— Range ton arme, lui conseilla-t-elle. C'est trop dangereux. D'autant que ces hommes sont des professionnels : ils sont sans doute équipés de gilets pare-balles et de pistolets-mitrailleurs.

— Alors que proposes-tu ?

— Il va falloir que tu me fasses confiance.

— Je n'ai pas vraiment le choix…

— Donne-moi ta main.

Surpris, Cale s'exécuta.

— Je vais compter jusqu'à trois et nous sauterons par la fenêtre.

— Mais c'est de la folie !

— Un…

— Olena…

— Deux…

Deux hommes pénétrèrent alors dans la pièce, l'arme au poing.

— Trois ! hurla Olena en se mettant à courir.

Cale n'eut d'autre choix que de la suivre et tous deux sautèrent par la fenêtre. Dès qu'ils furent à l'extérieur, elle entoura Cale de ses bras. Ce dernier poussa un hurlement en voyant le sol se rapprocher à toute vitesse. Mais Olena avait profité de leur élan pour se retourner. Elle percuta le sol de plein fouet, amortissant la chute de son compagnon.

— Mais tu es complètement malade ! s'écria Cale.

— Nous étions un peu à court d'options, répondit-elle en tentant de se redresser.

Ce geste lui arracha un cri de douleur. La blessure qu'elle avait essuyée le matin même avait dû se rouvrir car son chemisier était de nouveau imbibé de sang.

— Bon sang, Olena, tu ne trouves pas que tu pousses le bouchon un peu loin, même pour une immortelle ?

— Ne t'en fais pas. Je sais que je dois faire peine à voir, mais dans quelques heures il n'y paraîtra plus.

— Franchement, je ne sais pas combien de fois

encore je vais pouvoir supporter de te voir te mettre dans des états pareils !

— Je sais que ce ne doit pas être facile pour toi, Cale. Mais tu dois te rappeler que je ne suis pas humaine : je suis plus solide que tu ne peux l'imaginer et je suis dotée de prodigieux pouvoirs de récupération.

Elle essaya de nouveau de se relever et y parvint enfin au prix d'une atroce souffrance.

— J'ai l'impression d'être passée sous un bus.

— J'espère que ce n'est qu'une façon de parler.

— A vrai dire, je suis passée sous une voiture, une fois…

— Je préfère ne pas le savoir, l'interrompit Cale, horrifié.

— En tout cas, rappelle-moi de ne pas réitérer ce genre d'exploit. Tu es beaucoup trop lourd.

— C'est promis.

Cale aida Olena à se remettre debout et ils s'éloignèrent en boitant, se soutenant l'un l'autre.

— Pourquoi ne nous ont-ils pas tiré dessus ? se demanda alors Olena en jetant un coup d'œil à la fenêtre par laquelle ils venaient de sauter.

— Parce que la police ne va pas tarder à arriver. J'entends déjà les sirènes.

— Ces types sont de véritables professionnels, remarqua-t-elle. Je suis certaine que ce sont les mêmes qui ont attaqué la banque.

— C'est probable, concéda Cale.

Ils remontèrent la ruelle dans laquelle ils étaient tombés jusqu'à l'avenue principale sur laquelle donnait l'entrée de l'immeuble. Ils constatèrent qu'une voiture de police et une ambulance étaient déjà garées devant. Il y avait aussi un véhicule banalisé duquel sortit Gabriel qui se précipita aussitôt vers eux.

— Est-ce que tout va bien ? leur demanda-t-il, inquiet.

— Je n'ai que quelques côtes cassées, rien de grave, lui assura Olena. Mais il faudrait vérifier les points de suture de Cale et lui refaire son bandage.

— Je m'en charge, fit une voix derrière eux.

Ils découvrirent Trevor qui les observait d'un air amusé.

— Combien de fois par jour comptez-vous recourir à nos services ? leur demanda-t-il. Nous pourrions peut-être vous offrir une sorte d'abonnement…

Pendant que l'infirmier s'occupait de Cale, Olena fit un rapport détaillé à Gabriel.

— Je me demande comment ils vous ont retrouvés aussi vite, remarqua ce dernier lorsqu'elle eut terminé son récit.

— Je l'ignore, avoua Olena. Grâce à la fille, sans doute. Ils avaient peut-être réussi à l'équiper d'un mouchard quelconque…

— Je ne pense pas, objecta Gabriel. Sinon, ils l'auraient tuée ou enlevée durant la journée au lieu d'attendre qu'elle soit gardée par deux policiers en arme.

— Je pense au contraire que ces types se sont servis de nous pour retrouver Ivy, observa Cale.

— Que veux-tu dire ?

— Tu as entendu ce qu'a dit leur chef : « Ils ne nous sont plus de la moindre utilité, à présent. » Je crois que c'est nous qui sommes sous surveillance.

— Bon sang, murmura Olena, horrifiée. Comment n'y ai-je pas pensé plus tôt ?

— J'en déduis que c'est toi qui es espionnée, remarqua Gabriel. Qu'est-ce qui te fait penser cela ?

— Valentino.

Cale poussa un juron.

— C'est vrai ! s'exclama-t-il, furieux. Il est venu à ton appartement pour te parler d'Ivy. Il a dû en profiter pour cacher un mouchard sur toi.

— Tu ferais mieux de rentrer au laboratoire au plus vite, suggéra Gabriel. Si nous avons affaire à un mouchard électronique, nous le trouverons sans problème. Si c'est un dispositif magique, François s'en chargera.

Olena hocha la tête. Elle se sentait ridicule de s'être fait avoir par Valentino. Elle aurait pourtant dû savoir qu'il ne lui rendrait jamais service de façon désintéressée. Elle aurait dû le sentir.

Malheureusement, le sorcier était doté d'un charme et d'un bagout hors du commun et il s'était joué d'elle avec une facilité déconcertante.

C'est alors qu'elle comprit que, si les hommes de Valentino n'avaient pu la suivre jusqu'à la fête dans laquelle se cachait Ivy, il n'y aurait pas eu tous ces blessés. A cause de sa négligence, trois personnes étaient mortes et Cale avait failli se faire tuer.

Et elle n'était pas très sûre de pouvoir le supporter.

18

Lorsque Trevor se fut occupé d'eux, Gabriel demanda à l'un des policiers de conduire le véhicule d'Olena au commissariat. Il ramena Cale et la vampire dans sa propre voiture et profita du trajet pour envoyer une patrouille arrêter Valentino.

Dès leur arrivée au laboratoire de la police scientifique, Gabriel les confia à François pour qu'il les examine. C'était un jeune sorcier très mince, au visage fin et aux traits délicats. Il avait de longs cheveux d'un noir d'ébène et était habillé avec beaucoup de goût.

Il émanait de lui une forme d'assurance blasée, un mélange de snobisme et d'indifférence teintée d'ironie envers le monde qui l'entourait. Cale était assez surpris de penser qu'Olena ait pu fréquenter un tel dandy. Il paraissait à la fois trop jeune et trop maniéré pour elle. Mais peut-être s'était-elle laissé séduire par son physique de mannequin.

Il semblait pourtant évident que François n'avait pas complètement renoncé à sortir avec elle. Et il paraissait ravi à l'idée de pouvoir l'inspecter sous toutes les coutures, fût-ce dans un cadre professionnel.

Evidemment, Cale ne pouvait guère le lui reprocher : lui-même aurait été heureux de se charger d'une telle mission s'il avait eu la moindre compétence en matière de magie. Malheureusement, ce n'était pas le cas et il allait devoir ronger son frein pendant que le jeune sorcier palpait la femme dont il était amoureux.

— Il va falloir que tu te déshabilles, Olena, déclara ce dernier.

— Pardon ? s'exclamèrent Cale et la vampire à l'unisson.

François haussa les épaules d'un air faussement détaché.

— Si Valentino a utilisé un sort pour te localiser, il ne l'a probablement pas lancé sur tes vêtements que tu changes tous les jours. Il l'a placé sur ta peau.

— C'est logique, concéda Olena.

Cale comprenait mieux à présent ce qui réjouissait tant le jeune sorcier. Mais ce n'était pas fait pour apaiser la jalousie qui le rongeait déjà.

— Très bien, soupira Olena en commençant à déboutonner son chemisier. Finissons-en au plus vite, dans ce cas.

— Nous devrions sortir, agent Braxton, déclara Gabriel en faisant mine de se diriger vers la porte.

L'idée de laisser Olena seule avec François ne souriait guère à ce dernier. Et la vampire dut le comprendre car elle haussa les épaules.

— Cale peut rester, dit-elle.

François et Gabriel lui jetèrent tous deux un regard stupéfait.

— Olena…, commença Gabriel.

Il s'interrompit aussitôt, ne sachant visiblement pas comment formuler de façon diplomatique ce qu'il avait en tête.

— Je suis une grande fille, Gabriel, déclara Olena

en le regardant droit dans les yeux. Assez grande pour décider de ce que je fais et avec qui je le fais.

Il était difficile d'être plus explicite. Et, si Cale trouvait juste un peu étrange que les collègues d'Olena les considèrent comme un couple alors qu'ils ne sortaient même pas encore ensemble, il ne pouvait que se réjouir de la promesse muette que constituait cette déclaration.

Gabriel, quant à lui, l'observait attentivement comme s'il découvrait brusquement quelqu'un qu'il ne connaissait pas et cherchait à prendre la mesure du personnage. Cale songea que cette réaction était vraiment typique d'un lycan : en tant que membre de son équipe, Olena se rattachait à la meute de Gabriel et il devait considérer avec suspicion l'entrée d'un nouveau mâle dans sa vie.

Cale espéra que cette situation ne compromettrait pas les bonnes relations qu'il avait réussi à établir avec lui. Car Gabriel lui était très sympathique et il ne tenait pas à l'offenser.

Cpendant, il n'était évidemment pas question pour lui de renoncer à Olena et tous trois devraient rapidement trouver un terrain d'entente. C'était d'autant plus délicat que Cale ne savait pas jusqu'où le mènerait sa relation avec Olena.

Ce qu'il éprouvait à son égard était bien plus que du désir. Il ne s'agissait pas d'une simple passade mais de l'étrange conviction qu'ils étaient destinés l'un à l'autre, que rien ni personne ne pourrait défaire le lien qui les unissait.

Jamais il n'avait éprouvé ce genre de sentiments. Et la rapidité avec laquelle ils avaient pris racine en lui ne cessait de l'étonner. Pourtant, il ne pouvait nier l'évidence et il était quasiment convaincu qu'Olena éprouvait la même chose.

Finalement, Gabriel hocha la tête comme s'il était parvenu à une conclusion à leur sujet.

— Je vais vous laisser, déclara-t-il. Nous nous verrons tout à l'heure pour faire le point sur l'avancement de cette enquête.

Sur ce, il sortit en refermant doucement la porte derrière lui. Lorsqu'il eut disparu, Olena acheva de déboutonner son chemisier et ôta son pantalon. En la voyant apparaître devant lui en sous-vêtements, Cale sentit sa gorge se serrer et les battements de son cœur s'accélérer.

Elle était plus belle encore qu'il ne l'avait imaginé. Son corps mince était celui d'une guerrière. Fin, nerveux, élancé, il dégageait un mélange de grâce et de puissance mêlées. Cale brûlait de laisser courir ses mains sur cette peau marmoréenne et de plonger ses doigts dans les longs cheveux d'un noir de jais de la jeune femme.

Craignant de céder à ce désir irrépressible, il se força à détourner les yeux. François, au contraire, ne se gênait pas pour l'admirer, ce qui éveilla en Cale un nouvel accès de jalousie.

Il était terriblement tenté de lui faire une réflexion désagréable mais savait que cela n'aurait fait qu'envenimer les choses. De toute évidence, François était un provocateur et il prendrait un malin plaisir à en rajouter pour faire sortir Cale de ses gonds.

— Et maintenant ? demanda Olena que le regard admiratif des deux hommes ne paraissait pas embarrasser le moins du monde. Que suis-je censée faire ?

— Je vais inspecter ton aura, répondit François.

Tiens-toi immobile, les bras écartés de chaque côté du corps, d'accord?

Elle hocha la tête et obéit à ses instructions. François se frotta alors les mains et s'avança vers elle.

— Ne bouge pas, recommanda-t-il.

Il se planta devant elle et plaça ses mains au-dessus de sa tête, à quelques centimètres seulement de ses cheveux. Il prit alors une profonde inspiration et commença à suivre lentement le contour de son corps.

Cale se demanda s'il avait pris la bonne décision en choisissant de rester. Car, même si François ne touchait pas Olena, il y avait dans ses gestes une forme d'intimité qui le mettait terriblement mal à l'aise. Et il était difficile de ne pas penser au fait que le sorcier et la vampire avaient été amants.

Croisant le regard d'Olena, il comprit qu'elle avait parfaitement saisi le tour qu'avaient pris ses pensées. Et elle lui adressa une mise en garde muette, l'enjoignant sans qu'il fût besoin de paroles à conserver son calme.

— Est-ce que tu ne pourrais pas aller un peu plus vite, François? demanda-t-elle au sorcier.

— Non. Je ne veux pas rater quelque chose simplement parce que tu es trop pressée.

Il s'agenouilla devant elle et laissa ses mains glisser au-dessus de son ventre et de ses hanches. Elle devait sentir son souffle sur sa peau. Cale jura intérieurement : c'est lui qui aurait dû se trouver à la place de François en cet instant. Celui-ci n'avait aucun droit sur elle...

— Cale, murmura Olena.

Il y avait dans sa voix une mise en garde, comme si elle avait perçu la colère qui grondait en lui.

— Ça y est! s'exclama alors François. J'ai trouvé.

Il désigna la cheville droite de la vampire.

— C'est juste ici.

— Mais comment a-t-il pu lancer un sort à cet endroit ? s'étonna Olena.

— Le plus simple, c'est de lier le sort à un liquide quelconque et d'en asperger la peau de sa cible. Portais-tu des chaussures basses, ce jour-là ?

— Oui, des bottines. Mais il a dû être particulièrement discret.

— La plupart des sorciers sont de bons prestidigitateurs. C'est très utile lorsque l'on veut lancer un sort sans se faire remarquer.

— Comment se fait-il que le sort n'ait pas été effacé quand Olena a pris sa douche ? s'enquit Cale, curieux.

— Dans ce cas précis, le liquide utilisé par Valentino n'était qu'un simple vecteur, un moyen de transporter le sort jusqu'à sa victime. Mais j'imagine qu'il a dû employer un cheveu d'Olena pour stabiliser l'enchantement et le rendre permanent.

— Est-ce que tu peux m'en débarrasser ?

— Oui, répondit François sans hésiter. Mais il va me falloir un peu de temps pour préparer le contre sort.

— Combien de temps ?

— Pas plus de trois ou quatre heures, répondit-il.

— Merci, François, lui dit-elle en commençant à se rhabiller.

— Tout le plaisir était pour moi, mon ange, répondit-il en s'inclinant légèrement.

— Je n'en doute pas, murmura Cale.

Au sourire qui se peignit alors sur les lèvres de François, il comprit aussitôt qu'il venait de commettre une erreur.

— Vous paraissez un peu tendu, agent Braxton, remarqua-t-il avec une bonne grâce volontairement exagérée. Peut-être devriez-vous prendre quelques jours de congé. Dormez un peu. Je sais qu'il n'est pas facile pour les humains de suivre le rythme à Nouveau Monde.

Il décocha à Olena un sourire complice.

— Nous oublions facilement que les peuples de l'ombre sont beaucoup plus endurants, ajouta-t-il d'un ton lourd de sous-entendus.

— Je repasserai te voir dans trois heures, déclara alors Olena en finissant de boutonner son chemisier.

Elle rejoignit Cale et le prit par le bras pour l'entraîner en direction de la porte.

— J'attendrai ce moment avec impatience, minauda François.

Olena poussa littéralement Cale hors du laboratoire du sorcier.

— Ce type est vraiment insupportable ! s'exclama ce dernier lorsqu'ils se retrouvèrent dans le couloir.

— Je t'assure qu'il n'est pas toujours comme ça, répondit-elle en haussant les épaules. Je crois qu'il cherche surtout à me protéger.

— Du grand méchant humain ? railla Cale. Au cas où il ne l'aurait pas remarqué, c'est moi qui aurais besoin de protection. Je suis cerné de vampires, de loups-garous et de sorciers !

— Je ne pense pas qu'il s'inquiète pour mon intégrité physique, objecta-t-elle. Mais, tout comme Gabriel, il doit avoir peur que je ne fasse une bêtise.

— Quel genre de bêtise ?

— Tomber amoureuse de toi, par exemple, répondit-elle en le regardant droit dans les yeux. Ils doivent penser que nous ne sommes pas faits l'un pour l'autre et que je finirai par en souffrir.

— Et toi, qu'est-ce que tu en penses ?

— Qu'il est trop tard pour se poser ce genre de questions, répondit-elle en lui décochant un sourire qui le fit fondre. De toute façon, je suis déjà amoureuse.

Cale sentit monter en lui une joie si puissante qu'elle balaya d'un coup ses derniers doutes.

— Moi aussi, lui avoua-t-il d'une voix que l'émotion rendait très rauque. Je ne sais pas où tout cela peut nous mener, mais je crois que je suis tombé amoureux de toi au moment où je t'ai rencontrée.

— Dis-moi, murmura Olena en lui prenant doucement la main. Si j'ai bien compris, nous avons trois heures devant nous… As-tu une idée de ce que nous pourrions faire pour nous occuper ?

Le cœur de Cale se mit à battre la chamade.

— Peut-être, répondit-il. Veux-tu que nous allions chez toi ?

— Non. Ton hôtel est plus près d'ici.

Ils virent alors Gabriel qui venait à leur rencontre, un épais dossier sous le bras. Mais avant même qu'il ait eu le temps de prononcer un mot, Olena l'interrompit d'un geste.

— Nous nous sommes fait tirer dessus, nous avons parcouru la ville à pied en tous sens et nous avons fini par sauter par une fenêtre du deuxième étage, lui dit-elle. Alors nous prenons une pause de trois heures. Ce n'est pas négociable.

Sur ce, elle se remit en marche, entraînant Cale en direction du garage.

19

Olena couvrit la distance qui séparait le commissariat de l'hôtel en six minutes et quarante-cinq secondes, ce que devait constituer un record de vitesse absolu. Ils quittèrent la voiture et traversèrent le parking à grands pas en direction de l'entrée principale.

Cale alla récupérer sa clé à la réception et ils allèrent impatiemment attendre l'ascenseur. Dès que les portes de la cabine se refermèrent sur eux, ils s'enlacèrent et se dévorèrent littéralement de baisers passionnés.

Olena se pressa contre lui. Elle avait besoin de sentir son corps contre le sien, besoin de ses bras autour de sa taille, ses lèvres sur les siennes et ses mains dans ses cheveux. Elle avait besoin de lui. Et cette envie était si intense qu'elle avait presque quelque chose de terrifiant.

Son corps tout entier se consumait de désir et elle avait l'impression de fondre de l'intérieur. Jamais personne ne lui avait fait un tel effet. Elle espéra qu'il n'avait pas réellement conscience de l'emprise qu'il exerçait sur elle car, dans le cas contraire, il pourrait faire d'elle ce qu'il voulait.

Elle ne parvenait même plus à contrôler les tremblements convulsifs qui la parcouraient et se faisait l'effet d'un vampire en manque de sang. Son être tout entier vibrait à l'idée de ce qui les attendait. Si Cale ne l'avait pas soutenue en cet instant, elle aurait certainement été incapable de tenir debout.

Lorsqu'ils atteignirent l'étage auquel se trouvait la chambre de Cale, ce dernier reprit Olena par la main et l'entraîna jusqu'à sa porte. Si l'impatience qui se lisait sur son visage était égale à la sienne, leur étreinte serait probablement de courte durée, songea-t-elle avec une pointe d'amusement.

Mais elle s'en moquait : tout ce qui comptait en cet instant, c'était de le sentir en elle, de l'attirer au plus profond de sa chair, de le posséder et de se laisser posséder corps et âme.

D'une main légèrement tremblante, Cale sortit la carte magnétique qui servait de clé et ouvrit la porte de sa chambre. Dès qu'ils furent à l'intérieur, il la referma d'un coup de talon et reprit Olena dans ses bras pour l'embrasser.

Ils ne pouvaient se rassasier l'un de l'autre et leurs mains s'élançaient à la découverte de leurs corps, attisant encore la flamme de la passion qui les consumait. Les doigts de Cale se posèrent alors sur les boutons de son chemisier qu'il commença à dégrafer avec impatience.

Sans cesser de la dévorer de baisers, il lui ôta le vêtement qu'il laissa tomber à ses pieds, révélant le soutien-gorge de dentelle noire qu'elle portait au-dessous. Sans attendre, il déboutonna son pantalon qui rejoignit bientôt le chemisier sur le sol.

Il s'agenouilla alors devant elle et posa les paumes de ses mains sur ses fesses avant de presser son visage contre son ventre qu'il couvrit d'une pluie de petits baisers qui la faisaient frissonner de part en part. Elle plongea ses doigts dans ses cheveux, admirant leur douceur qui contrastait délicieusement avec la force qui émanait de lui.

Il effleura alors son mollet d'une caresse qui remonta doucement jusqu'à son genou avant de gravir l'intérieur de sa cuisse, la faisant frémir de plus belle.

— Tu es magnifique, Olena, murmura-t-il d'une voix que le désir rendait très grave. Chaque fois que je te regarde, j'ai envie de toi. Chaque fois que je respire ton odeur, je crois devenir fou... Jamais je n'ai rencontré quelqu'un comme toi.

Olena ne répondit pas. Le terrifiant mélange d'émotion et de désir qui l'habitait en cet instant l'empêchait de prononcer le moindre son. Elle avait l'étrange impression qu'elle était sur le point de faire l'amour pour la première fois de sa longue existence.

Cale posa de nouveau ses lèvres sur son ventre qu'il effleura cette fois de l'extrémité de sa langue, lui arrachant un petit gémissement de plaisir. Elle renversa la tête en arrière pour mieux s'offrir à cette délicieuse exploration. Il lui semblait que son être tout entier se liquéfiait, se dissolvait de l'intérieur comme pour mieux se fondre dans cette joie sauvage qui ne cessait de grandir en elle.

Encouragé par ses soupirs et ses râles, Cale se faisait toujours plus audacieux. Ecartant légèrement le bas de sa culotte, il commença à la masser délicatement de son pouce, la faisant trembler convulsivement.

Lentement, inexorablement, elle sentit son doigt pénétrer en elle. Son désir était si intense, à présent, qu'il ne rencontra aucune résistance. Ses caresses se firent alors plus marquées et Olena se raidit brusquement, sentant exploser en elle une bouffée de plaisir.

Loin de s'en contenter, Cale fit glisser sa culotte le long de ses cuisses et sa bouche se posa là où s'étaient trouvés ses doigts, quelques instants auparavant. Il ne lui laissa pas même le temps de reprendre son souffle et elle sentit sa langue se glisser en elle.

Olena se mordit la lèvre pour ne pas hurler. Le plaisir qui déferlait en elle ne ressemblait à rien de ce qu'elle avait connu auparavant. Les caresses de Cale éveillaient chez elle un écho mystérieux, comme s'ils étaient amants depuis toujours.

Il paraissait pressentir ses envies, anticiper le moindre de ses désirs et l'entraînait toujours plus loin d'elle-même, plus loin de ce moment d'espace et de temps vers un monde d'extase qui lui était encore inconnu. Mais à mesure que grandissaient les vagues de plaisir qui la balayaient sans pitié, elle sentait également monter un besoin nouveau : celui de se laisser posséder par cet homme qui savait lui faire tant de bien.

Cela ne lui ressemblait pas. D'ordinaire, Olena préférait garder le contrôle et c'était elle qui prenait l'initiative, qui dictait ses conditions. La plupart des gens qui la connaissaient la considéraient d'ailleurs comme une séductrice et une maîtresse femme.

Mais la vérité était tout autre. Au fond d'elle-même, elle aspirait à rencontrer quelqu'un qui saurait voir au-delà du masque qu'elle portait et la regarder telle qu'elle était vraiment.

Et n'était-ce pas précisément ce qu'avait fait Cale ? Contrairement à la plupart des humains, il ne l'avait jamais regardée comme un monstre assoiffé de sang ni comme une sorte de déesse fantasmatique à laquelle il fallait rendre un culte.

En fait, il avait très vite oublié le vampire qu'elle était pour la traiter en égale. Il s'était efforcé de la protéger et de veiller sur elle malgré son incontestable supériorité physique. Il n'avait pas eu peur de s'opposer à elle lorsqu'ils étaient en désaccord.

Et, en cet instant, il lui faisait l'amour avec passion, sans aucune retenue. C'était une marque de confiance, une marque de respect à laquelle elle ne pouvait répondre qu'en s'abandonnant elle aussi à ce moment magique qu'ils étaient en train de partager.

Renonçant à maîtriser ses sensations et ses émotions, elle recula lentement jusqu'au lit, entraînant avec elle Cale qui continuait à explorer les recoins les plus intimes de son être. Basculant sur le matelas, elle s'ouvrit à lui et se laissa entièrement guider. Son corps s'arquait régulièrement sous l'effet des spasmes toujours plus violents qui la traversaient.

Elle avait l'impression que plus rien n'existait : ni l'espace, ni le temps, ni même leurs corps enlacés. Il ne restait plus que cet océan de joie dans lequel elle plongeait, se laissant porter par le ressac de son propre plaisir.

Elle n'aurait su dire combien de temps dura cet étrange voyage. Mais, au bout d'un moment, elle se sentit revenir lentement à la réalité, comme si elle s'éveillait d'un rêve. Elle constata alors que Cale avait cessé de la caresser.

Allongé à ses côtés, la tête posée sur un coude, il la contemplait avec un mélange d'admiration, de tendresse et de désir. Levant une main tremblante vers son visage, elle lui effleura la joue avant de l'attirer vers elle pour l'embrasser.

Il lui rendit son baiser avec fougue et, à sa grande surprise, elle sentit son désir renaître en elle. Loin de la rassasier, le plaisir qu'il lui avait offert n'avait fait qu'intensifier l'étrange besoin qu'elle avait de se donner à lui.

Cale, par contraste, paraissait étrangement apaisé. L'urgence qui s'était emparée de lui depuis qu'ils étaient de retour à l'hôtel avait disparu, remplacée par une forme de sérénité.

Et, dans son regard, elle lisait une volonté farouche, une certitude implacable. De toute évidence, ce qui venait de se passer avait dissipé ses derniers doutes et ses dernières angoisses.

Curieusement, cette assurance fit naître en Olena une légère inquiétude. Car elle s'était juré autrefois de ne plus jamais tomber amoureuse d'un humain, de ne plus s'offrir corps et âme à un homme qu'elle serait condamnée à perdre une fois de plus.

Et, si elle ne pouvait nier les sentiments que lui inspirait Cale, elle avait espéré que tous deux réussiraient à conserver une certaine distance. Or il devenait de plus en plus évident qu'ils auraient beaucoup de mal à y parvenir.

— Reste avec moi, Olena, murmura Cale en lui caressant la joue. J'ai besoin de toi,…

— Je suis là, souffla-t-elle.

Elle lui ouvrit alors les bras et il pénétra doucement en elle, s'immisçant au plus profond de son corps, de son cœur et de son âme. Et, tandis que son plaisir renaissait de ses cendres et balayait ses angoisses, elle comprit qu'elle ne pourrait sans doute plus jamais le laisser partir.

20

Entièrement nu, Cale était assis dans le fauteuil qui se trouvait dans la chambre à coucher et regardait Olena dormir. Cet instant était empreint de calme et de sérénité comme si, là où elle se trouvait, rien ni personne ne pouvait l'atteindre.

Mais ce qui le frappait surtout, c'était à quel point ce complet abandon mettait en valeur la beauté presque surnaturelle de sa compagne. Il ne pouvait se repaître de cette vision féerique et avait l'impression d'être l'un de ces mortels ayant surpris par hasard une déesse endormie.

Ses longs cheveux noirs et lustrés s'étalaient sur sa peau d'albâtre, si pâle qu'elle paraissait plus claire encore que les draps froissés sur lesquels elle reposait. Fasciné, il admira la courbe affolante de ses reins et le galbe parfait de ses jambes interminables.

Mais ce qui le troublait le plus, c'était l'odeur de sa peau qui flottait dans la pièce, éveillant en lui un désir lancinant qu'elle seule pourrait étancher. Car, loin de satisfaire l'envie qu'il avait d'elle, leur étreinte lui avait laissé entrevoir une nouvelle dimension de plaisir qu'il avait hâte d'explorer de nouveau.

Pourtant, il ne pouvait se le permettre pour le moment. Si ses hypothèses étaient fondées, cela signifiait que des terroristes cherchaient par tous les moyens à entrer en possession d'une arme magique à la puissance terrifiante.

Et la seule personne qui aurait pu les renseigner à ce sujet avait mystérieusement disparu alors qu'elle se trouvait sous leur responsabilité. S'il voulait honorer la confiance que ses supérieurs avaient placée en lui et prévenir un attentat d'une gravité inégalée à ce jour, il allait devoir très vite reprendre l'initiative.

Il passa donc les mains sur son visage, s'efforçant de chasser de son esprit tout ce qui ne concernait pas l'enquête. Puis il se pencha pour ramasser la veste qu'il avait abandonnée sur le sol de la chambre. De sa poche intérieure, il tira le bracelet qu'ils avaient trouvé près du lit d'Ivy.

Fermant les yeux, il effleura du bout des doigts le cercle d'argent et se concentra sur les images qui lui parvenaient par flashes.

Une pomme.

Le visage d'Olena.

Les ténèbres, puis la lumière, comme s'il se trouvait dans une pièce éclairée par un stroboscope.

Le visage blafard de Tick.

Une vieille dame à qui il manquait deux incisives.

Une chambre d'aspect misérable dont la fenêtre était fermée par des planches. Par l'interstice qui s'ouvrait entre deux d'entre elles, on apercevait deux mots d'une enseigne lumineuse : Midnight Blue.

Une rue déserte dont les lampadaires clignotaient de façon inquiétante.

Une salle remplie de gens qui buvaient, dansaient et faisaient l'amour.

Une petite pièce dans laquelle était installé un bureau.
Et Valentino, furieux, qui hurlait et menaçait.
Il leva la main comme pour frapper quelqu'un.
Un glaçon.

Puis plus rien.

Cale redressa la tête et reposa le bracelet sur l'accoudoir du siège. Il était brûlant, à présent, et avait laissé sur sa main une marque rouge vif. Il souffla doucement sur ses doigts et fit jouer ses articulations.

— Alors ? Qu'as-tu vu ?

Surpris, il s'aperçut qu'Olena s'était réveillée et le considérait avec attention.

— J'ai vu Valentino. Il l'a menacée. Cela ne fait plus aucun doute, à présent : il est bien mêlé à toute cette histoire.

— As-tu vu quoi que ce soit qui ait un rapport avec le contenu du coffre-fort de Dubois ?

Cale réfléchit aux visions qu'il avait eues. Il savait d'expérience que plus un secret était enfoui dans le psychisme de quelqu'un et plus les images qu'il inspirait étaient de nature cryptique et paradoxale.

— J'ai vu un glaçon, répondit-il. Je crois que ça a un rapport avec ce que cherche Valentino.

— Un glaçon ? répéta Olena, étonnée. Crois-tu qu'il s'agisse de la recette d'un cocktail ?

Cale se fendit d'un sourire.

— Je l'ignore. Il peut s'agir d'un nom de code. Tout ce que je sais, c'est qu'Ivy pensait à cela pendant que Valentino l'interrogeait. J'ai senti que c'était important pour elle.

— As-tu vu autre chose ?

— Oui. Je crois que j'ai eu un aperçu de l'endroit où

habite Ivy. C'est une chambre située dans un bâtiment condamné. On distingue une enseigne sur laquelle est marqué : Midnight Blue.

— Midnight Blue ? s'exclama Olena. Tu es sûr ?

— Oui. Pourquoi ? Ça te dit quelque chose ?

— Il y a un vieux cinéma qui s'appelle comme cela, en centre-ville. Le quartier est mal famé et il y a effectivement plusieurs bâtiments condamnés dans les environs.

— Nous devrions aller jeter un coup d'œil, suggéra Cale. Peut-être est-elle retournée se cacher là-bas.

— Nous n'avons rien à perdre à essayer.

— Je vais aller soigner ma main.

Il gagna la salle de bains et sortit la trousse de premiers secours qu'il emportait partout avec lui. Il en tira un tube de Biafine et en appliqua une bonne couche sur la brûlure que lui avait causée le bracelet.

— Laisse-moi faire, lui dit Olena qui s'était rhabillée et venait de le rejoindre.

Elle prit la bande de gaze qu'il s'apprêtait à enrouler autour de sa main et le fit pour lui.

— Tu te débrouilles sacrément bien, remarqua Cale, impressionné.

— J'ai été infirmière durant la Seconde Guerre mondiale, expliqua-t-elle.

Elle se pencha et déposa un petit baiser sur le bandage qu'elle avait réalisé en un temps record.

— Ça va mieux ?

— Beaucoup mieux…

Cale hésita un instant.

— Qu'y a-t-il ? s'enquit la vampire.

— Que crois-tu qui va se passer ? lui demanda-t-il.

— Pour Ivy?

— Non, pour nous.

Elle lui décocha un petit sourire.

— Probablement beaucoup de choses, répondit-elle. Mais ne nous préoccupons pas de cela pour le moment. Nous aurons tout le temps de le faire lorsque cette affaire sera réglée.

Cale hocha la tête. Mais une partie de lui continuait à s'interroger. Car l'amour naissant qu'ils éprouvaient et le bonheur qu'ils se donnaient l'un à l'autre ne pouvaient lui faire oublier combien ils étaient différents. Tous deux appartenaient à deux mondes qui n'auraient sans doute jamais dû se rencontrer.

Combien de temps encore parviendraient-ils à les concilier avant que la réalité ne les rattrape?

Certes, le moment était mal choisi pour se poser ce type de questions. Mais, dès qu'ils auraient résolu cette enquête, ils ne pourraient faire l'économie d'une telle discussion.

— Est-ce que tu as contacté Gabriel? demanda-t-il.

— Oui. Malheureusement, Valentino n'était pas chez lui lorsque la patrouille qu'il a envoyée le chercher s'est présentée à son domicile.

— Je vais rappeler Gabriel pour lui dire qu'il nous faudrait un mandat pour fouiller ses bureaux au Phantasia. C'est sûrement là que se cache Valentino.

— Probablement, acquiesça Olena.

Ils regagnèrent la chambre où Cale se rhabilla en vitesse. Moins d'un quart d'heure plus tard, ils se garaient devant le Midnight Blue, un vieux cinéma de quartier qui avait dû connaître des jours meilleurs bien avant que la ville ne soit évacuée pour être officiellement confiée aux peuples de l'ombre.

Il reconnut aussitôt l'enseigne lumineuse dont il avait eu la vision et chercha la fenêtre qui pouvait correspondre à l'angle sous lequel il l'avait vue. Il repéra sans mal un vieil immeuble aux murs décrépis dont la plupart des fenêtres étaient effectivement condamnées.

La porte d'entrée n'était pas verrouillée et ils purent pénétrer sans difficulté à l'intérieur du bâtiment. Le hall dans lequel ils se retrouvèrent était défraîchi, mais il était dans un bien meilleur état que l'abandon des lieux n'aurait pu le laisser supposer.

— A quel étage est-ce? souffla Olena.

— Au deuxième, je pense. Peut-être au troisième.

Ils gravirent les escaliers jusqu'au second palier. Là, ils remarquèrent aussitôt la lumière tremblotante qui filtrait sous l'une des portes. Ils sortirent leurs armes et se rapprochèrent sur la pointe des pieds.

Ils ne tardèrent pas à identifier les sons qui provenaient de l'appartement : quelque part à l'intérieur, quelqu'un était en train de pleurer. Olena s'avança et posa précautionneusement la main sur la poignée de la porte, craignant probablement d'être victime de l'une de ces décharges électriques dont Ivy avait le secret.

Mais il n'en fut rien et elle poussa le battant qui s'ouvrit en grinçant, révélant une pièce meublée de façon très dépouillée. Il y avait juste un lit de camp, une petite table sur laquelle était posée une lampe à pétrole allumée, un réchaud et une étagère de fortune sur laquelle étaient posés des vêtements ainsi que quelques livres.

Cale remarqua cependant que la pièce était d'une

propreté méticuleuse et qu'Ivy avait accroché de nombreux posters aux murs pour donner un semblant de chaleur et de convivialité à son modeste pied-à-terre.

Touché par ce constat, Cale sentit son cœur se serrer dans sa poitrine lorsqu'il avisa la jeune fille qui était allongée sur son lit et sanglotait à fendre l'âme. Il s'écoula quelques secondes avant qu'elle ne prenne brusquement conscience de leur présence.

Mais au lieu d'essayer de s'enfuir, elle les fixa d'un air peiné.

— Je suis désolée, leur dit-elle d'une voix brisée. Je n'aurais pas dû m'enfuir comme cela. J'avais si peur qu'ils ne vous aient fait du mal…

Cale et Olena échangèrent un regard étonné.

— Est-ce que tu es prête à nous aider, à présent ? lui demanda alors la vampire.

— Oui, répondit Ivy. Je vais tout vous dire.

21

Ils s'installèrent dans l'une des salles généralement réservées aux interrogatoires. Gabriel avait acheté un sandwich, une barre chocolatée et une boisson fraîche à l'un des distributeurs qui étaient installés dans le commissariat. Il les déposa devant la jeune fille et alla s'installer un peu à l'écart, dans un coin de la pièce.

Ivy déchira le film protecteur du sandwich et mordit dedans à belles dents. Olena et Cale qui étaient assis en face d'elle attendirent patiemment qu'elle termine cet en-cas. Comme Ivy était mineure, il y avait aussi une avocate spécialisée dans les cas de délinquance juvénile qui avait été désignée d'office par le tribunal pour enfants.

Elle avait demandé à Olena et Cale de ménager sa cliente, mais la vampire n'avait aucune envie de jouer au chat et à la souris pendant des heures. Elle avait besoin de réponses et ce n'était pas en multipliant les atermoiements qu'ils parviendraient à retrouver l'assassin de Luc Dubois et les gens qui avaient fait sauter la salle des coffres de la banque.

Il était également dans l'intérêt d'Ivy de tout leur dire : plus vite elle le ferait et plus vite elle obtiendrait une protection à titre de témoin et le droit de toucher l'héritage de son oncle. Elle décida donc de s'attaquer directement au cœur du problème.

— Sais-tu qui a tué ton oncle ? demanda-t-elle.

— Mademoiselle Petrovich, protesta l'avocate. Je vous ai prévenue.

Mais Ivy ignora l'intervention de l'avocate.

— Non, répondit-elle. Mais je sais pourquoi il a été tué.

— Et quelle en est la raison ? s'enquit Cale.

— C'est à cause de quelque chose que j'ai fait, soupira-t-elle avant de commencer à grignoter sa barre chocolatée.

— Quel genre de chose, Ivy ?

— Quelque chose que j'ai fabriqué pour mon oncle. Ces gens le voulaient et ils étaient prêts à le payer très cher pour qu'il le leur livre.

Olena jeta un coup d'œil à Cale : jusqu'ici, le témoignage de la jeune fille concordait avec l'hypothèse qu'il avait formulée.

— Qu'as-tu construit pour lui, Ivy ? demanda-t-elle.

— Vous n'êtes pas obligée de répondre, mademoiselle Seaborn.

— Je veux le leur dire, objecta Ivy. Si je ne le fais pas, personne ne retrouvera jamais les assassins d'oncle Luc et ils ne seront jamais punis pour ce qu'ils ont fait.

Elle s'interrompit un instant et passa la main dans ses cheveux noirs en bataille.

— Je suis vraiment très douée en informatique, reprit-elle enfin. Et j'ai inventé une forme de magie nouvelle…

Olena et Gabriel échangèrent un coup d'œil stupéfait. Rares étaient les sorciers qui pouvaient prétendre avoir réalisé un tel exploit. Et si ce qu'Ivy disait était vrai, c'est qu'ils avaient terriblement sous-estimé les pouvoirs de la jeune fille.

— Faute de mieux, j'appelle ça de l'infomancie, poursuivit Ivy. Je suis capable d'accéder à un ordinateur à distance et d'en prendre le contrôle. Je peux ainsi me servir de ses fonctionnalités ou le modifier selon mes besoins…

Olena se rappela alors qu'Otto avait mentionné les conversations de Dubois à propos d'informatique.

— Oncle Luc m'a demandé de créer un virus pour lui, reprit Ivy. Un virus vraiment puissant qui serait capable de détruire n'importe quel environnement.

— Est-ce que tu l'as fait ? s'enquit Cale.

Olena sentit distinctement la tension qui perçait dans sa voix. Il savait qu'il approchait du but, qu'il était probablement sur le point d'obtenir confirmation de l'existence d'un lien entre Ivy, Luc Dubois et le réseau terroriste sur lequel il avait enquêté à Paris.

— Je l'ai fait, admit Ivy. Cela n'a même pas été aussi difficile que vous pourriez le croire. J'ai baptisé le virus *ice*, glace, parce qu'il est capable de geler complètement les commandes d'un ordinateur. Après son passage, il est impossible de reprendre la main. J'ai même créé une variante qui fige le système de la même façon, mais donne le contrôle à celui qui a envoyé le virus.

Olena n'avait aucun mal à imaginer les dégâts que pourrait causer une telle arme aux mains d'une organisation terroriste. Un tel virus était probablement bien plus dangereux que la bombe magique que Cale avait imaginée.

S'il pouvait réellement prendre le contrôle d'autres

systèmes, il devenait possible de retourner les programmes de défense ou la gestion des centrales nucléaires contre les pays qui les avaient installés, à partir de n'importe quel endroit dans le monde. C'était sans doute cela, le terrorisme du futur.

— A qui votre oncle comptait-il vendre ce virus? s'enquit Cale.

— Il avait organisé une sorte de vente aux enchères entre plusieurs organisations. Je ne sais pas qui il avait contacté exactement ni qui il avait retenu en fin de compte. Ce que je sais, en revanche, c'est qu'au dernier moment il a refusé de vendre le disque.

— Mais pourquoi? s'exclama Olena, sidérée.

— C'est à cause de moi, répondit-elle tristement. Lorsque j'ai compris ce qu'il comptait faire du virus, je l'ai supplié de ne pas le vendre. Il a beaucoup hésité, mais il a fini par prendre conscience de l'ampleur des dégâts qui pourraient résulter d'un tel marché avec le diable. Mais ça lui a coûté la vie...

— Et qu'est devenu le disque? demanda Cale.

— Il est en lieu sûr, répondit Ivy.

Cale fronça les sourcils et fit mine de parler, mais Olena posa doucement la main sur son bras. Il lui jeta un coup d'œil étonné mais se renfonça dans sa chaise, les bras croisés sur sa poitrine.

— Est-ce que Valentino connaissait l'existence de ce virus et de ce disque? s'enquit alors Olena.

Ivy hocha la tête.

— Et après la mort de Luc il a voulu reprendre la vente à son compte, n'est-ce pas? Il t'a demandé de lui donner le disque.

— Il a dit que, si je ne le lui remettais pas, il me

dénoncerait à la police. Il a dit que je passerais le reste de mes jours en prison.

Ivy s'était exprimée d'une toute petite voix, visiblement terrifiée à l'idée qu'elle puisse être arrêtée.

— Est-ce que je vais aller en prison ? demanda-t-elle piteusement.

— Non, répondit Cale. Si vous coopérez avec nous, je pense que nous n'aurons aucun mal à trouver un accord. Vous nous serez bien plus précieuse en travaillant pour la police qu'en croupissant en prison.

— Vous voudriez que je travaille pour Interpol ? s'exclama Ivy, les yeux brillants.

— Je pense qu'avec un C.V. comme le vôtre je n'aurai pas trop de mal à convaincre mes supérieurs, acquiesça Cale. Quant à vos erreurs passées, nous les mettrons sur le compte de la jeunesse.

Olena lui jeta un regard empli de reconnaissance. L'idée qu'Ivy puisse se retrouver en prison pendant vingt ans lui était insupportable et elle était profondément soulagée que Cale ait imaginé une alternative.

— Est-ce que Valentino a menacé de vous faire du mal ? reprit-il.

— Non, répondit-elle. Il ne pourrait pas, d'ailleurs. Il sait que ma magie est plus puissante que la sienne. Ça le rend furieux, mais il n'y a pas grand-chose qu'il puisse y faire.

— Croyez-vous qu'il ait tué votre oncle ?

Ivy hésita quelques instants avant de lui répondre.

— Je ne sais pas, avoua-t-elle enfin. Je préférerais penser qu'il en est incapable, qu'Oncle Luc était véritablement son ami et que ce sont les terroristes qui l'ont tué. Mais la vérité, c'est que je n'en suis pas sûre. Je ne sais plus du tout en qui je peux avoir confiance…

La voix d'Ivy se brisa et ses yeux s'emplirent de larmes. Olena sentit son cœur se serrer. Se penchant vers la jeune fille, elle prit sa main dans la sienne et la pressa affectueusement. Ivy lui décocha un pâle sourire.

— Je sais que ce n'est pas facile pour toi, lui dit Olena.

— Est-ce que ce que je vous ai dit vous aidera vraiment à attraper les assassins ?

— Sans aucun doute, répondit Cale avec assurance. Maintenant que nous savons ce que cherchent vraiment ces gens, il nous sera plus facile de savoir qui ils sont.

Une demi-heure plus tard, Olena et Cale retrouvèrent Gabriel dans son bureau. Ivy était partie avec son avocate et deux équipes de policiers pour un nouvel appartement sécurisé. Olena avait fait un détour par le laboratoire de François qui avait fini de mettre au point un contre sort capable de détruire définitivement l'enchantement lancé par Valentino. A présent, ce dernier n'avait plus aucun moyen de retrouver Ivy.

Cale avait insisté pour que la jeune fille leur révèle l'endroit où était caché le disque contenant le virus. Mais elle avait refusé, convaincue que, si elle le leur donnait, un gouvernement finirait par mettre la main dessus et s'en servirait à des fins militaires.

Olena comprenait ses arguments et, en son for intérieur, elle était convaincue de leur bien-fondé. Mais elle savait aussi que Cale ne convaincrait jamais Interpol d'effacer le dossier de la jeune fille si celle-ci refusait de coopérer pleinement.

— Je pense que nous avons assez d'éléments pour obtenir un mandat d'amener, déclara Cale.

— Sans doute, acquiesça Gabriel. Mais il va nous falloir nous montrer très prudents. Valentino a de nombreux hommes politiques dans sa poche et ils feront tout ce qu'ils peuvent pour le tirer de ce mauvais pas. A la moindre erreur, il nous filera entre les pattes et disparaîtra dans la nature.

— Je déteste la politique, murmura-t-elle.

— Olena ne s'est jamais remise de la victoire de Lénine dans son pays d'origine, expliqua Gabriel à l'intention de Cale.

Ce dernier secoua la tête d'un air légèrement incrédule. Il avait apparemment toujours du mal à admettre qu'elle puisse être si âgée. Mais Olena savait d'expérience que cela prendrait du temps.

— Nous devrons respecter le manuel à la lettre, reprit Gabriel. Je ne veux pas le moindre vice de forme, pas la plus petite erreur de procédure. Si nous y parvenons, nous aurons fait la moitié du chemin et il ne nous restera plus qu'à prouver que Valentino est bel et bien mêlé au meurtre ou au cambriolage.

— En attendant, pour mettre toutes les chances de notre côté, nous devrions contacter un juge qui refuse de se mêler de politique, déclara Olena. Et je crois que je connais la personne idéale.

— Tu penses au juge Terry ?

— Oui, acquiesça-t-elle avant de se tourner vers Cale. Ce bon vieux Randall est l'un des rares lycans qui ait réussi dans la magistrature. Il y a beaucoup plus de juges vampires. Du coup, Randall prend un malin plaisir à donner régulièrement de vigoureux coups de pied dans la fourmilière.

— Je l'appelle tout de suite, déclara Gabriel.

Se détournant, il consulta son répertoire et décrocha son téléphone.

— Que penses-tu de ce qu'a dit Ivy ? demanda Cale à Olena tandis que Gabriel s'entretenait avec le juge.

— Que cette fille a traversé des moments difficiles, répondit-elle.

— C'est vrai. Mais il faut dire que le pouvoir qu'elle détient ne lui a pas facilité les choses.

— Ce n'est tout de même pas sa faute si elle est si douée, objecta Olena.

— Je ne dis pas le contraire, mais tu sais ce qu'on dit : un grand pouvoir implique de grandes responsabilités. Il va falloir qu'elle l'intègre très vite si elle veut éviter la prison.

— Crois-tu vraiment que tu pourras convaincre tes supérieurs de passer un accord avec elle ?

— Je vais aller m'en assurer dès maintenant, déclara-t-il.

Gabriel raccrocha alors et se tourna vers eux.

— Nous avons notre mandat, déclara-t-il. Mais cela va prendre une heure ou deux. Si vous voulez vous reposer un peu, profitez-en.

— J'ai quelques coups de téléphone à passer, déclara Cale. Je vous rejoins tout à l'heure.

Gabriel hocha la tête et le suivit des yeux tandis qu'il quittait le bureau. Lorsqu'il fut sorti, il tourna vers Olena un regard interrogatif.

— Qu'y a-t-il ? demanda-t-elle, feignant de ne pas comprendre.

— Tu sais très bien ce dont je veux parler. Est-ce que tu as des problèmes?

Gabriel savait qu'à la mort du dernier humain qu'elle avait aimé Olena s'était juré de ne plus jamais tomber amoureuse d'un mortel. Et, s'il avait bien trop de tact pour la questionner au sujet de sa vie sentimentale, il ne s'en inquiétait pas moins pour elle.

— Peut-être, répondit-elle avec un demi-sourire.

— Et que comptes-tu faire, exactement?

Elle ne put réprimer un soupir.

— Je ne sais pas, reconnut-elle. Ne pas trop y penser tant que nous enquêtons sur cette affaire, j'imagine...

— Et ensuite?

— Ensuite, nous verrons bien.

Gabriel s'abstint de tout commentaire, se contentant de poser sur elle un regard empli de sympathie.

— Je vais commencer à rédiger mon rapport sur les événements d'aujourd'hui, lui dit-elle en se levant. Viens me prévenir dès que le mandat sera arrivé, d'accord?

— C'est promis, acquiesça-t-il.

Olena quitta son bureau et gagna le sien qu'elle partageait d'ordinaire avec Sophie et Kellen. Fort heureusement, ses deux amis n'étaient pas là ce soir-là et elle n'aurait pas à répondre aux questions qu'ils n'auraient pas manqué de lui poser au sujet de Cale.

Sans doute aurait-elle été bien en peine de leur répondre, d'ailleurs. En effet, comme elle l'avait dit à Gabriel, elle ne savait pas vraiment elle-même où elle en était. Ses sentiments envers Cale étaient de plus en plus intenses et ce qui s'était passé à son hôtel avait encore renforcé le lien qui existait entre eux. Mais c'était justement cette intensité qui lui faisait peur.

Près de deux siècles auparavant, elle avait décidé qu'elle ne se laisserait jamais dominer par qui que ce soit. Mais auprès de Cale elle avait l'impression de perdre le contrôle, de redevenir vulnérable.

C'était absurde, bien sûr : après tout, elle était plus forte, plus rapide et plus endurante que lui. Elle était plus riche, plus savante et plus expérimentée que lui. Elle avait accumulé plus de souvenirs qu'il n'en aurait probablement jamais…

Et pourtant, lorsqu'elle se trouvait en sa présence, elle avait parfois l'impression de redevenir la jeune femme fragile et innocente qu'elle avait été il y a bien longtemps. Il avait le don de la surprendre, de la faire rire, de la provoquer et de la pousser sans cesse à se remettre en question.

Si elle n'y prenait garde, il ne se contenterait pas du quart ou de la moitié de son cœur, mais le déroberait tout entier. Cependant, elle n'était pas sûre de vouloir prendre un tel risque…

Olena poussa un profond soupir et ferma les yeux. Elle se sentait soudain très fatiguée et fut presque tentée d'aller s'allonger sur le canapé du bureau en attendant que Gabriel vienne la réveiller. Pourtant, elle renonça presque aussitôt à cette idée, craignant que le sommeil ne lui embrume l'esprit.

Elle décida donc d'aller chercher une cannette de sang au distributeur qui se trouvait dans le couloir. Mais en rouvrant les paupières elle s'aperçut brusquement qu'elle n'était plus seule. Cale se tenait sur le pas de la porte, une bouteille de sang frais à la main.

— J'ai pensé que tu aurais peut-être envie de ça, lui dit-il.

— Je croyais que tu avais des coups de téléphone à passer.

— C'est fait, répondit-il.

— Alors ? Qu'a dit ton supérieur ?

— Exactement ce que je pensais : que, si nous pouvions convaincre Ivy de collaborer, il lui trouverait certainement un poste au sein de notre service informatique.

— Voilà une excellente nouvelle, approuva Olena.

Cale se rapprocha de son bureau sur lequel il déposa la cannette qu'il venait d'acheter.

— Merci, lui dit-elle, touchée par cette intention.

Elle déboucha la bouteille et avala quelques gorgées de sang qui lui firent beaucoup de bien.

— Tu avais l'air d'en avoir besoin, remarqua Cale à sa grande surprise.

— Je ne savais pas que j'étais si transparente, lui dit-elle avec un sourire légèrement ironique.

— Oh, tu ne l'es pas, crois-moi.

Il contourna son bureau et vint se placer juste derrière elle. Avant qu'elle ait eu le temps de protester, il posa ses mains sur sa nuque et commença à masser ses muscles endoloris. C'est alors qu'elle se rendit compte à quel point elle se sentait tendue.

— Ça fait du bien, murmura-t-elle en laissant sa tête retomber sur sa poitrine.

Cale ne répondit pas, mais poursuivit son massage, dénouant ses nerfs un à un et lui procurant une délicieuse sensation de bien-être qui se propagea à son corps tout entier.

Elle n'aurait su dire si c'était parce qu'il était particulièrement doué ou parce que le sang qu'elle venait de boire commençait à faire effet, mais elle ne tarda pas à se sentir ressourcée en profondeur. Sans doute y avait-il un peu des deux.

— Je veux que tu saches que tu comptes énormément pour moi, murmura-t-il comme s'il avait perçu les doutes et les incertitudes qui la rongeaient de l'intérieur. Je sais que notre relation n'a rien d'évident, mais je suis prêt à me battre pour nous donner une chance d'être heureux ensemble.

A ces mots, Olena sentit sa gorge se serrer sous l'effet de l'émotion. Elle était convaincue que Cale n'était pas coutumier de ce genre de déclarations, ce qui ne la rendait que plus touchante encore. Et, lorsqu'il se pencha vers elle pour l'embrasser, elle lui rendit son baiser avec ardeur.

— Je suis désolé de vous interrompre, fit la voix de Gabriel.

Ils se séparèrent brusquement et firent face au lycan qui venait de passer la tête par l'embrasure de la porte.

— Nous avons notre mandat, ajouta-t-il. Il est temps d'aller chercher Valentino DeCosta.

22

Gabriel avait décidé qu'il serait plus sage d'interpeller Valentino avant l'heure d'ouverture du Phantasia. De cette façon, ils ne seraient pas gênés par la foule au cas où le gérant de la boîte de nuit déciderait de prendre la fuite, ce qui paraissait plus que probable.

Cale, Olena, Gabriel et trois agents de police se positionnèrent donc devant les différents accès du club, prêts à intervenir ensemble lorsque Gabriel donnerait le signal. Sachant que Valentino était entouré d'une garde rapprochée de lycans, ils s'étaient tous équipés de gilets pare-balles et de chargeurs à balles d'argent.

Pour contrer la magie du sorcier tantrique, François avait également confectionné de puissantes amulettes de protection. Quant à Otto, Olena était convaincue qu'il n'interviendrait pas. Car ce qui lui importait avant tout, c'était que la mort de Luc soit vengée.

Les doigts serrés sur la crosse de son arme, le cœur battant à tout rompre, Cale vit Gabriel murmurer quelques mots dans son talkie-walkie à l'intention des policiers qui se trouvaient à l'arrière du bâtiment. Puis il s'approcha de la porte d'entrée et frappa vigoureusement.

Quelques instants s'écoulèrent avant qu'un bruit de serrure ne se fasse entendre et que la porte ne s'ouvre, révélant un lycan à la carrure impressionnante.

— Nous sommes fermés, dit-il à Gabriel. Revenez un peu plus tard dans la soirée.

Gabriel brandit un morceau de papier.

— Nous avons un mandat, déclara-t-il. Il nous autorise à fouiller cet endroit.

— Pour trouver quoi ?

— Nous sommes ici pour interpeller Valentino DeCosta. Il est soupçonné de cambriolage, d'association de malfaiteurs en vue d'une entreprise terroriste et de meurtre.

Cette liste de chefs d'accusation ne parut pas impressionner le lycan qui se contenta de hausser les épaules.

— Il n'est pas là, déclara-t-il sobrement.

— Nous allons tout de même devoir fouiller les lieux, insista Gabriel en adressant un signe de tête au policier qui se trouvait juste derrière lui.

Ce dernier s'avança et prit le bras du lycan.

— Pourriez-vous vous écarter, s'il vous plaît ? lui demanda-t-il, respectant scrupuleusement la procédure.

Cale était convaincu que le lycan ne se laisserait pas faire, mais ce dernier parut comprendre très rapidement qu'il avait tout à perdre en s'opposant à la police. Il obéit donc aux injonctions de l'agent et sortit de la boîte de nuit.

Gabriel pénétra alors dans l'établissement, suivi de très près par Olena et par Cale qui ne tenait pas à s'écarter d'eux. Il savait que la situation pouvait se gâter très rapidement et comptait bien défendre la vampire du mieux qu'il pouvait.

Bien sûr, une partie de lui savait pertinemment qu'il était celui qui avait le plus besoin de protection. Mais il était trop humain pour l'accepter.

Ils pénétrèrent dans la salle principale du club. A la lueur crue des néons et en l'absence de musique, l'endroit était bien moins enchanteur. Il régnait dans la pièce une odeur acre et écœurante d'alcool, de sueur séchée et de sexe.

Seules quelques personnes se trouvaient là, probablement des membres du personnel. Aucun d'eux ne leur adressa la parole et ils se contentèrent de les regarder passer avec curiosité. Comme ils s'approchaient de la porte qui menait aux bureaux, elle s'ouvrit brusquement, laissant apparaître Otto.

Sans doute avait-il été prévenu discrètement par l'un des employés, songea Cale. A moins bien sûr qu'il n'ait perçu leur intrusion au moyen de quelque sixième sens.

— Que se passe-t-il, ici? demanda-t-il à Olena qui était le seul vampire de leur groupe.

— Nous sommes venus chercher Valentino, répondit-elle.

— Seriez-vous en train de me dire qu'il est impliqué dans la mort de Luc?

— Cela paraît probable, acquiesça-t-elle.

— Je ne vous crois pas.

— Pourtant, Valentino a tout fait pour retrouver Ivy, la nièce de Luc. Nous avons tout lieu de croire qu'il cherche à récupérer quelque chose qu'elle a fabriqué pour son oncle. C'est peut-être lui également qui a attaqué la banque afin de pouvoir accéder au coffre de Luc.

Otto fronça les sourcils. Son expression fit penser à Cale que les accusations d'Olena constituaient pour lui plus une confirmation qu'une révélation. Sans doute avait-il suspecté depuis longtemps son associé d'être impliqué dans cette affaire.

— Est-ce que Valentino est là? demanda Gabriel

en brandissant le mandat d'amener. Nous devons le conduire devant le juge.

Le vampire secoua la tête.

— Malheureusement, je ne l'ai pas revu depuis la dernière fois qu'Olena est venue ici.

En voyant la façon dont il évitait le regard de celle-ci, Cale comprit qu'il était en train de leur mentir.

— Je vous promets que justice sera faite, Otto, déclara Olena qui avait dû parvenir à la même conclusion. Laissez-nous juste faire notre travail. Si vous décidez de venger Luc, vous serez condamné aussi. Ce n'est pas ce que vous voulez, n'est-ce pas ?

Otto haussa les épaules.

— Tout ce que je vous ai dit, c'est qu'il n'était pas ici, répondit-il.

— Nous allons quand même devoir inspecter les lieux, déclara Gabriel. Pourriez-vous vous écarter, s'il vous plaît ?

Otto s'exécuta, visiblement à contrecœur. Il les suivit alors des yeux tandis qu'ils ouvraient la porte qui conduisait aux bureaux. Mais, au moment où Cale la franchissait, elle se referma en claquant derrière lui et il se retrouva plongé dans les ténèbres.

Surpris, Cale tendit la main vers Olena qui se trouvait juste devant lui. Mais il ne sentit que le vide sous ses doigts.

— Olena ? appela-t-il, légèrement inquiet.

Personne ne lui répondit. Il appela de nouveau, un peu plus fort cette fois, mais le profond silence qui s'ensuivit le convainquit qu'il se passait quelque chose d'anormal. De toute évidence, il avait été séparé non seulement de la vampire mais aussi de Gabriel et des policiers.

Les mains tendues en avant, Cale progressa lentement à la recherche du mur le plus proche. Il fit dix pas avant de s'arrêter, le cœur battant. Il savait pertinemment que le couloir qui conduisait au bureau de Valentino n'était pas aussi large ni même aussi long.

Cela signifiait donc qu'en dépit de toute logique il était ailleurs. Anticipant l'arrivée de la police, Valentino avait dû lancer un sort sur la porte. C'était probablement pour cela qu'Otto ne les avait laissés passer qu'à contrecœur. Il devait connaître l'existence de cet enchantement.

Qui sait ? Peut-être était-il de mèche avec le sorcier. Après tout, lui aussi avait une bonne raison de tuer Luc Dubois qui l'avait déshérité après plus de vingt ans de vie commune…

Malheureusement, Cale ne pouvait s'en prendre qu'à lui-même. Car, lorsque François lui avait confié son amulette de protection, il l'avait glissée dans la poche de sa veste malgré les recommandations du sorcier qui avait insisté pour qu'il la porte à même la peau. Il s'était juré de la mettre avant d'entrer dans la boîte de nuit, mais, sur le moment, il l'avait oubliée.

Plongeant la main dans sa poche, il en tira le bijou qu'il enfila en espérant qu'il aurait une action rétroactive. Mais il n'en fut rien, bien sûr, et il n'eut d'autre choix que de reprendre sa progression à travers les ténèbres pour trouver une éventuelle sortie.

Il essaya de ne pas penser qu'un puits pouvait à tout moment s'ouvrir sous ses pieds et qu'il n'aurait aucun moyen de s'en rendre compte avant de basculer dans le vide.

Combien de temps s'écoula-t-il ainsi ? Il n'aurait su

le dire. Il lui semblait marcher depuis des heures, mais cela aurait tout aussi bien pu ne durer qu'une dizaine de minutes. Car dans cette obscurité absolue aucun repère ne lui permettait d'estimer le passage du temps.

C'était une forme de torture à laquelle il n'avait jamais été préparé. En quelques secondes, il avait été privé de toutes ses références et de l'usage de ses sens. Il ne savait ni où il se trouvait, ni pourquoi il y était, ni combien de temps encore durerait cette épreuve.

Il essaya de se convaincre qu'elle prendrait bel et bien fin un jour, mais, en fait, rien ne lui permettait de l'affirmer avec certitude.

— Dites-moi, vous n'avez pas peur du noir, au moins, agent Braxton ? fit une voix qui semblait provenir de nulle part.

Cale tourna lentement sur lui-même, cherchant à localiser son origine.

— Tourne, tourne, petit moulin, chantonna la voix d'un ton moqueur.

Cale reconnut alors les intonations de Valentino DeCosta.

— Je te trouverai, salopard ! s'exclama-t-il.

Un éclat de rire répondit à son défi.

— J'en doute, mon cher. Vous aurez déjà bien du mal à vous trouver vous-même…

Ces derniers mots avaient été murmurés au creux de son oreille et Cale se retourna brusquement. Inexorablement, il commençait à céder à la panique et était assailli de questions aussi absurdes que terrifiantes. Que se passerait-il s'il ne parvenait jamais à sortir de ce trou noir ? Pouvait-il vraiment continuer à errer éternellement dans les ténèbres ?

Mais ce qui l'angoissait le plus, c'était l'idée qu'il ne reverrait peut-être jamais Olena, qu'il ne poserait peut-être plus jamais ses lèvres sur les siennes, ne caresserait plus ses cheveux et n'entendrait plus jamais le son cristallin de son rire.

Il avait cru à tort qu'il avait tout le temps de lui avouer ses véritables sentiments, de lui dire qu'il l'aimait et voulait vivre à ses côtés tant qu'elle voudrait de lui. Mais il avait peut-être perdu l'opportunité de le faire et elle ne saurait jamais ce qu'il avait éprouvé pour elle.

Ces considérations eurent un effet inattendu car sa peur disparut soudain, balayée par une colère brûlante, une haine farouche contre celui qui menaçait de briser ses rêves.

— Montre-toi ! s'écria-t-il d'un ton empli de défi. Viens te battre si tu en as le courage ! A moins que tu n'aies peur de te mesurer à un simple humain !

Cale brûlait de se retrouver enfin confronté à son adversaire, même s'il était convaincu de ne pas avoir beaucoup de chances de l'emporter. Au moins, il succomberait en se battant au lieu d'attendre dans le noir une mort inéluctable.

— Que se passe-t-il ? demanda Valentino en ricanant d'un air narquois. Est-ce que tu te sentirais seul, par hasard ? Est-ce qu'Olena te manque déjà ? Ne t'en fais pas pour elle : je ferai en sorte qu'elle ne te regrette pas trop longtemps. Veux-tu que je lui transmette mes amitiés de ta part ?

— Je vais te tuer, DeCosta ! s'exclama Cale qui comprit aussitôt combien cette menace devait paraître absurde aux oreilles de l'enchanteur.

— Et comment comptes-tu t'y prendre, humain ?

demanda ce dernier d'un ton méprisant. Tu n'as aucun pouvoir ici, aucune prise sur la réalité qui t'entoure — ma réalité !

— Et pourtant, c'est toi qui te terres comme un rat, remarqua Cale d'un ton mordant.

Un nouvel éclat de rire se fit entendre, mais il sonnait un peu plus faux que les précédents. Etait-ce parce que ses provocations commençaient à produire leur effet ou, au contraire, parce que Valentino commençait à se lasser de son petit jeu ? Il n'aurait su le dire.

— Tu es si naïf, soupira le sorcier. Pensais-tu vraiment avoir la moindre chance en venant ici ? Les affaires des peuples de l'ombre dépassent de loin l'entendement de pauvres mortels comme vous. Crois-tu que Bellmonte se soucie de toi ? Qu'Olena se préoccupe de ton sort ? Tu n'étais qu'un pion dans leur jeu et, maintenant qu'ils t'ont sacrifié, ils t'oublieront très vite.

Cale s'efforça de ne pas accorder de foi à ces mots qui éveillaient pourtant en lui des doutes atroces. S'était-il trompé en imaginant que certains membres des peuples de l'ombre pouvaient éprouver des sentiments semblables à ceux des êtres humains ?

Avait-il imaginé l'amour d'Olena parce que lui-même ne pouvait déjà plus concevoir de vivre sans elle ?

— C'est toi qui es naïf, DeCosta, riposta-t-il pourtant. Crois-tu vraiment pouvoir échapper à la police de Nouveau Monde et à Interpol alors que tu n'es pas même capable de capturer une gamine de dix-sept ans ? Tu ne lui arrives même pas à la cheville en matière de magie. Alors combien de temps penses-tu pouvoir tenir seul contre tous ?

— Tu commences à être fatiguant, soupira Valentino.

Cale sentit son souffle sur la nuque et se demanda si le magicien n'était pas beaucoup plus proche de lui qu'il ne l'avait imaginé. Il se retourna d'un bloc, prêt à décocher un coup de poing à l'aveuglette. Mais un mot se fit entendre.

— Dors !

Et Cale sombra dans l'inconscience.

23

— Est-ce que quelqu'un peut me dire où il se trouve ? s'exclama Olena d'une voix qu'elle contrôlait désormais à grand-peine.

Cela faisait trois fois déjà qu'elle parcourait le couloir et le bureau de Valentino, inspectant le moindre recoin à la recherche de Cale et refusant d'admettre l'évidence qui s'était déjà imposée à ses compagnons.

— Calme-toi, Olena, lui conseilla Gabriel. Je t'assure que nous allons le retrouver.

— Comment peux-tu en être certain ? répliqua-t-elle.

— Parce que Cale n'est pas mort. Et si Valentino ne l'a pas tué, c'est qu'il doit le garder prisonnier quelque part. Nous le retrouverons.

Pourtant, ces arguments ne parvenaient pas à dissiper la panique qui la rongeait de l'intérieur. Elle était si puissante qu'Olena devait lutter à chaque instant contre les larmes qui lui montaient aux yeux.

Se tournant vers Gabriel, elle constata que ce dernier l'observait avec une stupeur non dissimulée. Cela n'avait d'ailleurs rien d'étonnant : d'ordinaire, elle était un modèle de calme et de contrôle. Mais jusqu'à ce jour jamais une enquête ne l'avait affectée à titre personnel.

— Il faut absolument que tu te raisonnes, reprit

Gabriel de sa voix la plus douce. C'est la seule façon d'aider Cale.

Sachant qu'il avait raison, Olena prit une profonde inspiration avant de relâcher doucement l'air qu'elle avait accumulé dans ses poumons.

— Valentino nous a tendu un piège, murmura-t-elle. Et nous sommes tombés dedans comme des bleus.

— C'est indéniable, hélas, soupira Gabriel en essayant d'ouvrir la porte qui conduisait à la salle principale.

Mais elle était verrouillée. Olena s'en approcha à son tour et agrippa la poignée sur laquelle elle tira de toutes ses forces, arrachant le mécanisme de fermeture. Rageusement, elle décocha un coup de pied dans le battant qui alla heurter le mur avec une violence incroyable.

Ils se retrouvèrent dans la salle principale où l'équipe s'activait à présent en vue de l'ouverture imminente de l'établissement. A grands pas, Olena se dirigea vers le barman qui était en train d'essuyer le vaste comptoir de bois.

— Où est Otto ? lui demanda-t-elle sans autre préambule.

— Je ne sais pas, répondit-il en détournant les yeux.

Incapable de maîtriser sa rage, Olena tendit le bras vers lui, le prit par le col de sa chemise et le souleva littéralement de terre.

— Où est Otto ? répéta-t-elle.

Avisant ses canines menaçantes et l'éclat surnaturel de ses yeux verts, le barman comprit qu'elle était capable de le tuer de ses propres mains s'il s'entêtait à ne pas lui répondre.

— Dans la cabine du D.J., articula-t-il d'une voix mal assurée.

Sans un mot, elle le relâcha si brusquement qu'il se retrouva assis par terre. Tournant les talons, elle se dirigea vers la cabine à travers la vitre de laquelle elle apercevait effectivement le visage d'Otto.

— Il y a un problème ? s'enquit-il d'un ton serviable.

En guise de réponse, Olena le souleva par le cou et le plaqua contre le mur le plus proche. Otto tenta vainement de se débattre avant de s'apercevoir qu'elle était nettement plus forte que lui.

— Où est-il ? demanda-t-elle d'un ton glacial.

— Je ne sais pas, gémit-il.

— Je n'en crois pas un mot. Où a-t-il emmené Cale ?

— Qui ça ?

— L'agent Braxton, l'humain qui était avec nous. Valentino lui a tendu un piège et il a disparu. Où sont-ils allés ?

Otto essaya de se dégager, mais la colère augmentait encore la force d'Olena qui ne sentait pas même ses ongles qui labouraient sa chair, la faisant saigner. Toute forme de douleur physique paraissait dérisoire au regard de la souffrance qui la transperçait intérieurement.

Elle avait l'impression que son cœur était à vif, comme si quelqu'un venait d'en arracher un morceau. Et au fond, c'est exactement ce qui s'était produit.

Gabriel posa alors une main sur son épaule.

— Relâche-le, Olena, lui conseilla-t-il. Tu n'arranges pas les choses en te conduisant de cette façon.

Elle s'exécuta à contrecœur, laissant brutalement tomber son prisonnier. Mais, contrairement au barman,

Otto parvint à retomber sur ses pieds et à conserver son équilibre.

— J'espère que vous allez me donner une bonne raison de ne pas vous poursuivre pour coups et blessures, déclara-t-il en se massant le cou.

— Lorsque nous avons franchi la porte menant au bureau de Valentino, un sort s'est déclenché automatiquement, faisant disparaître l'agent Braxton, expliqua Gabriel. Ne me dites pas que vous n'étiez pas au courant.

— C'est pourtant le cas.

— Je ne vous crois pas ! s'exclama Olena, furieuse.

— C'est fort dommage, répondit le vampire d'un ton indifférent.

— Nous allons devoir vous conduire au commissariat pour vous poser quelques questions, monsieur Krause, déclara Gabriel.

Il fit signe à l'un des agents qui s'approcha pour escorter Otto jusqu'à l'une des voitures. Avant de disparaître, ce dernier se tourna vers Olena.

— J'espère que vous retrouverez cet homme, lui dit-il. Il est évident qu'il compte beaucoup pour vous.

Olena ne lui répondit pas. Elle refusait de croire qu'Otto n'avait aucun rapport avec l'enlèvement de Cale. En l'absence de Valentino, elle aurait voulu que quelqu'un paie pour cela. Fort heureusement, c'était Gabriel et non elle qui était en charge de l'enquête pour le moment.

— Allons passer le couloir au peigne fin, suggéra-t-il. Nous trouverons peut-être un indice qui nous mettra sur la voie.

Ils revinrent vers la porte qu'Olena venait de défoncer.

— Il a dû lancer un sort sur les montants, remarqua

Gabriel. Mais je me demande pourquoi Cale est le seul à avoir disparu. Après tout, ce n'est pas lui qui est entré le premier.

— Je ne pense pas qu'il s'agisse d'un hasard, déclara Olena. Valentino visait Cale.

— Mais pourquoi lui ? s'étonna Gabriel. Ce n'était pas le plus dangereux de l'équipe.

— Justement. Il était plus facile à maîtriser que toi ou moi. De plus, c'est un excellent otage car il peut lui permettre de faire chanter la police de Nouveau Monde et Interpol.

Olena sortit de sa poche une paire de gants en latex qu'elle enfila avant de s'agenouiller pour récupérer un bouton de manchette en or. Elle le montra à Gabriel.

— Il appartenait à Cale, lui dit-elle.

— Toute la question est de savoir s'il l'a perdu tout à l'heure ou si cet objet a servi à préparer un enchantement.

— Il ne portait pas ces boutons de manchette aujourd'hui, j'en suis certaine, déclara-t-elle.

— Mais comment Valentino a-t-il réussi à le lui voler ? s'étonna Gabriel.

— C'est un habile prestidigitateur, répondit-elle. Il l'a prouvé en me lançant cet enchantement sans que je ne m'en aperçoive. Je me souviens que Valentino a serré la main de Cale, juste avant que nous ne quittions le club. Il a parfaitement pu le lui subtiliser à ce moment-là.

Elle sortit un petit sachet en plastique de la poche de son blouson et y glissa le bouton avant de le refermer précautionneusement. Elle replaça alors l'ensemble dans sa poche et poursuivit son inspection des lieux.

— Penses-tu que Valentino compte échanger Cale contre une immunité ?

— Il doit savoir que nous ne négocions pas avec les preneurs d'otage, surtout pas lorsqu'ils sont accusés de terrorisme. Non, je pense qu'il compte juste gagner du temps en menaçant de le tuer.

Elle avala difficilement sa salive avant de poursuivre.

— Il en profitera certainement pour lui arracher toutes les informations qu'il pourra au sujet de l'avancement de l'enquête et de la localisation d'Ivy. Tu ferais mieux de lui trouver un nouveau refuge, au cas où…

Cette fois, sa voix se brisa. La simple pensée des souffrances que Cale était peut-être en train d'endurer en cet instant la rendait malade. Gabriel dut le comprendre et posa une main réconfortante sur son épaule.

— Il est plus solide qu'il n'en a l'air, lui assura-t-il. Et il a été formé à réagir à ce genre d'interrogatoires. C'est un bon agent, Olena, ne l'oublie pas.

— C'est bien ce qui me fait peur, soupira-t-elle. Connaissant Cale, je suis certaine qu'il fera tout ce qu'il peut pour garder le silence. Mais, s'il résiste trop longtemps, Valentino finira par le considérer comme une charge inutile et le fera abattre.

— Cale est malin, objecta Gabriel. Il doit savoir qu'il lui faut avant tout gagner du temps pour nous laisser la possibilité de le retrouver. Je suis certain qu'il essaiera de mener Valentino en bateau.

— Peut-être, concéda Olena. Mais il y a autre chose qui m'inquiète plus encore. Je sais que certains sorciers utilisent la magie noire pour torturer leurs victimes. Et ceux qui survivent à une telle expérience en sortent généralement profondément traumatisés.

— Tu sous-estimes Cale, objecta Gabriel. C'est un vrai dur. Crois-moi, je connais les hommes et je l'ai compris à l'instant même où je l'ai vu. D'ailleurs, il n'a pas hésité à nous défier à longueur de temps alors que la plupart des humains se seraient faits discrets en attendant de pouvoir rentrer chez eux.

— C'est vrai, concéda Olena avec un triste sourire. Et tout au long de cette journée il n'a pas arrêté de vouloir me protéger alors que c'était lui qui était le plus exposé…

— Cela ne m'étonne pas. C'est d'ailleurs la principale raison pour laquelle je suis convaincu qu'il reviendra : il tient à toi, Olena. Et il ne se résignera pas facilement à l'idée de te perdre, crois-moi.

— Merci, Gabriel, lui dit-elle en tournant vers lui un regard brouillé de larmes.

Les sentant couler le long de son visage, elle les essuya rageusement d'un revers de la main et serra les dents. Ce n'était pas en pleurant qu'elle serait utile à Cale mais bien en passant au crible la scène de crime jusqu'à ce qu'elle découvre un indice susceptible de la conduire à l'endroit où il était détenu.

Et, lorsqu'elle l'aurait enfin découvert, elle irait personnellement chercher l'homme qu'elle aimait et que l'enfer lui-même ne pourrait lui arracher.

24

Lorsque Cale rouvrit les yeux, il était étendu à même le sol dans l'obscurité. Mais il n'était plus plongé dans les ténèbres impénétrables dans lesquelles avait retenti la voix désincarnée de Valentino.

Cette fois, son regard finit par s'accoutumer à la pénombre et à distinguer l'endroit où il se trouvait. C'était une petite pièce cimentée et complètement dépouillée.

Quelqu'un lui avait ôté sa veste ainsi que ses chaussures et sa montre. Il n'avait donc aucun moyen de savoir combien de temps il avait pu rester étendu ici, mais cela ne devait pas faire très longtemps car ses muscles n'étaient pas encore endoloris.

Il fit mine de se relever, mais ce simple geste éveilla sous son crâne un déchirant accès de souffrance. Inquiet, il porta la main à sa tête qu'il tâta précautionneusement. Il n'y avait pas trace de sang ou de contusion.

Cette atroce migraine devait donc être le résultat du sort de sommeil que lui avait lancé Valentino. Il avait la désagréable impression d'avoir passé une semaine ininterrompue à faire la tournée des bars avec des amis.

Précautionneusement, il se redressa pour se mettre à la recherche d'une porte. Il faisait trop sombre pour en distinguer une et, gagnant le mur le plus proche, il le suivit en tâtonnant. Il finit par trouver ce qu'il cherchait, mais, quand il posa la main sur la poignée, il reçut un violent choc électrique qui lui arracha un cri de douleur.

Prudemment, il effleura le battant. Sa main était si engourdie qu'il ne sentait même plus la texture du bois. Sans se faire trop d'illusions, il poussa de toutes ses forces et constata sans surprise qu'elle ne bougeait pas d'un pouce. Un coup d'épaule lui apprit qu'il avait affaire à du bois massif qui ne céderait pas facilement.

Il était coincé à cet endroit jusqu'à ce que quelqu'un daigne venir le délivrer. Par acquis de conscience, il fit le tour de sa prison, cherchant un objet qui aurait pu lui servir d'arme improvisée. Mais la pièce était bel et bien vide.

Il alla donc s'asseoir en tailleur contre le mur situé face à la porte et entreprit de se préparer à ce qui l'attendait. Il savait que Valentino l'avait capturé pour servir de monnaie d'échange. Sans doute exigerait-il qu'on lui livre Ivy, ou le virus qu'elle avait créé, en échange de sa libération.

Or Cale était policier depuis suffisamment longtemps pour ne se faire aucune illusion : on ne négociait pas avec un terroriste. Et, si Olena et Gabriel ne parvenaient pas à le localiser à temps, Valentino l'abattrait sans hésiter. Il ne devait donc compter que sur lui-même pour se sortir de ce mauvais pas.

Au fond, ce n'était que justice, songea-t-il. S'il avait porté l'amulette de François, il ne serait peut-être pas ici à l'heure actuelle. Rétrospectivement, il était persuadé que cet oubli était un acte manqué : inconsciemment, il n'avait pas voulu être redevable de quoi que ce soit envers l'ancien amant d'Olena.

L'idée qu'elle ait pu sortir avec lui l'agaçait toujours autant. C'était sans doute ridicule. Après tout, au cours des deux cent soixante-quinze ans qu'avait duré son existence, elle avait dû connaître bien des hommes.

Mais la plupart d'entre eux devaient être morts. Quant à ceux qui étaient toujours de ce monde, il ne les connaissait pas. François, en revanche, faisait partie de l'entourage proche d'Olena. Tous deux travaillaient ensemble et se voyaient quasiment tous les jours. Qui sait ? Peut-être était-il en train de la consoler, en cet instant même…

Cale se morigéna intérieurement. Il savait que la solitude et l'obscurité avaient tendance à engendrer les pensées les plus folles. Mais le moment était mal choisi pour se laisser aller à une crise de jalousie. D'ailleurs, Olena ne lui avait pas donné l'impression de s'intéresser à François ni de se laisser charmer par ses déclarations.

Il se demanda ce qu'elle était en train de faire en cet instant. Le cherchait-elle aux quatre coins de la ville ? Cela paraissait peu probable. Olena était une professionnelle et savait que ses meilleures chances de localiser Valentino proviendraient de l'analyse des indices qu'il avait pu laisser derrière lui.

Elle devait donc être en train d'inspecter ses bureaux au Phantasia ou son domicile personnel. Il était convaincu qu'elle ferait l'impossible pour le retrouver et ne négligerait aucune piste tant que sa mort ne serait pas avérée.

Peut-être même serait-elle tentée de retrouver le virus informatique pour procéder à un échange. Mais il savait qu'elle n'en ferait rien. A plusieurs reprises, déjà, elle lui avait démontré qu'elle était très attachée aux valeurs de justice et de probité.

Ne s'était-elle pas engagée dans la police pour défendre un idéal alors qu'elle n'avait même pas besoin de travailler pour gagner sa vie ? Jamais elle n'accepterait de trahir ses idéaux et de céder aux revendications d'un criminel comme Valentino.

Mais lorsque ce dernier finirait par le comprendre, Cale devrait se montrer assez rusé et assez fort pour s'échapper rapidement. S'il avait eu affaire à de simples humains, la situation n'aurait peut-être pas été aussi délicate qu'il y paraissait. Cale pratiquait le close-combat depuis suffisamment longtemps pour pouvoir venir à bout de la plupart des adversaires. Et, s'il parvenait à s'emparer de l'arme d'un de ses geôliers, il parviendrait certainement à faire des ravages dans leurs rangs.

Evidemment, face à des lycans, des vampires et des sorciers, il se trouverait dans une position nettement plus délicate. Fort heureusement, il avait appris quelques techniques spécifiques qui, si elles avaient peu de chances d'éliminer ses adversaires, pourraient les gêner suffisamment pour qu'il ait une chance de s'échapper.

Le plus important, d'ici là, serait de rester attentif à son environnement. Le moindre avantage tactique pouvait faire toute la différence entre une évasion réussie et une exécution en règle.

Comme il se faisait cette réflexion, la porte qui se trouvait en face de lui s'ouvrit, laissant apparaître deux lycans à la carrure impressionnante qu'il avait déjà vus au Phantasia.

— Debout, l'humain! s'exclama l'un d'eux. Valentino veut te parler.

Cale se redressa rapidement, prêt à se battre s'il le fallait. Les deux lycans parurent le remarquer et l'un d'eux lui décocha un sourire cruel.

— Ne fais pas de bêtise, petit homme, lui conseilla-t-il avec une fausse bonhomie. Tu risquerais de te faire mal.

Cale considéra ses adversaires et dut bien admettre que, s'ils en venaient aux mains, il avait de fortes chances de mordre très rapidement la poussière. S'il voulait tenter de leur échapper, il allait donc devoir se montrer très rapide.

Ils s'approchèrent de lui avec une certaine désinvolture, apparemment bien trop convaincus de leur supériorité pour prendre la moindre précaution. Et, en avisant l'espace qui séparait les deux lycans, il estima avoir une carte à jouer.

— Ne nous oblige pas à te traîner hors d'ici de force, lui conseilla l'un de ses adversaires en faisant un pas de plus dans sa direction.

Le moment était venu de passer à l'action et si Cale attendait un instant de plus, il serait trop tard. Il s'élança donc vers les deux lycans et, prenant appui sur une jambe, il se propulsa entre eux, roula sur lui-même et se redressa juste à côté de la porte.

Sans même se retourner, il se mit à courir dans le couloir sombre et désert qui s'ouvrait au-delà. Mais il n'eut le temps de parcourir que quelques mètres avant que l'un des lycans ne le rattrape.

Il reçut un violent coup de pied dans le bas du dos et une douleur fulgurante lui traversa le corps. Il tenta péniblement de se redresser, mais il pouvait à peine respirer et avait la désagréable sensation que quelque chose en lui s'était brisé.

Avant même qu'il ait pu se relever, le lycan lui décocha un nouveau coup de pied, dans les côtes cette fois. Son compagnon le rejoignit et tous deux commencèrent à la rouer de coups. Cale en compta cinq avant de sombrer dans un état de semi-inconscience.

Son corps tout entier n'était plus que souffrance et il se roula en boule, les bras plaqués contre son visage, renonçant à lutter.

Cale fut tiré des ténèbres dans lesquelles il avait sombré par le seau d'eau glacée que l'on déversa sur sa tête. Il rouvrit les yeux en toussant et constata que sa vision était trouble, comme s'il regardait la scène qui l'entourait à travers une vitre dépolie. Il se trouvait au milieu d'une pièce dont les murs et le sol étaient en béton. Elle était nettement plus grande que la cellule dans laquelle il s'était réveillé précédemment.

Cale s'aperçut alors qu'il était attaché sur une chaise de bois. Par réflexe, il tira sur ses liens pour vérifier qu'ils étaient bien serrés. Il comprit aussitôt que, cette fois, les lycans n'avaient pris aucun risque. Il lui serait impossible de se détacher par ses propres moyens.

De plus, le moindre mouvement de la tête éveillait en lui une atroce sensation de vertige et il avait beaucoup de mal à résister à la nausée qui montait en lui.

— Bon retour parmi nous, agent Braxton, fit la voix de Valentino derrière lui.

Le sorcier entra dans son champ de vision et s'immobilisa devant lui, les bras croisés. Comme à son habitude, il arborait un sourire satisfait.

— Vous êtes vraiment plein de ressources pour un humain, commenta-t-il. Dommage que vous ne soyez pas de taille à tenir tête aux représentants des peuples de l'ombre.

Cale ignora ses railleries et observa plus attentivement la pièce dans laquelle il se trouvait. Il vit deux fenêtres situées en hauteur qui étaient intégralement recouvertes de peinture noire. Apparemment, Valentino craignait d'éveiller la curiosité des passants ou des voisins, ce qui indiquait qu'ils n'étaient pas dans un endroit complètement désert.

Peut-être parviendrait-il à attirer l'attention de quelqu'un qui pourrait lui venir en aide ou contacter la police.

— Il faut que je vous pose quelques questions, reprit Valentino.

Cale était épuisé et il avait de plus en plus de mal à garder la tête droite. Il finit par la laisser retomber sur sa poitrine. Il n'était même pas sûr de pouvoir rester conscient très longtemps.

Valentino dut s'en apercevoir car un nouveau seau d'eau glacée lui fut lancé en plein visage, lui coupant le souffle.

— Ne vous endormez pas maintenant, agent Braxton. Vous n'avez pas encore répondu à mes questions. Lorsque ce sera fait, je vous promets que vous pourrez dormir tout votre soûl.

Il éclata de ce rire teinté d'hystérie que Cale commençait à bien connaître.

— Et que se passera-t-il si je refuse de vous dire quoi que ce soit ? répondit-il d'un ton ironique. Vous demanderez à vos deux gorilles de me taper dessus de nouveau ?

Valentino secoua doucement la tête.

— Bien sûr que non, répondit-il. Ce serait sans doute une formalité pour vous. Vous avez probablement été entraîné à résister à ce genre d'interrogatoire primitif. Je vous rassure : pour vous, j'ai pensé à quelque chose de très spécial.

Il se tourna vers la porte.

— Faites-la entrer ! s'exclama-t-il.

L'un des lycans qui avaient frappé Cale pénétra dans la salle en poussant devant lui une captive.

— Olena ! s'exclama Cale, horrifié.

Jusqu'alors, il avait toujours supposé qu'il était le seul à être tombé dans le piège tendu par Valentino, mais si Olena et Gabriel en avaient été victimes, eux aussi, ils avaient beaucoup moins de chances d'être libérés. Il était même possible que, pour le moment, personne ne se soit aperçu de leur disparition.

Le lycan décocha un coup de pied vicieux derrière les genoux d'Olena qui tomba sur le sol de béton. Elle ne put réprimer un gémissement de souffrance et Cale sentit monter en lui un mélange d'angoisse et de colère que sa propre impuissance rendait plus intense encore.

— Et voilà notre petit couple enfin réuni, s'exclama Valentino sans dissimuler l'amusement cruel que lui inspirait cette situation. La première fois que je vous ai vus dans mon bureau, je ne vous imaginais pas du tout ensemble. Mais je dois dire que vous êtes plutôt bien assortis...

Cale tira aussi fort qu'il le put sur ses liens qui résistèrent, mordant impitoyablement sa chair sans faire mine de céder. En se débattant de la sorte, il accentuait également la souffrance qui ne l'avait pas quitté depuis qu'il avait été battu par les deux lycans.

Il savait que ses efforts étaient vains mais ne parvenait pas à réprimer la panique qui montait en lui à l'idée que Valentino s'apprêtait à faire du mal à Olena. Car il n'avait aucun doute à ce sujet : le sorcier ne reculerait devant rien pour obtenir les informations qu'il désirait.

De fait, Valentino alla se placer devant Olena que le lycan maintenait à genoux en la tenant par les épaules.

— Je vois à votre expression que vous comprenez parfaitement ce dont je suis capable, déclara Valentino. Alors voici comment les choses vont se dérouler : je vais vous poser une série de questions. Chaque fois que vous refuserez de me répondre ou que je vous soupçonnerai de mentir, ce sera votre petite amie qui le paiera.

— Je vais te tuer !

Valentino secoua la tête d'un air presque désolé.

— Ne soyez pas ridicule, agent Braxton. Vous n'êtes pas en position de me menacer. Vous n'êtes pas non plus en position de renégocier les règles du jeu. Voulez-vous que je vous les explique de nouveau ?

Cale ne répondit pas, se contentant de lui jeter un regard chargé de haine. Valentino saisit les longs cheveux noirs d'Olena et tira violemment dessus de façon à ce qu'elle soit forcée de lever la tête. Il lui décocha alors un coup de poing en pleine mâchoire.

Cale ferma les yeux et tira sur ses liens. Son cœur battait à tout rompre et son corps tout entier était à présent recouvert d'une fine pellicule de sueur glacée. Jamais il n'avait eu aussi peur de toute sa vie. Rouvrant les yeux à contrecœur, il s'aperçut que la lèvre d'Olena était fendue et qu'elle saignait abondamment.

— Je répète la question, reprit Valentino sur un ton aussi détendu et sympathique que s'ils étaient de vieux amis en train de deviser de choses et d'autres. Voulez-vous que je vous explique une nouvelle fois les règles du jeu ?

— Non, répondit Cale d'une voix vibrante de fureur et d'impuissance mêlées. Posez-moi vos satanées questions !

— Avez-vous retrouvé Ivy Seaborn ?

— Non, répondit Cale sans hésiter.

Il jeta un coup d'œil à Olena qui lui adressa un regard suppliant. Malheureusement, il n'avait aucun moyen de deviner ce qu'elle attendait de lui en cet instant.

— Vous en êtes bien certain ? lui demanda Valentino.

— Oui.

Le sorcier décocha un coup de pied au creux de l'estomac d'Olena. Elle se plia en deux sous l'effet de la douleur et Cale se mordit la lèvre jusqu'au sang. Il avait l'impression de ressentir dans sa chair les coups que recevait la vampire.

— Je répète ma question, poursuivit Valentino. Avez-vous retrouvé Ivy Seaborn ?

— Oui.

— Savez-vous où elle se trouve à l'heure actuelle ?

— Non.

Cette réponse ne parut pas satisfaire Valentino car il frappa de nouveau Olena au visage, lui infligeant une coupure à la joue qui se mit à saigner.

— Je vous jure que je dis la vérité ! s'exclama Cale. Elle a été conduite dans un lieu sécurisé, mais j'ignore où il se trouve.

Valentino observa attentivement Cale avant de hocher lentement la tête.

— Je vous crois, déclara-t-il enfin.

Cale se détendit légèrement. Mais la vue d'Olena qui souffrait et saignait toujours abondamment le rendait malade. Aussi se répéta-t-il ce qu'elle lui avait dit chaque fois qu'il s'inquiétait à son sujet : elle était un vampire et ses capacités de récupération étaient phénoménales. Les blessures que lui avait causées Valentino disparaîtraient probablement en moins d'une journée.

— Question suivante, reprit ce dernier du même ton jovial. Où se trouve le disque?

— Quel disque? répondit Cale d'un air parfaitement ignorant.

Valentino soupira profondément.

— Mon pauvre Braxton... Je ne suis pas certain que vous compreniez vraiment ce que j'attends de vous.

Il adressa un petit signe de tête au lycan qui maintenait Olena à genoux. Ce dernier la prit sous les épaules et la souleva de terre pour l'entraîner jusqu'à la table de bois toute proche.

Elle se débattit violemment, tentant de s'arracher à l'étreinte de l'homme et labourant son bras de ses ongles. Il grimaça de douleur, mais l'acolyte qui l'avait aidé à passer Cale à tabac vint lui prêter main-forte et s'empara des jambes de la vampire. Celle-ci continua à lutter mais en vain.

Cale s'arqua sur sa chaise, tirant sur ses liens sans prendre en compte la douleur qu'il s'infligeait.

— Arrêtez! s'écria-t-il. Arrêtez tout de suite! Je ne sais pas où se trouve le disque! Ivy a refusé de nous le dire.

Valentino ne fit pas mine de l'avoir entendu et s'approcha de la table sur laquelle les deux lycans avaient plaqué leur victime impuissante. Le sorcier dégaina alors une dague qui était attachée à sa ceinture.

— On dirait que vous comprenez les règles, en fin de compte, remarqua-t-il.

Mais cela ne l'arrêta pas : d'un coup de dague, il trancha les boutons qui fermaient le chemisier d'Olena et écarta les deux pans, révélant le soutien-gorge de dentelle qu'elle portait au-dessous. Cale poussa un grondement menaçant en voyant que la pointe de la dague ne se trouvait qu'à quelques centimètres de la peau d'albâtre de la belle vampire.

— Je vous ai dit ce que je savais ! protesta-t-il. Ivy ne voulait pas nous livrer le disque parce qu'elle pensait que l'Etat utiliserait ce virus à des fins militaires. Si cela se trouve, elle l'a tout bonnement détruit.

— Peut-être est-ce la vérité, peut-être pas, répondit Valentino. Comment pourrais-je en être certain alors que vous vous entêtez à me mentir une fois sur deux ?

Il plaça la pointe de la dague contre la peau d'Olena qui poussa un cri de souffrance déchirant. Stupéfait, Cale constata que la lame lui brûlait la peau comme si elle était chauffée au fer rouge. Sans doute était-elle recouverte d'une couche d'argent.

— Je vais te tuer, espèce de salopard ! s'écria Cale, incapable de se contrôler.

— Est-ce qu'Interpol connaît l'existence du virus ? lui demanda Valentino en laissant la lame descendre le long du ventre d'Olena, y traçant un sillon fumant.

La main que l'un des lycans plaquait sur sa bouche

ne suffisait pas complètement à masquer les hurlements qu'elle poussait.

— Oui, répondit Cale.

— Est-ce qu'ils vont envoyer d'autres agents ?

— Non.

— Pourquoi pas ?

— Parce que les rapports que je leur ai transmis ne reposent pas sur des preuves concrètes mais sur des intuitions personnelles. Mes supérieurs me font confiance, mais ils ont bien d'autres dossiers à traiter.

Valentino écarta légèrement son arme de la peau d'Olena qui s'immobilisa, haletante, les yeux agrandis par la terreur.

— Dites-moi, agent Braxton, reprit-il en se tournant vers Cale. Est-ce que vous aimez cette femme ?

Cale regarda Olena droit dans les yeux. De toutes les questions que Valentino lui avait posées, celle-ci était incontestablement la plus simple.

— Oui, répondit-il sans hésiter. Je l'aime.

— Est-ce qu'elle vous aime aussi ? s'enquit Valentino, curieux.

— Je l'ignore.

— Eh bien, nous le découvrirons bientôt, j'imagine…

Sur ce, il prononça quelques mots dans une langue que Cale ne reconnut pas et tendit un doigt vers Olena que les deux lycans venaient soudain de libérer. Au moment où elle se redressait, il vit ses traits changer et comprit qu'il ne s'agissait pas de la femme qu'il aimait mais d'une parfaite inconnue.

Valentino s'était donc joué de lui, usant de sa magie pour lui infliger cette insoutenable session de torture mentale. Une fois de plus, Cale se jura que le sorcier le lui paierait très cher.

— Ramenez-le dans sa cellule, ordonna alors ce dernier à l'intention de ses deux hommes de main. Et veillez à ce qu'il ne s'échappe pas. Nous allons bientôt savoir si Olena tient assez à cet humain pour trahir tout ce qu'elle prétend défendre et nous apporter le virus.

25

De retour au laboratoire, Gabriel et son équipe étudièrent de manière systématique et détaillée tous les éléments matériels qu'ils avaient pu collecter dans les bureaux du Phantasia et au domicile de Valentino.

Rien pour le moment ne leur avait permis de déterminer où ce dernier avait pu emmener Cale. Le sorcier était un homme fortuné et il possédait de nombreuses propriétés qui auraient pu convenir. Plusieurs patrouilles de policiers étaient d'ailleurs chargées de les visiter.

Mais Olena était convaincue que Valentino avait choisi un lieu plus discret. Son nom n'apparaissait probablement ni sur le bail ni sur le titre de propriété.

François, quant à lui, étudiait avec attention le bouton de manchette de Cale dans l'espoir d'en apprendre un peu plus sur le sort que Valentino avait jeté à l'agent d'Interpol.

Gabriel avait personnellement interrogé Otto, mais le vampire leur avait confirmé qu'il ignorait tout du virus informatique mis au point par Ivy. Il semblait même étonné à l'idée que la jeune sorcière puisse avoir été impliquée dans un tel projet.

Il avait confirmé l'intérêt de son défunt amant pour l'informatique mais avait répété que lui-même n'y connaissait rien et n'accordait aucun intérêt aux activités de Luc en la matière.

Il était tout aussi surpris par les agissements de Valentino qu'il n'aurait jamais cru capable de travailler pour un réseau terroriste ni de tuer l'homme qui passait pour être l'un de ses meilleurs amis.

Olena commençait à penser qu'aucun indice ou témoignage ne les conduirait à Valentino. Et cela signifiait qu'il ne leur restait qu'une seule option : attendre que ce dernier se manifeste pour poser ses conditions. Ce constat l'emplissait d'un mélange de colère, d'angoisse et de frustration et elle avait de plus en plus de mal à conserver son calme.

Refusant de céder au désespoir, elle travaillait d'arrache-pied, ne ménageant aucune piste et aucun effort.

— Tu devrais peut-être aller te reposer, lui suggéra Gabriel lorsqu'elle vint lui faire son rapport le lendemain matin. Si tu continues à ce rythme, tu finiras par commettre une erreur.

— Je sais, soupira-t-elle. Mais, chaque fois que je fais une pause, j'ai envie de fondre en larmes ou de frapper quelqu'un. Si ça continue, je vais devenir folle !

— Je comprends, acquiesça Gabriel. Mais tu dois te rappeler que rien n'est perdu. Cela ne fait que quelques heures que Cale a disparu…

Il fut interrompu par la sonnerie du téléphone portable d'Olena. Celle-ci s'excusa et décrocha.

— Olena Petrovich, j'écoute.

— Olena, s'exclama la voix éternellement cordiale de Valentino DeCosta, quel plaisir de vous avoir en ligne. J'imagine que vous avez compris que j'avais capturé votre précieux petit humain.

Olena fit signe à Gabriel de lui prêter de quoi écrire. Il lui tendit un bloc-notes et un stylo.

— Que voulez-vous, Valentino? demanda-t-elle en notant le numéro de téléphone qui s'affichait sur l'écran.

Gabriel appela immédiatement le service chargé des écoutes téléphoniques pour demander une localisation du portable correspondant.

— Mais ce que j'ai toujours voulu, ma chère, répondit Valentino en riant. De l'argent, du pouvoir, de la reconnaissance. Et un bon verre de vin de temps en temps…

— Est-ce que l'agent Braxton est toujours en vie? demanda-t-elle.

— Mais bien sûr! s'exclama-t-il. Me prendriez-vous pour un psychopathe, par hasard?

— J'imagine qu'on pourrait en débattre, répondit-elle en observant attentivement Gabriel qui était toujours en contact avec les services des télécommunications.

Valentino éclata de rire, ce qui ne fit qu'attiser la colère d'Olena.

— Ne soyez pas si insolente, ma chère, lui conseilla-t-il. Vous ne voudriez tout de même pas que ce pauvre Cale paie le prix de votre manque de respect, n'est-ce pas? Les humains sont si fragiles.

— C'est vrai, répondit-elle.

— Vous savez, Cale m'a dit qu'il vous aimait. Etiez-vous au courant?

Olena sentit son cœur battre la chamade. Ses doigts se serrèrent convulsivement sur le combiné du téléphone et elle dut se faire violence pour résister à l'envie qu'elle avait de supplier Valentino.

— Depuis que je l'ai interrogé, il ne cesse de marmonner votre nom de façon assez pitoyable, reprit ce dernier.

Gabriel fit signe à Olena qu'ils auraient besoin de deux minutes de plus pour pouvoir localiser l'appel.

— Je ne vous crois pas.

— Cela n'a pas grande importance, répondit Valentino. Ce qui compte, c'est ce que je m'apprête à vous dire : si vous voulez retrouver votre petit protégé, je veux que vous me livriez le disque à 3 heures, cet après-midi même. Si vous refusez ou si vous n'êtes pas au rendez-vous, j'enverrai l'agent Braxton manger les pissenlits par la racine.

Olena ne put s'empêcher de frissonner. Elle jeta un coup d'œil et constata qu'il était 9 heures du matin. L'ultimatum de Valentino ne leur laissait donc que six heures pour retrouver Cale avant qu'il ne soit abattu.

— C'est trop court, déclara-t-elle. Il nous faut d'abord retrouver la fille, puis le disque…

— Ne me mentez pas, Olena. C'est de mauvais goût. Je sais que vous avez déjà la fille.

— Elle est loin d'ici.

— Vous n'aurez qu'à l'appeler. Débrouillez-vous. Je vous rappellerai dans deux heures pour vous donner l'adresse où se fera l'échange. Et si vous me mentez encore, Olena, je vous renverrai Cale en pièces détachées. Vous pourrez les mettre dans du formol et les conserver bien plus longtemps que vous ne garderiez l'original…

— Vous devez savoir que la police ne négocie jamais avec les terroristes.

— Oh, mais je ne suis pas un terroriste. Je ne suis qu'un intermédiaire, un simple négociant. De plus, ce n'est pas sur la police que je compte mais sur vous.

Je ne sais pas jusqu'où vous seriez prête à aller pour sauver l'homme que vous aimez, mais c'est votre seule chance d'y parvenir. Je sais que vous êtes une femme pleine de ressources, Olena. Et je compte sur vous. Cale aussi, d'ailleurs…

Sur ce, il raccrocha. Olena jeta un coup d'œil interrogatif à Gabriel qui secoua la tête.

— Apparemment, Valentino utilise un système très sophistiqué qui lui permet de brouiller les pistes et d'échapper à toute tentative de localisation.

Olena s'attendait plus ou moins à cela. Valentino ne paraissait pas être le genre d'homme à commettre des erreurs aussi grossières.

— Il veut échanger Cale contre Ivy et le disque à 3 heures, cet après-midi. Si nous refusons, il le tuera.

— Tu sais que nous ne pouvons pas le lui donner, n'est-ce pas ?

— Oui, répondit Olena, la mort dans l'âme.

— Cale le sait aussi.

Olena savait qu'il cherchait à la déculpabiliser. Mais c'était peine perdue : elle se sentait responsable de ce qui s'était passé au Phantasia.

Certes, Cale exerçait un métier à risque. Il s'était porté volontaire pour venir ici. Et il avait une certaine expérience du terrain. Mais il n'était pas originaire de Nouveau Monde et il ne connaissait pas aussi bien qu'elle les pièges que pouvait receler un endroit de ce genre.

Olena aurait dû mieux le protéger. Elle aurait dû demander à François de créer une amulette plus puissante que celles qu'il leur avait confiées. Elle aurait dû passer la première et vérifier qu'aucun piège magique ne les attendait.

Mais elle avait fini par oublier que Cale était un humain et qu'il n'avait ni les pouvoirs ni la résistance dont jouissaient les peuples de l'ombre. Et à présent cette erreur d'appréciation risquait de le condamner. Olen n'était pas certaine de pouvoir vivre avec cela sur la conscience.

— Nous avons donc six heures pour le retrouver, déclara Gabriel, la tirant de ses sombres réflexions.

Elle hocha la tête, pourtant le cœur n'y était pas. Elle ne parvenait pas à se convaincre qu'ils trouveraient brusquement une piste alors qu'ils avaient piétiné toute la nuit.

— Nous le retrouverons, ajouta Gabriel qui avait dû percevoir les doutes qui la rongeaient.

— Je l'espère, Gabriel. Parce que, s'il est tué, je ne suis pas sûre que je m'en remettrai.

Gabriel se pencha en avant pour prendre l'une de ses mains entre les siennes et il la serra affectueusement. Olena se mordit la lèvre pour réprimer les larmes qui menaçaient de la submerger. Elle refusait d'y succomber en présence de son chef. Pourtant, une partie d'elle-même rêvait de pouvoir laisser libre cours à son chagrin, de pouvoir extérioriser toute cette souffrance qu'elle gardait en elle.

Valentino ne s'y était pas trompé, lui. Il avait parfaitement compris la nature des sentiments qu'elle éprouvait envers Cale. Il comptait sur eux pour la persuader de coopérer. Et le pire, c'est qu'elle n'était pas du tout certaine de refuser.

— Il faut que je voie Ivy, déclara-t-elle soudain.

— Pourquoi ?

— Je suis sûre que je peux la convaincre de me

révéler l'endroit où elle a caché le disque. Et je pense que nous devrions le récupérer pour éviter qu'il ne tombe par hasard entre de mauvaises mains.

Gabriel l'observa très attentivement pendant plusieurs secondes et elle comprit qu'il cherchait à deviner quelles étaient ses véritables intentions. Il était très doué pour cela, mais elle l'était encore plus lorsqu'il s'agissait de mentir. Après tout, elle avait dissimulé sa véritable nature durant près de deux siècles et demi.

— Je vais demander qu'elle soit conduite au commissariat, déclara-t-il finalement. Nous l'interrogerons ensemble.

Olena hocha la tête et se leva. Elle avait besoin de marcher un peu pour se défaire de la nervosité qui l'habitait. Car elle venait peut-être de faire le premier pas sur une voie qui la mènerait à renier ses engagements et à trahir tous ceux qui lui avaient fait confiance.

Moins d'une heure plus tard, Olena était de retour au domicile de Luc Dubois pour y récupérer le disque que, d'après sa nièce, ce dernier avait caché chez lui. Ivy avait fini par leur avouer que son oncle l'avait dissimulé dans le congélateur de son réfrigérateur, dans un sac en plastique rempli de glaçons.

Malheureusement, Olena ne tarda pas à constater qu'il ne s'y trouvait plus.

— Je suis pourtant sûre que mon oncle l'avait caché, déclara Ivy qui avait insisté pour accompagner Gabriel et la vampire.

— Il a dû le changer de place, soupira Olena. Quand l'as-tu vu le mettre là-dedans ?

Ivy réfléchit à la question puis haussa les épaules.

— Je ne me rappelle plus exactement. Tout ce que je sais, c'est que je le lui ai donné quelques jours seulement avant sa mort.

Olena se tourna vers Gabriel.

— Nous savons au moins que ce n'est pas Valentino qui l'a, remarqua-t-elle. Se pourrait-il que quelqu'un d'autre s'en soit emparé ? Le groupe auquel il comptait initialement vendre le virus, par exemple ?

— Nous ne pouvons pas l'exclure, concéda Gabriel. Mais le plus probable, c'est que Luc ait finalement décidé que le congélateur n'était pas un endroit assez sûr. Or nous savons déjà qu'il ne l'a mis ni dans son coffre à la banque, ni à son bureau au Phantasia. Par contre, il peut se trouver n'importe où dans la maison.

Olena jeta un coup d'œil à sa montre. Il ne leur restait plus que cinq heures pour fouiller les lieux et retrouver le disque.

— Nous allons avoir besoin d'aide, remarqua-t-elle. Nous ne pourrons jamais tout inspecter à deux.

— Nous sommes trois, objecta Ivy. Je vais vous aider à chercher.

Olena lui adressa un petit signe de tête reconnaissant. Quant à Gabriel, il sortit son téléphone portable.

— Je vais appeler Sophie et Kellen à la rescousse, indiqua-t-il.

Une demi-heure plus tard, le petit groupe s'était réparti les différentes pièces de la maison et avait commencé des recherches méthodiques. Olena s'était réservée la chambre à coucher de Luc et avait procédé de façon systématique.

Elle avait dévissé toutes les grilles d'aération, crevé les oreillers et le matelas, arraché les plinthes, inspecté le fond des placards, l'intérieur des lampes et le dessous des meubles. Mais jusqu'à présent elle n'avait rien trouvé.

Or elle avait douloureusement conscience du fait que le temps leur était compté. Ce disque était pourtant le seul moyen dont ils disposaient pour négocier avec Valentino. Sans lui, ils n'avaient aucune chance d'obtenir la libération de Cale.

Luttant contre l'angoisse qui la tenaillait, Olena s'attaqua au lit de Luc. Elle commença par soulever le matelas puis le retourna complètement avant de le lacérer à l'aide de son couteau pour vérifier que rien n'était caché à l'intérieur.

Elle inspecta également les montants et la tête du lit et alla jusqu'à dévisser les pieds pour s'assurer qu'ils n'étaient pas creux. Lorsqu'elle se redressa enfin, elle constata que la chambre semblait avoir été dévastée par une tornade.

Etouffant un bâillement, elle passa une main sur son visage. Le manque de sommeil qu'elle avait accumulé au cours de ces derniers jours commençait à se faire cruellement sentir. Mais elle ne pouvait se permettre de prendre le moindre instant de repos alors que la vie de Cale dépendait d'elle.

Comme elle s'apprêtait à quitter la chambre pour aller explorer la salle de bains, son regard tomba sur le tableau qui était accroché au-dessus du lit. C'était une peinture abstraite constituée de traits sombres sur un fond uniformément noir. On aurait dit une tempête par une nuit sans lune. Il y avait dans cette œuvre une force indéniable, quelque chose de sombre et de puissant qui n'apparaissait pas au premier regard mais émergeait progressivement quand on regardait l'œuvre.

Pourtant, ce qui frappa le plus Olena, ce fut la signature qui figurait au bas du tableau en lettres sombres : Ivy Seaborn. Apparemment, la nièce de Luc était une jeune femme aux multiples talents.

Précautionneusement, Olena décrocha le tableau et le posa à l'envers sur le matelas. Et elle aperçut enfin ce qu'elle cherchait : le boîtier d'un disque compact scotché à l'envers de la toile. D'une main légèrement tremblante, elle le détacha et le contempla fixement.

Il aurait été très facile de glisser le disque dans la poche de son blouson sans que personne n'en sache rien. Lorsque Valentino la rappellerait, elle pourrait lui dire qu'elle avait le disque et était prête à faire l'échange. Et cet objet d'aspect dérisoire sauverait alors la vie de l'homme qu'elle aimait…

Elle perçut un mouvement derrière elle et se retourna en prenant soin de dissimuler discrètement le disque sous son blouson.

— Alors? lui demanda Gabriel qui se trouvait sur le seuil de la chambre. Est-ce que tu l'as trouvé?

Elle s'apprêtait à lui répondre que non lorsque son téléphone portable se mit à sonner. Jetant un coup d'œil à sa montre, elle constata qu'il pouvait s'agir de Valentino. Le numéro de téléphone qui s'affichait était différent de celui de la fois précédente, mais cela ne signifiait pas grand-chose.

— Olena Petrovich, fit-elle.

— Est-ce que vous avez le disque? lui demanda Valentino.

— Oui, répondit-elle.

Gabriel l'observait toujours attentivement. Il avait apparemment deviné qu'elle lui cachait quelque chose.

Incapable de soutenir son regard, elle se détourna et sortit un calepin de sa poche.

— Bien, lui dit Valentino. Je vais donc vous donner une première adresse. Ceci devrait occuper vos petits camarades de la police.

Il la lui dicta et elle la nota.

— Maintenant, ajouta-t-il, je vais vous donner une seconde adresse qu'il vous faudra retenir par cœur. C'est là que je serai avec votre ami, au cas où vous décideriez de procéder à un échange.

— Je vous écoute.

— Parfait. Je savais bien que je pouvais compter sur vous, Olena. Nous savons tous deux que la vie d'un homme vaut plus qu'une simple procédure policière. C'est ce que j'apprécie le plus chez les vampires : ils vivent suffisamment longtemps pour apprendre la valeur du pragmatisme.

Olena se mordit la lèvre pour ravaler les commentaires désobligeants que lui inspirait Valentino. Le moment était mal choisi pour provoquer le sorcier. Elle mémorisa donc la seconde adresse qu'il lui donna. Contrairement à la précédente, celle-ci lui était familière. Elle se trouvait à proximité des docks.

Lorsque ce fut fait, Valentino raccrocha et elle se tourna de nouveau vers Gabriel qui attendait patiemment.

— Est-ce qu'il t'a donné une adresse ? lui demanda-t-il.

— Oui, répondit-elle en arrachant la page de son calepin pour la lui tendre.

Elle hésita un instant puis sortit le disque de son blouson et le lui donna. Lorsque Gabriel le prit, le regard qu'il lui lança lui indiqua qu'il comprenait parfaitement combien ce geste devait lui coûter.

— Ne perds pas espoir, dit-il d'un ton encourageant. Tout n'est pas terminé. Nous avons encore le temps de le retrouver. Fais-moi confiance.

Elle hocha la tête et quitta la pièce sans un mot. Elle avait l'impression d'avoir remis son cœur entre les mains de Gabriel et elle se sentait vide intérieurement. Et, si elle perdait Cale aujourd'hui, rien ne pourrait jamais effacer cette sensation.

26

Etendu sur le sol glacial de sa cellule de béton, Cale avait perdu toute notion du temps. Il n'aurait su dire s'il était allongé là depuis deux heures ou deux jours.

Cela n'avait pas réellement d'importance, d'ailleurs, car son existence se résumait désormais à une interminable agonie à laquelle il n'échappait que lorsqu'il sombrait momentanément dans l'inconscience.

Lorsqu'il avait compris qu'il avait été dupé par une illusion de Valentino, Cale avait perdu tout self-control. Fou de rage, il avait tiré sur ses liens avec une telle rage qu'il était parvenu à libérer l'une de ses mains. Il avait eu le temps de détacher l'autre et se préparait à libérer ses jambes lorsque les deux lycans étaient intervenus.

Une fois de plus, ils s'étaient défoulés sur lui, le laissant en piteux état. Mais Cale s'en moquait. Tout ce qui lui importait, désormais, c'était de faire payer à Valentino la torture mentale à laquelle le sorcier l'avait soumis.

Lorsqu'il avait vu celle qu'il croyait être Olena se faire torturer sous ses yeux, il avait senti son cœur se déchirer. Le pire, c'est qu'il avait alors pris conscience de ses propres limites. Il avait compris que son adversaire avait vu juste et qu'il n'était ni assez rapide ni assez fort pour défendre celle qu'il aimait.

Dans ce monde-ci, il était désespérément inadapté. Comparés aux peuples de l'ombre, les humains n'étaient que des enfants sans défense, condamnés à assister de loin à des combats qui les dépassaient complètement.

Pour la première fois de sa vie, Cale regrettait amèrement d'être ce qu'il était. S'il avait été un vampire, un lycan ou un sorcier, il ne serait pas tombé dans ce piège. Il aurait pu venir à bout des deux lycans qui l'avaient attaqué. Il aurait été capable de se mesurer à Valentino. Et Olena ne serait pas en train de se ronger les sangs à son sujet.

Peut-être regrettait-elle à présent de s'être laissé séduire par une créature aussi faible et aussi fragile que lui…

Cale repoussa cette pensée insupportable. S'il voulait garder la force de se battre, il devait continuer à croire à l'amour d'Olena. Il devait lui faire confiance et se convaincre qu'il finirait par la revoir.

Comme il se faisait cette réflexion, il entendit la porte de sa cellule s'ouvrir et entrevit la silhouette de Valentino qui s'avança, les lèvres tordues par son éternel sourire arrogant. Sans doute était-il venu se repaître de la vision de son captif impuissant.

Cale aurait pu lui dire que l'air narquois qu'il arborait n'était pas de mise : quelle gloire y avait-il à capturer un vulgaire humain ?

Valentino se voyait sans doute comme un esprit supérieur, mais il négligeait le fait qu'il avait été incapable d'obtenir le disque d'Ivy, qu'il était à présent poursuivi par la police de Nouveau Monde, qu'en le tuant il provoquerait la colère d'Interpol et qu'il n'obtiendrait jamais le virus des mains de Gabriel ou d'Olena.

Cale aurait pu le lui dire mais il préférait faire semblant d'être un homme brisé, le temps de récupérer un peu de ses forces.

Pour le moment, il faisait peine à voir : plusieurs de ses côtes devaient être brisées, son nez saignait continuellement, il avait un œil au beurre noir et quantité d'ecchymoses sur l'ensemble du corps.

Mais aucune de ces blessures n'était réellement grave et il saurait bien les ignorer, le temps au moins de trouver un moyen pour s'enfuir.

Valentino s'approcha de lui et le considéra d'un air ironique.

— Qu'est-ce que vous voulez? lui demanda enfin Cale sans parvenir à cacher l'agacement que l'autre lui inspirait.

— Je suis venu vous informer que vous alliez bientôt retrouver votre chère et tendre.

— J'en doute fort.

— Ne faites pas la tête, agent Braxton. Cela ne vous va pas du tout.

Cale se força à garder le silence : il savait pertinemment que Valentino était insensible aux insultes. Plus il s'entretenait avec le sorcier et plus il était convaincu que ce dernier était un dangereux sociopathe qui aurait dû se trouver depuis longtemps dans un asile.

— Quittez cet air funeste, lui dit Valentino. Une fois que je serai en possession du virus, je n'aurai plus besoin de vous et je vous laisserai partir. Vous serez libre de passer le reste de votre courte et misérable existence en compagnie de celle que vous aimez.

Cale lui décocha un sourire cynique.

— Me croyez-vous vraiment aussi naïf? lui demanda-t-il. Nous savons tous deux que vous ne me laisserez jamais partir. Vous savez que je vous traquerais aux quatre coins du monde. Interpol ne peut vous laisser compromettre impunément la sécurité de milliers de gens.

Valentino éclata de rire.

— Vous avez raison, reconnut-il. Je n'ai aucunement l'intention de vous laisser vivre. Je disais juste cela pour vous remonter le moral. Mais vous êtes trop intelligent, Braxton !

— Ce que je ne comprends pas, reprit Cale, c'est pourquoi vous ne m'avez pas encore tué.

— Vous n'avez pas deviné ? C'est pourtant simple : vous avez dit vous-même que, si je vous laissais partir, vous me pourchasseriez jusqu'au bout du monde. Mais si je vous tue, c'est Olena qui le fera. Face à ce dilemme, il est évident que je n'ai qu'une solution : vous tuer tous les deux. Pour cela, il me faut un appât, bien sûr. Vous, en l'occurrence…

Ce fut au tour de Cale de le contempler d'un air moqueur.

— Si vous croyez avoir la moindre chance face à Olena, c'est que vous la connaissez mal.

— Rassurez-vous, je ne compte pas l'affronter à la loyale, répondit Valentino en riant. Mais, même si elle est assez maligne pour me retrouver, ce qui est fort possible, elle aura beaucoup de mal à éviter les pièges que j'ai pris soin d'installer. Quoi qu'il arrive, je serai le seul à sortir d'ici vivant.

Valentino se détourna pour se diriger vers la porte de la cellule et c'est l'instant que Cale choisit pour passer à l'action. Avec une agilité dont il ne se serait plus cru capable, il projeta ses jambes vers celles de Valentino et les balaya.

Le sorcier s'écroula sur lui-même et, en un instant, Cale fut sur lui, pressant son genou contre sa trachée.

— Tu aurais dû me tuer au lieu de te contenter d'en parler, gronda-t-il.

Valentino se débattit, agitant désespérément les bras et les jambes. Mais, contrairement aux lycans et aux vampires, les sorciers n'étaient pas plus forts physiquement que les humains. Et Cale avait sur son adversaire l'avantage d'avoir étudié les arts martiaux durant des années.

Et l'étreinte qu'il maintenait sur la gorge de Valentino empêchait ce dernier d'articuler les mots de pouvoir qui lui auraient permis de faire usage de sa magie.

Malheureusement, la victoire de Cale fut de courte durée car les deux hommes de main du sorcier firent brusquement irruption dans la cellule. Avant même que Cale ait eu le temps de les menacer, l'un d'eux lui décocha un coup de pied en pleine tête, le projetant violemment en arrière et l'envoyant rouler loin de Valentino.

Cale sentit un flot de sang s'écouler dans son nez et dans sa bouche. Puis les ténèbres l'enveloppèrent une fois de plus.

27

En sortant de chez Luc Dubois, Gabriel, Olena et Ivy regagnèrent directement le commissariat. Percevant probablement sa détresse, les deux compagnons de la vampire gardèrent le silence, ce dont elle leur fut infiniment reconnaissante.

Gabriel n'avait pas fait la moindre réflexion sur le fait qu'elle avait failli garder le disque. Il n'avait pourtant pas été dupe, elle en était certaine. Rétrospectivement, elle se demandait ce qu'il aurait fait si elle avait décidé de procéder à l'échange.

L'aurait-il forcée à lui donner le disque ? L'aurait-il fait arrêter ? Ou bien aurait-il fermé les yeux par amitié pour elle ? Elle était incapable de le dire, mais elle savait que, dans tous les cas, leur relation s'en serait trouvée profondément altérée.

Mais elle avait choisi de sacrifier l'homme qu'elle aimait pour faire ce qui lui paraissait juste. Rationnellement, elle savait qu'elle avait pris la bonne décision. Le virus créé par Ivy pouvait faire sombrer le monde entier dans le chaos et la terreur. Au regard d'un tel cataclysme, la vie d'un seul homme paraissait dérisoire.

Mais cet homme se trouvait être celui qu'elle aimait…

En arrivant au commissariat, Olena alla acheter une bouteille de sang frais dans l'un des distributeurs automatiques de la salle de repos. Si elle voulait supporter la fatigue qu'elle avait accumulée, elle aurait besoin de beaucoup de nutriments.

Elle dévissa le bouchon et avala trois longues gorgées qui lui redonnèrent un peu d'énergie. A cet instant précis, François passa la tête par l'embrasure de la porte.

— Mon ange, lui dit-il, je crois que j'ai quelque chose qui devrait t'intéresser.

Emportant sa boisson avec elle, Olena le suivit en direction de son laboratoire. Sur la paillasse immaculée était posée une boîte de Petri qui contenait le bouton de manchette de Cale.

— J'ai fait quelques tests, indiqua-t-il à Olena.

Celle-ci savait que la magie qu'utilisaient la plupart des sorciers laissaient des traces sur les objets qui avaient été affectés. Certaines d'entre elles étaient de nature chimique, d'autres physique, d'autres encore psychique et spirituelle.

François était généralement considéré comme l'un des meilleurs analystes mondiaux en la matière et elle était convaincue que, s'il y avait quelque chose à découvrir sur ce bouton de manchette, il parviendrait sans mal à l'identifier.

— Plusieurs sorts ont été lancés sur cet accessoire, poursuivit-il. J'ai retrouvé du jus de citron et de l'eau de mer, composantes généralement utilisées pour renforcer les sorts d'oniromancie. Il y avait quelques particules de suie, ce qui fait sens puisque Valentino a dû avoir recours à un enchantement de lien pour capturer Cale. La lavande et le cyprès correspondent à un sort de sommeil. J'ai également détecté de l'huile de Merlin qui est constituée à partir d'huile de noisette et de sapin. Généralement, cet élément trahit un sort de déplacement. Toutes ces composantes matérielles sont disponibles dans n'importe quel bon magasin de magie…

— Alors, il n'y a aucune signature spécifique qui caractériserait les sorts de Valentino ?

— Si, j'en ai trouvé une qui me paraît un peu étrange : de la salicorne. C'est une plante qui pousse presque exclusivement au bord de la mer et dont on se servait lors de la fabrication du verre. Elle est parfois utilisée pour renforcer des sorts de lien.

— Pourquoi est-ce étrange, alors ?

— Eh bien, ce n'est pas un élément très utilisé. Peu de sorciers connaissent ses propriétés et il y a d'autres plantes plus faciles à se procurer qui ont exactement les mêmes. A ma connaissance, aucune boutique de magie n'en vend.

— Et tu penses donc qu'il s'agit d'une signature ?

— C'est ce que j'ai cru, au début, acquiesça François. Mais en y réfléchissant, cela ne tient pas. La salicorne n'a aucune force symbolique particulière. Qui voudrait d'une signature aussi étrange ?

— Alors que suggères-tu ?

— Que Valentino s'en est peut-être servi tout simplement parce qu'il en avait sous la main. Il est également possible qu'il ait utilisé cet élément pour renforcer la puissance de son sort de transport.

— Ce qui signifie que Cale serait actuellement dans un lieu près duquel pousse de la salicorne ?

— Il y a de fortes chances pour que ce soit le cas.

— François, tu es un génie ! s'exclama Olena avant de l'embrasser sur la joue.

C'était le premier indice sérieux qu'ils obtenaient depuis que Cale avait disparu.

— Tu sais que je ferais n'importe quoi pour toi, mon ange, répondit-il.

— Je vais aller en parler à Gabriel ! s'exclama-t-elle en se dirigeant vers la porte.

— J'espère vraiment que tu le retrouveras, lui dit alors François avec un sérieux qui ne lui ressemblait guère.

— Moi aussi, répondit-elle, émue par cette manifestation de solidarité.

— Si tu tiens autant à ce type, j'imagine que ce doit être quelqu'un de bien.

Elle hocha la tête et quitta la pièce pour gagner le bureau de Gabriel. Elle entra sans frapper et constata qu'il était au téléphone. Il lui fit signe de s'asseoir et de patienter une minute et mit un terme à sa conversation avant de raccrocher aussi rapidement que le lui permettait la politesse.

— Qu'y a-t-il ? demanda-t-il enfin à Olena qui trépignait intérieurement d'impatience.

— François a trouvé des traces de salicorne sur le bouton de manchette de Cale. C'est une plante qui ne pousse qu'au bord de la mer. Or Valentino n'a pas dû quitter la ville de façon à pouvoir procéder à l'échange, au cas où j'accepterais d'entrer dans son jeu.

— Tu penses au quartier des docks, n'est-ce pas ?

Elle hocha la tête.

— Ce serait un endroit idéal pour ce qu'il a en tête, déclara-t-elle. De nombreux bâtiments sont déserts, il y a peu de va-et-vient, quasiment pas de trafic et c'est situé non loin du Phantasia.

— Bien vu, acquiesça Gabriel. Je vais immédiatement envoyer quelques équipes sur la zone.

Olena jeta un coup d'œil à sa montre.

— Il ne nous reste que trois heures avant l'échange.

— Cela devrait suffire. Par contre, il faut que ce soit des hommes en civil, de façon que Valentino ne se doute de rien. Je ne tiens pas à affronter tout son arsenal magique.

Olena savait pertinemment ce qu'il n'osait dire à voix haute : si Valentino repérait des policiers, il risquait fort d'éliminer son otage pour s'assurer qu'il ne parlerait pas et pouvoir fuir plus rapidement.

En quadrillant les quais, ils prenaient donc un risque. Mais Olena considéra que le jeu en valait la chandelle. Car ils ne disposaient pas d'autre piste susceptible de les conduire jusqu'à Cale.

— Bien, je vais mettre en place l'opération. Il y aura trois équipes qui quadrilleront le quartier de façon systématique. Nous coordonnerons leurs efforts de l'extérieur de la zone. Parallèlement, nous continuerons à faire comme si tu comptais livrer le disque à Valentino. S'il pense que tu vas le lui remettre, il gardera Cale en vie, ce qui devrait nous laisser un peu plus de temps encore pour intervenir.

— Si je comprends bien, cela signifie que je serai sur les lieux de l'échange et non avec l'équipe qui ira récupérer Cale ? Cela ne me plaît pas.

— Je comprends, acquiesça Gabriel. Mais nous n'avons pas vraiment le choix. Si tu n'es pas sur les lieux au moment de l'échange, Valentino comprendra immédiatement que quelque chose ne va pas et il risque d'abattre Cale…

Olena se massa les tempes, luttant contre la migraine qu'elle sentait poindre du fait de la fatigue et de la tension nerveuse auxquelles elle était soumise.

Elle avait de plus en plus de mal à se concentrer et commençait à se demander avec inquiétude si elle serait réellement en état d'intervenir lorsque Cale aurait été localisé.

— Nous pourrions demander à François de jeter un sort d'illusion, suggéra-t-elle.

Gabriel parut considérer attentivement cette éventualité.

— Valentino ne viendra pas en personne pour faire l'échange, déclara-t-elle. J'en suis certaine. Il préférera ne pas se faire remarquer. De plus, il doit se douter qu'il y a des chances pour que nous lui remettions un faux disque.

— Et qui enverrions-nous, à ta place ?

— Sophie, si elle est d'accord. Je lui fais entièrement confiance.

— Très bien, acquiesça Gabriel. Va lui en parler puis venez me retrouver devant l'entrée principale. Nous n'avons plus un instant à perdre.

28

Une heure plus tard, l'équipe de liaison commandée par Gabriel s'installa dans un vieux hangar désaffecté situé en périphérie du quartier des docks. Les trois groupes de policiers chargés de quadriller la zone s'étaient déjà déployés sur le terrain et demeuraient en liaison constante avec eux. Pourtant, jusqu'à présent, ils n'avaient repéré aucun signe de Valentino ou de ses hommes.

De plus en plus nerveuse, Olena faisait les cent pas derrière Gabriel. Il ne leur restait plus que deux heures avant le moment fixé pour l'échange, peut-être une heure de plus, le temps que Valentino s'aperçoive que le programme figurant sur le disque était un faux.

— Olena, tu devrais aller faire un tour, lui conseilla Gabriel qui attendait patiemment devant la radio, une tasse de café à la main.

D'ordinaire, Olena était aussi calme et concentrée que lui, mais, cette fois-ci, il ne s'agissait pas d'un dossier comme les autres. C'était la vie de Cale qui était en jeu et la simple idée de le perdre lui était insupportable.

— Si tu veux, je t'accompagne, lui proposa Sophie. Un peu d'air frais me ferait le plus grand bien.

Ensemble, elles sortirent donc du hangar et s'adossèrent contre la façade métallique mangée de rouille.

Là, Olena croisa les bras sur sa poitrine, s'efforçant de maîtriser les frissons qui la parcouraient et qui ne devaient rien au froid.

Pour la première fois depuis bien longtemps, elle était terrifiée. Elle avait peur que Valentino ne décide de tuer Cale avant l'heure de l'échange, peur que les patrouilles de policiers ne localisent jamais l'endroit où il se cachait, peur encore que Cale ne soit tué durant l'assaut, peur surtout d'avoir laissé passer une chance d'être heureuse…

Sophie devait sentir l'angoisse qui l'habitait et elle passa un bras autour des épaules d'Olena.

— Tout se passera bien, lui assura-t-elle.

Olena hocha la tête, mais, au fond d'elle-même, elle n'était pas du tout convaincue.

— Comment as-tu fait pour supporter l'idée que Kellen était théoriquement condamné par sa maladie ? demanda-t-elle à son amie.

— Je prenais les choses une par une, telles qu'elles se présentaient. J'essayais de ne pas penser à l'avenir, de me concentrer sur ce que j'avais à faire sur le moment. Je faisais aussi en sorte d'avoir le moins de temps libre possible pour ne pas laisser mon esprit vagabonder…

— Est-ce que cela marchait ?

— Pas du tout, avoua Sophie. En fait, je pensais à lui vingt-quatre heures sur vingt-quatre et sept jours sur sept.

Olena hocha la tête et demeura longuement silencieuse.

— Si je me retrouve face à Valentino, je ne l'arrêterai pas, tu sais, souffla-t-elle d'une voix si vibrante de haine qu'elle arracha un frisson à Sophie.

— Je sais, répondit-elle. Fais ce que tu penses devoir

faire, Olena. Mais n'en dis rien à Gabriel, surtout. Tu le mettrais face à un dilemme insurmontable…

Avant qu'Olena ait eu le temps de lui répondre, la porte du hangar s'ouvrit et Gabriel passa la tête par l'embrasure.

— Nous avons peut-être trouvé l'endroit où ils retiennent Cale prisonnier ! s'exclama-t-il.

Les deux femmes le rejoignirent aussitôt à l'intérieur et il leur expliqua que l'une des équipes venait de découvrir un entrepôt apparemment abandonné mais gardé par deux lycans d'aspect menaçant, et présentant de nombreuses traces de magie résiduelle, comme si des sorts avaient récemment été lancés à l'intérieur.

— Quand donnons-nous l'assaut ? demanda Olena.

— Ecoute, je ne sais pas si…

Elle ne laissa même pas à Gabriel le temps de terminer sa phrase.

— Il n'est pas question que je reste sur la touche, déclara-t-elle posément. Je compte participer à l'assaut et personne ne me fera changer d'avis !

Gabriel la considéra attentivement et finit par hocher la tête, comprenant probablement que rien de ce qu'il pourrait dire ou faire n'aurait d'impact sur elle.

— Très bien, soupira-t-il enfin. Tu feras partie de la deuxième vague, celle qui entrera juste après le groupe d'intervention.

— C'est d'accord, acquiesça Olena.

Elle aurait préféré prendre part à l'assaut initial mais savait que c'était impossible. Ils avaient affaire à un enlèvement dans le cadre d'une affaire de terrorisme et, dans ce cas, les forces spéciales prenaient obligatoirement la tête des opérations au moment de l'assaut.

Ces équipes étaient constituées d'hommes d'élite, alliant invariablement lycans, vampires et sorciers pour pouvoir faire face à n'importe quel type de menace. Elles utilisaient aussi bien des techniques avancées de lutte au corps à corps que des armes ultrasophistiquées ainsi qu'un véritable arsenal de sortilèges de combat.

Moins de dix minutes plus tard, Olena put d'ailleurs voir ces hommes en action et dut bien reconnaître qu'ils étaient très impressionnants. Faisant preuve d'une coordination et d'une discrétion absolues, ils progressèrent très rapidement en direction de l'entrepôt désert que les policiers avaient repéré.

Les deux lycans qui montaient la garde un peu plus tôt avaient disparu à l'intérieur du bâtiment, probablement pour ne pas attirer l'attention.

Embusquée derrière la carcasse d'une vieille voiture, prête à intervenir dès que les forces spéciales lui feraient signe, Olena attendait, le cœur battant et le corps moite de sueur.

Elle avait terriblement conscience de ce qui allait se jouer. Les minutes à venir décideraient de la vie de Cale et de son propre bonheur. Pourtant, elle ne pouvait se permettre de se laisser affecter par ces enjeux, si décisifs soient-ils. Elle devait rester sur ses gardes, être prête à tout et ne pas hésiter un seul instant.

Comme elle se faisait cette réflexion, les hommes des forces spéciales passèrent brusquement à l'assaut. Après avoir lancé plusieurs fumigènes à l'intérieur, ils avancèrent, le visage couvert de leurs masques à gaz, et s'enfoncèrent dans le bâtiment.

Un profond silence s'ensuivit qui ne dura que quelques instants. Puis, brutalement, des rafales d'armes automatiques se firent entendre, bientôt suivies d'explosions et de cris inarticulés. Une nouvelle déflagration retentit, accompagnée cette fois d'un éclair rougeâtre.

Folle d'inquiétude, Olena écouta le rapport du chef de la section spéciale qui leur parvenait de façon si hachée qu'il était presque incompréhensible.

— ... plus nombreux que prévu... surpris... une sorte de piège magique... Nous replions dans la salle principale... N'entrez surtout pas !

Le rapport fut interrompu par le crépitement sec d'une arme à feu, suivi d'un cri de douleur. Un nouveau silence, plus pesant encore que le précédent, retomba sur les lieux.

Comprenant que le premier assaut s'était soldé par un échec, Olena sut que, s'ils n'intervenaient pas très vite, Valentino abattrait Cale et prendrait la fuite. Elle ne pouvait se permettre de rester là et d'attendre qu'une deuxième intervention soit mise en place.

Sans hésiter, elle se mit donc à courir en direction de l'entrepôt désaffecté. Gabriel la rappela, mais elle ignora résolument ses ordres et continua à progresser. Elle ne tarda pas à atteindre le premier point d'approche, juste derrière une rangée de vieux barils rouillés.

Risquant un coup d'œil par-dessus ce mur improvisé, elle constata que l'entrée de l'entrepôt était toujours grande ouverte. On ne voyait aucune trace du commando qui venait d'entrer ni des défenseurs qui devaient se trouver à l'intérieur.

Olena dégaina son arme de service et fit sauter le cran de sécurité. Elle se remit alors à courir, au moment précis où de nouveaux coups de feu retentissaient dans le hangar.

Paradoxalement, cela la rassura un peu. Il devait rester quelques membres des forces spéciales en état de se défendre et, si elle arrivait à les rejoindre, ils parviendraient peut-être à se réorganiser et à poursuivre l'assaut.

Elle atteignit alors le container qui constituait le second point d'approche et s'agenouilla à l'angle pour observer le bâtiment dans lequel elle était sur le point de pénétrer. Instantanément, elle sut que quelque chose n'allait pas.

C'était peut-être à cause du hangar lui-même qui paraissait à la fois un peu trop facile d'accès et un peu trop endommagé pour servir de repaire à un sorcier. Son instinct lui souffla qu'il s'agissait d'un piège.

Elle prit donc le temps d'observer plus attentivement les environs. Et c'est alors qu'elle croisa le regard de Valentino. Il se tenait à la fenêtre de l'un des bâtiments voisins et l'observait avec une expression narquoise.

Portant la main à l'émetteur radio qui était accroché au col de son blouson, elle se mit à courir vers l'endroit où se trouvait Valentino.

— Nous nous sommes trompés de hangar ! signala-t-elle à son équipe. Valentino et Cale sont dans celui qui se trouve juste à l'est !

Tout en parlant, elle avait atteint ledit hangar. D'un coup de pied, elle défonça la porte latérale et s'engagea à l'intérieur sans hésiter. Se fiant à son gilet pare-balles et à l'amulette de protection que lui avait confiée François, elle parcourut le rez-de-chaussée du bâtiment et constata rapidement qu'il était entièrement désert.

Elle découvrit en revanche un escalier métallique qui conduisait à l'étage et l'emprunta, gravissant les marches quatre à quatre tant était grande sa hâte de retrouver Cale. Le premier niveau avait apparemment abrité des bureaux autrefois.

Un long couloir desservait plusieurs pièces de taille réduite. Olena s'avança prudemment, l'arme à la main. Elle dépassa deux petits bureaux déserts et approchait du troisième lorsque l'une des portes situées un peu plus loin s'ouvrit, laissant apparaître Valentino qui la salua d'un sourire sardonique.

— Olena, quelle surprise ! s'exclama-t-il. Je ne m'attendais pas à vous voir ici.

— J'imagine, répliqua-t-elle en le fusillant du regard. Où est Cale ?

Valentino secoua la tête d'un air vaguement réprobateur.

— Vous savez, je vous avais mal jugée, lui dit-il. Je pensais que vous étiez une opportuniste, que vous étiez une survivante, une femme capable de tout pour obtenir ce qu'elle voulait.

— Vous n'êtes pas loin de la vérité, sorcier ! Maintenant, dites-moi où se trouve Cale et je vous laisserai peut-être la vie sauve.

— Mais certainement, répondit Valentino en souriant de plus belle. Après tout, vous vous êtes donné beaucoup de mal pour le retrouver et vous méritez bien d'être réunis, tous les deux ! Votre amoureux est par ici, ajouta-t-il en désignant la pièce dont il venait d'émerger.

Olena s'avança prudemment en veillant à garder son arme résolument braquée sur Valentino. S'il prononçait la moindre formule magique, elle était bien résolue à lui loger une balle entre les deux yeux.

Le sorcier ne bougea pas, attendant qu'elle le rejoigne.

Elle lui fit signe d'entrer et le suivit à l'intérieur. Elle aperçut aussitôt Cale qui était bâillonné et attaché sur une chaise au milieu de la pièce. Il paraissait avoir été passé à tabac à plusieurs reprises et faisait peine à voir.

Son visage était tuméfié, il avait un œil au beurre noir et le nez cassé. Ses vêtements étaient couverts de sang séché. Mais il était vivant et, à en juger par le sourire qui se dessinait sur ses lèvres, il était heureux de la retrouver.

A sa vue, Olena sentit un immense soulagement la submerger et elle dut lutter pour ne pas céder à l'envie qu'elle avait de fondre en larmes. Jamais elle ne s'était sentie aussi heureuse qu'en cet instant et elle comprit soudain que, si elle l'avait vraiment trouvé mort, elle ne s'en serait jamais remise.

— Mon amour, murmura-t-elle en se rapprochant de lui. Je t'ai enfin retrouvé.

Elle fit mine de le délivrer, mais Valentino éclata alors de rire. Surprise, elle se tourna vers lui et s'aperçut avec angoisse qu'il paraissait bien trop sûr de lui pour un homme qui était sur le point de se faire arrêter.

Elle se demanda alors si elle ne venait pas à son tour de se faire prendre au piège.

29

Cale se réveilla en sursaut et constata sans surprise qu'il était toujours étendu dans sa cellule, affalé contre le mur qu'il avait heurté de plein fouet. Constatant qu'il se sentait un peu moins épuisé qu'auparavant, il en déduisit qu'il avait dû demeurer inconscient durant un laps de temps assez long.

En s'aidant du mur et au prix d'une souffrance atroce, il parvint lentement à se mettre en position assise. Il comprit alors ce qui l'avait brusquement tiré de son évanouissement : plusieurs explosions et des rafales d'armes automatiques se faisaient entendre non loin du bâtiment dans lequel il se trouvait.

Il se demanda si Gabriel et Olena l'avaient enfin retrouvé. Si c'était le cas, il devait impérativement se tenir prêt. Car, en voyant approcher la police, Valentino déciderait peut-être de se débarrasser de lui et de prendre la fuite.

Or Cale était bien décidé à l'en empêcher. En effet, lorsque Olena le retrouverait, il voulait pouvoir la regarder en face et lui dire qu'il avait fait tout ce qui était en son pouvoir pour arrêter ce psychopathe.

Rassemblant ses forces, Cale poussa sur ses jambes en prenant appui contre le mur de sa cellule. Il se sentait si faible qu'il faillit basculer sur le côté et dut plaquer ses mains contre la paroi pour se stabiliser.

Une fois debout, il reprit son souffle et attendit que sa respiration sifflante soit plus régulière pour faire un pas en avant. Au prix d'un effort inouï, il parvint à conserver son équilibre. Il avait l'impression que le sol tanguait dangereusement sous ses pieds et devait lutter à chaque instant contre de brusques accès de nausée.

Loin de refluer, la douleur ne faisait que croître. Son corps était marqué d'une multitude de coupures, d'hématomes et de contusions qui transformaient chacun de ses gestes en un véritable supplice.

Pourtant, il s'entêta, bien décidé à quitter cet endroit et à retrouver Olena. Essuyant du revers de la main la sueur qui lui coulait dans les yeux, il fit un nouveau pas en avant, puis un autre. Précautionneusement, il parvint à traverser la pièce à une vitesse digne d'un vieillard cacochyme.

Couvert de transpiration, le souffle court, il s'appuya alors contre la porte et attendit avec un mélange d'impatience et de frustration de retrouver un semblant de calme.

Mais les sifflements qu'il émettait à chaque expiration et la douleur fulgurante qui lui traversait parfois le torse le convainquirent rapidement qu'une de ses côtes cassées avait dû percer l'un de ses poumons. Il ne tarderait probablement pas à cracher du sang.

En cet instant, il regrettait amèrement de ne pas posséder de pouvoirs de régénération semblables à ceux des lycans ou des vampires.

Tendant la main vers la poignée, il s'apprêtait à tenter d'ouvrir la porte lorsque le battant s'écarta, manquant lui faire perdre l'équilibre. Il se retrouva nez à nez avec l'un des lycans qui le considéra avec stupeur.

Cale n'attendit pas qu'il revienne de sa surprise et lui décocha un coup de pied à l'entrejambe avec toute la puissance dont il était encore capable. Plaquant les mains sur son bas-ventre en grognant, le lycan se plia en deux.

Cale en profita pour lui décocher un coup de coude à la gorge qui aurait écrasé la trachée de n'importe quel être humain. Il ne prit pas la peine de s'assurer que le lycan était hors de combat et quitta la cellule en boitillant aussi vite que le lui permettaient ses blessures. L'adrénaline que ce bref affrontement avait libérée dans son organisme l'aida à surmonter la souffrance. Mais ce qui le soutenait plus encore dans cet effort, c'était l'idée de revoir Olena.

Le couloir qu'il remontait desservait une série de petites pièces qui auraient pu être d'anciens bureaux. Il se trouvait probablement dans une ancienne usine, quelque part au bord de la mer, à en juger par l'odeur d'iode qu'il croyait percevoir.

Emmagasinant ces informations, il continua à avancer. Il avait cruellement conscience du fait que le lycan qu'il venait momentanément de mettre hors de combat ne tarderait pas à reprendre ses esprits. Et cette fois Cale ne bénéficierait pas de l'effet de surprise.

S'il voulait éviter de se faire passer à tabac une fois de plus, il allait rapidement devoir trouver une arme pour rétablir un semblant d'équilibre. Des yeux, il chercha un tuyau, une planche ou même un morceau de béton dont il aurait pu se servir. Mais en vain.

Jetant un coup d'œil en arrière, il constata avec

autant d'étonnement que de soulagement que le lycan n'était pas à ses trousses. Il était seul dans le couloir. Les coups de feu qui l'avaient tiré de son évanouissement s'étaient tus et il se demanda avec une pointe d'angoisse s'ils n'avaient pas été le fruit de son imagination.

Puis il entendit une voix familière dont la délicieuse pointe d'accent russe le fit frissonner de la tête aux pieds. Il n'avait pas rêvé : Olena était bel et bien venue à son secours.

Le cœur battant, il se remit en marche, se laissant guider par ce son, le plus doux qu'il lui ait jamais été donné d'entendre. Il ne tarda pas à atteindre l'embrasure d'une porte qui s'ouvrait sur une pièce semblable à celle où il avait été conduit pour être interrogé.

Il aperçut immédiatement Valentino qui se trouvait dans un coin, les bras croisés sur sa poitrine. Le sorcier observait Olena qui était agenouillée auprès d'une chaise et parlait d'une voix très douce à un homme qui ressemblait trait pour trait à Cale.

Comprenant que Valentino cherchait à la piéger, ce dernier s'avança dans la pièce.

— Olena ! appela-t-il.

Elle se retourna et le considéra avec stupeur. Puis elle observa successivement son double et lui.

— Que se passe-t-il ici ? s'exclama-t-elle.

— Ce n'est pas moi, Olena, lui dit-il en désignant l'homme qui était assis sur la chaise. C'est une illusion de Valentino !

Ce dernier se fendit d'un large sourire.

— N'est-ce pas amusant ? s'exclama-t-il avec sa fausse bonhomie habituelle. Notre charmante candidate reconnaîtra-t-elle l'élu de son cœur ?

Olena lui jeta un regard noir.

— Regarde-moi bien, lui dit alors Cale. Tu verras que je suis bien moi.

Elle lui fit face et l'observa attentivement.

— Je t'aime, Olena, lui dit-il gravement.

Quelque chose dans son regard dut la convaincre qu'il était bien celui qu'il prétendait car il vit se dessiner sur ses lèvres le plus magnifique des sourires. Elle ouvrit les bras et s'avança vers lui.

C'est alors que Cale entrevit un mouvement juste derrière elle. L'homme qui lui ressemblait et qui semblait être attaché à son siège s'était levé brusquement. Il s'avançait à présent vers Olena, tenant dans sa main droite un pieu acéré en métal argenté.

Comprenant instantanément qu'il n'aurait pas le temps de la mettre en garde, Cale se jeta sur elle et la repoussa violemment au moment précis où son double abattait le pieu vers le dos de la vampire. Projetée hors de la trajectoire, Olena trébucha et manqua tomber.

Elle se redressa, faisant mine de protester, mais ses yeux s'agrandirent sous l'effet de l'horreur. Il se demanda ce qui pouvait bien lui inspirer un tel effroi. Ne venait-il pas de lui sauver la vie ?

Brusquement, il sentit ses jambes se dérober sous lui et tomba à genoux. Avec une pointe de curiosité, il constata que cette chute ne lui avait causé aucune douleur. Puis il entendit Valentino éclater de rire. Le son lui parvenait de façon lointaine et légèrement déformée.

— Cale ! s'écria alors Olena en se précipitant vers lui.

Il ne s'était pas vraiment senti tomber en arrière, mais elle le rattrapa et l'étendit précautionneusement sur le sol. Il dut lutter contre l'inconscience. Pourquoi se sentait-il si fatigué ? Avait-il présumé de ses forces en se battant contre le lycan ?

La silhouette de son double se dressa alors derrière Olena qui était toujours agenouillée à son côté.

— Olena ! s'exclama faiblement Cale.

Suivant son regard, elle se retourna et sortit son arme au moment où l'autre allait frapper de nouveau. Une violente détonation résonna dans la petite pièce et son jumeau fut propulsé en arrière sous le coup de l'impact.

Au moment où il touchait le sol, l'illusion lancée par Valentino se dissipa, révélant le deuxième garde lycan auquel Cale avait été confronté.

Estimant sans doute qu'il était temps pour lui de prendre la tangente, le sorcier se dirigea discrètement vers la sortie.

— Rattrape-le, parvint à articuler Cale.

Olena hésita un instant avant de se redresser pour se précipiter vers Valentino. Ce dernier n'avait même pas eu le temps d'atteindre la porte qu'elle le prit par le cou et le souleva de terre d'une seule main. Le sorcier se débattit, lui griffant les mains et la bourrant de coups de pied, mais elle ne paraissait rien sentir.

— Je t'avais prévenu, Valentino, gronda-t-elle. Je vais te tuer de mes propres mains !

Jamais Cale ne l'avait vue comme cela. Ses canines luisaient, ses yeux verts brillaient d'une lueur surnaturelle et sa voix était semblable au grondement d'un fauve. Il se dégageait d'elle une impression de puissance à l'état brut, de rage sauvage et indomptée.

Comprenant qu'elle était sur le point de mettre sa menace à exécution, Cale prononça faiblement son nom. Ce simple son parut la tirer momentanément de l'état second dans lequel elle se trouvait et elle se tourna vers lui sans lâcher Valentino qui paraissait à présent fou de terreur.

— Pas comme ça..., articula Cale au prix d'un effort surhumain.

Il se sentait de plus en plus affaibli et sa vue se brouillait un peu plus à chaque instant.

— Nous ne sommes pas comme eux, souffla-t-il.

Olena prit une profonde inspiration et l'éclat de ses yeux diminua légèrement.

— Tu as raison, lui dit-elle. Nous ne sommes pas comme eux. Mais je te le promets, ajouta-t-elle à l'intention de Valentino, je veillerai personnellement à ce que tu croupisses en prison pour le reste de ta vie.

Sans lui laisser le temps de répondre, elle le propulsa contre le mur le plus proche qu'il heurta violemment avant de s'effondrer, inconscient. Olena revint alors vers Cale et s'agenouilla à son côté, les larmes aux yeux.

— Je suis là, mon amour, lui dit-elle d'une voix étranglée par l'émotion.

Il aurait voulu tendre la main pour lui caresser la joue, mais il se sentait bien trop faible pour cela.

— Pourquoi pleures-tu ? lui demanda-t-il. Nous avons gagné...

Les yeux d'Olena s'agrandirent sous l'effet de la surprise avant de glisser vers la poitrine de Cale. Suivant son regard, il aperçut l'extrémité du pieu métallique qui dépassait de sa poitrine. Sous son corps, une mare de sang s'était formée et s'agrandissait à vue d'œil.

Se tournant de nouveau vers Olena qui était à présent incapable de retenir ses larmes, il lui sourit.

— Ne t'en fais pas, murmura-t-il. Ça ne fait même pas mal…

Il la contempla pendant quelques secondes qui, à l'approche de la mort, lui parurent durer une éternité.

— Tu es si belle, ajouta-t-il. J'adore te regarder.

— Ne parle pas, articula-t-elle d'une voix entrecoupée de sanglots. Les secours vont arriver.

— Je savais que tu viendrais me chercher, tu sais…

Le gémissement qu'elle poussa lui fendit le cœur. Il aurait voulu la consoler, mais il avait de plus en plus de mal à demeurer conscient. La seule chose qui l'empêchait de fermer les yeux, en fait, c'était l'idée qu'il ne verrait plus le beau visage de cette femme qu'il aimait plus que tout.

Il n'aurait su dire combien de temps s'écoula avant que tous deux ne soient rejoints par une escouade de policiers conduits par Gabriel. Ce dernier s'approcha de Cale et s'agenouilla en face d'Olena.

— Comment va-t-il? demanda-t-il d'une voix inquiète.

Olena se contenta de secouer doucement la tête. Gabriel se pencha alors vers Cale et observa très attentivement sa blessure. En le voyant pâlir, il comprit brusquement qu'il allait mourir. Jusqu'alors, il avait espéré qu'il lui restait une chance de s'en sortir, mais il se rendait compte à présent qu'il était bel et bien condamné.

— Est-ce que tu peux faire quelque chose? demanda Olena d'une voix brisée.

Gabriel secoua doucement la tête. La douleur qui se peignit alors sur le visage d'Olena affecta Cale peut-être plus encore que ne l'avait fait l'annonce de sa propre mort.

— Ne t'inquiète pas pour moi, lui dit-il.

Elle posa l'une de ses paumes contre sa joue et il s'aperçut avec une pointe d'angoisse qu'il ne la sentait même pas.

— Je ne veux pas te perdre, lui dit-elle d'un ton farouche.

— Moi non plus, répondit-il.

— Je t'aime, Cale.

Il lui sourit et elle se pencha vers lui pour poser ses lèvres contre les siennes. Et, s'il ne sentit pas ce baiser, il inspira profondément, se gorgeant de l'odeur d'Olena, la laissant pénétrer au plus profond de lui, l'envahir complètement.

— Je t'aime, souffla-t-il.

Olena se redressa alors et leva la tête vers le ciel, laissant échapper un cri déchirant. Ce hurlement n'était pas humain. Il ne ressemblait à rien de ce que Cale avait pu entendre. C'était l'expression la plus pure, la plus absolue de l'immense souffrance qui habitait Olena. C'était un cri de révolte aussi, lancé à la face du destin cruel qui ne les avait réunis que pour mieux les séparer.

Lorsqu'elle baissa les yeux vers lui, il constata qu'ils brillaient de nouveau de cet éclat étrange.

— Je ne te laisserai pas partir, déclara-t-elle d'une voix aussi tranchante que l'acier.

— Olena…, protesta faiblement Gabriel.

Elle lui jeta un regard qui le fit frissonner puis se tourna de nouveau vers Cale.

— Tu n'as qu'un mot à dire et je le ferai, lui dit-elle.

Il ne comprit pas tout de suite ce qu'elle voulait dire. Mais la lueur qui brillait dans ses yeux et l'allongement anormal de ses canines répondirent à la question qu'il s'apprêtait à lui poser.

— Je peux te sauver, lui dit-elle. Je peux faire de toi un vampire et jamais tu ne mourras.

— Tu sais qu'il y a des risques, Olena, intervint Gabriel.

— Et alors ? répliqua-t-elle durement. Il est sur le point de mourir ! Ne te mêle pas de ça, Gabriel ! C'est entre Cale et moi.

Ce dernier se sentait rapidement gagné par un froid glacial qui se répandait en lui, l'envahissait tout entier. Il comprit qu'il ne lui restait plus beaucoup de temps : quelques minutes, quelques secondes, peut-être. Et puis il perdrait Olena à jamais.

Car même s'il existait un autre monde, même si une partie de lui survivait à cette extinction, elle continuerait à vivre éternellement. Mais elle lui offrait une chance de partager cette existence, de repousser la mort qui approchait pour vivre à jamais auprès d'elle.

Levant les yeux vers elle, il plongea son regard dans celui d'Olena. Et il y lut l'amour infini qu'elle lui vouait, un amour absolu qui venait autant du corps, de l'esprit que de l'âme, un amour dont la douce chaleur pouvait repousser l'étreinte glacée de la mort...

— Et nous vivrons ensemble pour l'éternité ? articula-t-il dans un souffle.

— Pour l'éternité, acquiesça-t-elle gravement. Je te le promets.

— Oui, répondit-il alors que la vie le quittait. Je veux vivre avec toi pour toujours...

Comme il était sur le point de rendre son dernier

souffle, Olena se pencha vers lui et posa ses lèvres au creux de son cou. Il sentit à peine ses dents qui s'enfonçaient dans sa chair et sombra dans l'obscurité et le silence.

30

Durant trois jours et trois nuits, Olena était restée au chevet de Cale sans fermer l'œil.

Après l'avoir vidé du peu de sang qu'il lui restait, elle l'avait étendu sur le sol du bureau et avait ouvert son propre poignet pour laisser s'écouler un peu de son sang dans la boucher de Cale. Elle avait dû masser sa gorge pour le faire s'écouler en lui.

Ces quelques gouttes avaient suffi à le ranimer et elle avait alors plaqué son poignet contre ses lèvres pour qu'il puisse boire à loisir. C'est ce qu'il avait fait, se nourrissant à cette source de vie avant de sombrer dans un profond coma.

Lorsque les ambulanciers étaient enfin arrivés, elle leur avait demandé de les conduire rapidement chez elle. Là, ils avaient installé Cale dans sa chambre tandis qu'elle-même avalait plusieurs litres de sang afin de reconstituer ses propres réserves.

Elle avait ensuite fermé les volets et tiré les rideaux pour protéger Cale des rayons du soleil qui pouvaient se révéler mortels pour les jeunes vampires. Elle s'était alors assise dans un fauteuil placé juste à côté du lit et avait attendu, les yeux fixés sur le visage de l'homme qu'elle aimait.

A plusieurs reprises, il s'était réveillé en poussant

des hurlements aussi déchirants qu'incohérents qui trahissaient un terrifiant mélange de terreur et de sauvagerie. Chaque fois, elle s'était ouvert le poignet et l'avait nourri jusqu'à ce qu'il sombre de nouveau dans un état catatonique.

Durant tout ce temps, elle s'était efforcée de dominer l'angoisse qui la rongeait. Car elle savait que cette période était la plus dangereuse : le corps de Cale était en train de connaître une profonde mutation. Et, si la physiologie des humains et des vampires était si proche qu'il était possible de passer d'une espèce à l'autre, cette transformation était loin d'être aisée.

L'intensité des métamorphoses de son organisme pouvait à tout moment générer un choc métabolique qui pouvait entraîner aussi bien la mort que des séquelles physiques ou psychiques monstrueuses.

A quelques reprises au cours de sa vie, Olena avait été confrontée à ces goules pitoyables qui erraient de nuit dans les cimetières et se nourrissaient de chair humaine. Comparée à cet état de dégénérescence corporelle et mentale, la mort faisait l'effet d'une bénédiction.

Mais Cale n'était pas mort et son état ne s'était pas dégradé.

Au fil des heures, sa peau avait perdu sa couleur initiale, prenant une teinte nettement plus pâle. Ses canines s'étaient allongées et affilées. Son visage s'était légèrement creusé, soulignant ses lèvres qui paraissaient à présent plus rouges et plus pleines. Sa chair avait acquis une souplesse et une fraîcheur caractéristiques.

Au soir du troisième jour, Gabriel téléphona. Il en

savait apparemment assez long sur les vampires pour connaître la durée de leur transformation.

— Comment va-t-il ? demanda-t-il sans même prendre la peine de s'identifier ou de lui dire bonjour.

— Je crois que ça a marché, articula Olena d'une voix que trois jours de silence avaient rendue un peu rauque.

Elle se leva péniblement et sortit de la pièce avec son téléphone portable pour se diriger vers le salon.

— Est-ce qu'il s'est réveillé ?

— Pas encore, répondit-elle. Mais son aspect est encourageant. Evidemment, je ne peux pas en être complètement sûre : c'est la première fois que je transforme quelqu'un.

— Je suis certain que tout se passera bien, lui assura Gabriel.

— La dernière fois que tu m'as dit cela, Cale est mort, lui rappela Olena.

— Je sais, soupira-t-il. Je suis désolé.

— Ce n'est pas ta faute… Est-ce que vous avez obtenu des aveux de Valentino ?

— C'est moi qui me suis chargé de son interrogatoire, répondit Gabriel.

Olena ne put s'empêcher de frissonner en entendant la froideur glacée qui venait de percer dans sa voix. Le sorcier avait vraiment dû passer un sale moment aux mains du lycan.

— Il m'a tout raconté, reprit-il. Apparemment, il a surpris une discussion entre Ivy et son oncle au cours de laquelle ce dernier lui annonçait son intention de renoncer à vendre le virus. Comprenant la fortune que pouvait lui rapporter une telle invention, Valentino s'est rendu chez Dubois pour le convaincre de lui céder le disque. Ce dernier a répondu qu'il était au coffre et que, tant qu'il serait en vie, personne ne s'en servirait. Valentino l'a pris au mot et l'a tué avant d'organiser le cambriolage de la banque. Il a découvert que Dubois lui avait menti et que le disque ne se trouvait pas dans le coffre. Valentino a alors interrogé Ivy pour lui demander où il se trouvait et celle-ci a prétendu l'ignorer. Lorsqu'il lui a demandé de réécrire le programme pour son compte, elle s'est enfuie et il a lancé ses hommes de main à sa poursuite. Tu connais la suite…

— Et comment va Ivy, à propos ?

— Très bien. Elle m'a demandé de te transmettre ses amitiés.

— Est-ce qu'elle se trouve toujours en résidence surveillée ?

— Non. Elle est partie pour Lyon où se situe le siège d'Interpol et elle a rencontré le chef de Cale. Apparemment, elle va travailler pour eux, ce qui a l'air de la passionner. Elle m'a même laissé entendre qu'ils étaient sur le point d'arrêter les terroristes qu'avaient contactés son oncle et Valentino. Cale avait vu juste : ce sont eux qui ont fourni à ce dernier les explosifs dont il s'est servi pour attaquer la banque.

— Est-ce qu'Interpol est au courant pour Cale ?

— J'ai expliqué à son chef ce qui s'était passé à l'entrepôt et ce que Cale et toi aviez décidé de tenter. Pour le moment, il a accepté de garder ça pour lui en attendant de savoir si la transformation a réussi…

Olena savait que c'était le cas. Cale aurait sans doute un choix à faire entre le monde des humains et celui des peuples de l'ombre. S'il décidait de reprendre sa vie d'avant, il devrait cacher sa véritable nature. S'il rejoignait Nouveau Monde, il perdrait sans doute ses amis et sa famille.

Mais tout cela paraissait bien dérisoire comparé aux dangers que tous deux venaient de surmonter.

— Est-ce que je peux faire quelque chose pour toi, Olena ? lui demanda alors Gabriel, la tirant brusquement de ses réflexions.

— Non, merci, répondit-elle, touchée par la prévenance dont il faisait preuve une fois de plus.

Car, si Gabriel était un ennemi redoutable et un chef exigeant, il pouvait être également le plus attentionné des hommes lorsque ses amis étaient dans le besoin.

— Appelle-moi dès qu'il y aura du nouveau, d'accord ?

— C'est promis, répondit-elle. Merci encore, Gabriel. Pour tout.

— Il n'y a pas de quoi.

Ils raccrochèrent et Olena fit mine de quitter le salon pour regagner la chambre. Mais, comme elle approchait de la porte, elle vit la silhouette de Cale qui se découpait dans l'embrasure. Vêtu de son seul caleçon, les cheveux ébouriffés et les joues couvertes d'une ombre de barbe, il paraissait plus séduisant que jamais.

Olena se contenta de le fixer en silence, incapable de maîtriser les émotions qui l'avaient brusquement submergée. Stupeur, soulagement, désir, joie et angoisse rétrospective se succédaient en elle à toute vitesse, l'empêchant de formuler la moindre phrase cohérente.

— J'ai une faim de loup, déclara alors Cale.

Le cœur battant, elle se précipita vers lui et referma ses bras autour de lui, le serrant contre elle de toutes ses forces. Jamais elle ne s'était sentie aussi heureuse qu'en cet instant.

En riant, Cale couvrit ses cheveux d'une pluie de baisers.

— Où sommes-nous ? lui demanda-t-il enfin.

— Chez moi.

— Combien de temps ai-je dormi ?

— Trois jours, répondit-elle.

— Pas étonnant que je sois affamé, dans ce cas !

— Tu risques de ressentir cela pendant un certain temps, répondit-elle. Tu continueras à boire et à manger, mais cela ne suffira pas à soulager ta faim.

Cale hocha la tête.

— Je sais, répondit-il. Et j'avoue que je suis heureux que le sang se vende désormais en bouteille…

Olena leva les yeux vers lui et le considéra gravement.

— J'espère que tu ne regretteras pas ce que j'ai fait, lui dit-elle.

— Tant que je serai à tes côtés, je ne regretterai jamais rien, lui répondit-il sur un ton solennel.

Olena sentit un sourire radieux se dessiner sur ses lèvres.

— Est-ce que tu veux manger un morceau ? lui demanda-t-elle.

La dévorant des yeux, il secoua la tête.

— Il y a d'autres appétits que j'aimerais satisfaire avant cela, répondit-il.

Olena sentit alors contre son ventre le désir qui montait en lui et elle éclata de rire à son tour.

— Qui sait ? Je peux peut-être t'aider, répondit-elle d'une voix emplie de séduction.

— C'est ce que nous allons voir, répondit Cale en se penchant vers elle.

Il l'embrassa avec une ardeur à laquelle elle ne s'attendait pas, mais qu'il ne tarda pas à lui communiquer, faisant exploser au creux de son ventre une sensation de chaleur qui la fit frissonner de la tête aux pieds.

Les mains de Cale coururent le long de ses flancs et de ses hanches pour venir se poser sur ses fesses. Il la souleva alors de terre avec une facilité déconcertante qui trahissait sa force nouvelle de vampire.

Le besoin qui avait envahi Olena se faisait à chaque instant plus impérieux et plus urgent. Plongeant ses mains dans les cheveux de Cale elle le dévorait de baisers et pressait contre son torse sa poitrine gorgée de désir.

Cale l'entraîna jusqu'à la table de la salle à manger sur laquelle il l'assit. D'un geste fébrile, il la débarrassa de son T-shirt et découvrit avec une satisfaction évidente qu'elle ne portait pas de soutien-gorge.

Ses lèvres se posèrent sur l'un de ses seins qu'il agaça du bout de sa langue tout en massant l'autre de la paume et du pouce. Olena renversa la tête en arrière et poussa un gémissement de plaisir et d'envie mêlés.

Malgré l'intensité des sensations qui déferlaient en elle, elle avait presque du mal à croire à la réalité de ce qu'elle était en train de vivre.

Quelques heures auparavant, Cale se trouvait suspendu quelque part entre la vie et la mort tandis qu'elle-même attendait sans oser y croire l'accomplissement du miracle qu'elle avait initié.

Et voilà qu'il était en train de déboucler la ceinture de son jean d'une main fébrile alors qu'elle se consumait intérieurement du bonheur de l'avoir retrouvé et de le savoir vivant à ses côtés pour l'éternité.

Il fit glisser son pantalon et sa culotte qui tombèrent à ses pieds et se débarrassa de son caleçon avant de la reprendre dans ses bras pour l'embrasser.

— Je t'aime, Olena, murmura-t-il d'une voix très rauque.

Sans lui laisser le temps de lui répondre, il la souleva de nouveau et entra en elle, lui arrachant un gémissement de pure extase qui se perdit entre les lèvres de son amant.

Lorsqu'il commença à bouger en elle, elle enserra sa taille de ses jambes et s'agrippa à son cou, le sentant pénétrer toujours plus loin et l'entraîner inexorablement vers ce monde où, unis par le corps et par l'esprit, ils ne formaient plus qu'un seul être.

Ensemble, ils escaladèrent les degrés du plaisir, emportés par la passion qui ne cessait de grandir en eux, jusqu'à ce que l'univers tout entier semble se disloquer, emporté par un torrent de sensations si intenses qu'elles défiaient toute compréhension.

Olena n'aurait su dire combien de temps ils restèrent ainsi enlacés, haletants, tandis que cette indicible extase refluait lentement, ne laissant derrière elle que l'évidence de l'amour qu'ils éprouvaient l'un pour l'autre.

— C'est incroyable, murmura alors Cale d'un ton rêveur. Jamais je ne me suis senti aussi vivant.

— Ce jour est pour toi comme une nouvelle naissance, répondit Olena.

Il hocha doucement la tête puis, toujours enfoui au

plus profond de sa chair, il se pencha vers elle pour l'embrasser.

Et ce baiser en forme de promesse muette avait comme un avant-goût d'éternité.

NOCTURNE

Si « La tentation interdite » vous a séduite, laissez-vous envoûter par le 2e titre de la collection Nocturne : « Les amants de l'ombre », également en vente le 1er avril.

Epouvantée, le cœur battant à tout rompre, Sarah Meyer s'arrache brutalement à l'étreinte de Max… Se peut-il qu'elle ait repéré la présence d'un démon chez celui en qui elle croyait avoir trouvé l'âme sœur ? Comment a-t-elle pu se laisser piéger ainsi, elle qui, grâce à un don de prescience extraordinaire, sait depuis toujours reconnaître et traquer les bêtes de l'enfer ?
Déchirée entre la réalité terrifiante de sa vision et l'irrésistible attirance que Max exerce sur elle, Sarah pourtant ne s'enfuit pas. Car elle sent au plus profond d'elle-même que son destin est auprès de cet homme dont la force et la beauté altière l'ont séduite dès le premier regard. Et elle veut croire que leur amour sera assez fort pour triompher du monstre qui l'habite.

Les amants de l'ombre, de Lisa Renee Jones

NOCTURNE n°31

NOCTURNE

Votre prochain rendez-vous le 1er mai

LE GARDIEN DE LA NUIT, **de Lisa Renee Jones - n° 33**

- *4ème volet de la série :* Les chevaliers des ténèbres -

Depuis toujours, Laura garde secrets ses immenses pouvoirs psychiques. Scientifique reconnue, elle travaille dans un laboratoire sur une île perdue de l'océan et s'occupe de jeunes patients qui, comme elle, possèdent des dons hors du commun. Un jour, un groupe de savants débarque dans l'île avec un projet révoltant : dupliquer les capacités de ses protégés à des fins militaires.
Maîtrisant sa colère, Laura s'avance pour saluer celui qui semble les conduire. Mais en glissant sa main dans celle de l'homme à la carrure impressionnante et au regard d'acier, elle sent brusquement une vague de chaleur inconnue l'envahir. Chancelante, elle tente alors de reprendre le contrôle d'elle-même et s'interroge. Qui est cet homme ? Qu'est-il réellement venu faire dans l'île ? Et quelle est cette force troublante qui la pousse inexorablement vers lui ?

LA LOI DES LOUPS, **de Karen Whiddon - n°34**

Se cacher, fuir sans cesse… Depuis des jours et des nuits, Jewel brouille les pistes derrière elle pour échapper à la cruauté de son ancien compagnon, un loup-garou violent qui l'a fait bannir de sa meute. Mettant fin à sa course désespérée, elle se réfugie finalement dans une bourgade paisible et fait la connaissance de Colton, un homme qui la séduit, la rassure, et lui redonne confiance en elle sans chercher jamais à percer ses secrets.
Bientôt pourtant, consciente de son attirance pour Colton, inquiète du désir qu'elle lui inspire, Jewel comprend qu'elle va devoir fuir à nouveau. Car elle est fille de loup et les lois de son clan sont inéluctables : elle n'a pas le droit d'aimer un humain, et s'attacher à lui serait le condamner à mort.

A paraître le 1er mars

Best-Sellers n°455 • suspense

Le secret de Black Falls - Carla Neggers

De retour dans son village natal de Black Falls pour fuir un scandale qui menace sa carrière d'agent secret, Jo Harper vient chercher un peu de calme et de sérénité sous le rideau neigeux des montagnes de son enfance. Mais au lieu du havre de paix dont elle rêve, elle retrouve son village en état de choc : une adolescente a mystérieusement disparu dans la montagne. Incapable de laisser cette jeune fille seule en pleine tempête, Jo propose de participer aux recherches… pour découvrir qu'il lui faudra s'associer à Elijah Cameron, l'homme qui lui a brisé le cœur quinze ans auparavant. Malgré ses douloureux souvenirs, Jo se résigne à faire équipe avec Elijah. D'autant plus que des indices la conduisent à soupçonner l'adolescente disparue de ne pas s'être seulement perdue, mais aussi et surtout de fuir un danger – un danger redoutable qui pourrait bien les placer eux aussi dans la ligne de mire d'un tueur.

Best-Sellers n°456 • suspense

L'ombre du soupçon - Laura Caldwell

Izzy McNeil n'en revient pas : la voilà présentatrice d'une nouvelle chaîne de télévision. Après des mois particulièrement difficiles, la chance semble enfin lui sourire à nouveau. Il ne lui reste plus qu'à retrouver confiance en elle et à remettre de l'ordre dans sa vie sentimentale. Mais tout cela passe d'un seul coup au second plan quand elle retrouve Jane, sa meilleure amie, sauvagement assassinée. Anéantie, Izzy doit en outre affronter les attaques d'un odieux inspecteur de police qui la soupçonne du meurtre de son amie. Comment se défendre face à ces accusations quand des coïncidences incroyables la désignent comme la coupable idéale – tandis que de sombres secrets que Jane aurait sans doute voulu emporter dans la tombe commencent à remonter à la surface ?

Best-Sellers n°457 • thriller

Au cœur du danger - Alex Kava

Des cauchemars, qui la hantent nuit après nuit… Des insomnies, de plus en plus fréquentes. Maggie O'Dell n'aurait jamais imaginé que son travail de profiler du FBI s'insinuerait de la sorte dans sa vie privée, jusqu'à troubler son sommeil. Déstabilisée mais décidée à conserver son sang froid, elle n'hésite pas un instant à se rendre en Floride pour une nouvelle enquête qui se révèle ardue. D'étranges paquets non identifiés ont en effet été repêchés par les garde-côtes, dans les eaux de Pensacola. Des paquets qui ne laissent hélas aucun doute sur le fait que des meurtres ont eu lieu. Sur place, Maggie ne tarde pas à trouver une piste, celle d'un trafic terrifiant. Mais son enquête se complique quand un terrible ouragan se déclare. Au cœur de la tourmente, elle est alors soulagée de pouvoir compter sur l'aide du médecin militaire Benjamin Platt, un homme qu'elle connaît de longue date et à qui elle accorde une confiance absolue. Car ils ne seront pas trop de deux pour exhumer la vérité… au risque d'être ensevelis avec elle.

Best-Sellers n°458 • roman

La baie des promesses - Debbie Macomber

C'est dans la petite ville de Cedar Cove qu'elle ne quitterait pour rien au monde qu'Olivia Lockhart exerce avec passion son métier de juge aux affaires familiales. Un métier qui réserve souvent bien des surprises, comme par cette belle matinée d'été, où elle a affaire à un jeune couple décidé à divorcer alors que leur amour semble encore possible. Mais des surprises, la vie en réserve aussi en dehors du tribunal. Ce journaliste, par exemple, qu'Olivia vient de rencontrer et qui lui fait une cour assidue. Et puis, il y a sa fille, Justine, qu'elle aimerait aider dans ses choix de vie ; sa mère, Charlotte, qui a toujours un nouveau projet en tête ; et sa meilleure amie Grace, qui cherche son mari mystérieusement disparu. Bref, des gens qu'elle aime et qui ont besoin de toute son affection. Des gens qui ne peuvent que se croiser et se retrouver car à Cedar Cove, on n'est jamais loin les uns des autres…

Best-Sellers n°459 • paranormal

Le piège des ténèbres - Gena Showalter

Immortelle dotée de pouvoirs maléfiques qu'elle a toujours rejetés, Gwendolyn désespère d'échapper un jour aux hommes impitoyables et cruels qui la retiennent prisonnière. Pourtant, elle nourrit encore l'espoir secret de voir son père, cet ange aux yeux d'azur et aux grandes ailes blanches dont elle conserve précieusement le portrait depuis son enfance, la libérer de ses ravisseurs – et surtout de la moitié sombre de son être. Mais au lieu de cela, c'est Sabin, un guerrier ténébreux, un prince des seigneurs de l'ombre, qui se présente à elle pour la délivrer. Et semer le trouble dans son esprit. Car comment accorder sa confiance à cet immortel qui ne songe qu'àse battre et dont la violence est légendaire ? N'est-il pas en train de lui tendre un piège encore plus redoutable que celui dans lequel elle est déjà enfermée ? Suivre Sabin, n'est-ce pas prendre le risque de renoncer à jamais au monde dont elle a toujours rêvé ?

BestSellers

Best-Sellers n°460 • suspense

Le silence des anges - Dinah McCall

« Dors, mon ange, dors. » L'inscription, gravée sur le pendentif, est de celles qui vous glacent le sang. Car l'enfant que l'on vient de retrouver, portant ce collier, a été assassinée...

A l'annonce de cette nouvelle, Olivia Sealy est sous le choc. Car la petite fille est morte vingt-cinq ans plus tôt – au moment même où Olivia était enlevée, séquestrée, puis libérée contre rançon. Plus troublant encore : comme Olivia, la petite fille assassinée a une légère déformation à la main... Pour la première fois de sa vie, Olivia se sent en danger, à la merci d'une vérité sur laquelle elle n'a aucune prise. Car il est possible que, vingt-cinq ans plus tôt, on l'ait confondue avec la petite morte...

Best-Sellers n°461 • historique

La duchesse scandaleuse - Nicola Cornick

Angleterre, Régence

Depuis le décès de son mari, Laura, duchesse de Cole, est déterminée à rester libre et sans attaches, excepté ce lien fort qui l'unit à Hattie, sa fille adorée. Une décision irrévocable, croit-elle, jusqu'au jour où elle apprend l'arrivée en ville de Dexter Anstruther. Dexter, le véritable père de son enfant. Le seul homme qu'elle ait jamais aimé et avec lequel elle a passé, jadis, une scandaleuse nuit d'amour... avant de se résoudre à le quitter, dans l'espoir de l'oublier. Peine perdue : quatre ans plus tard, les souvenirs de Laura sont plus vivaces que jamais, tout comme l'attirance irrépressible qu'elle éprouve pour Dexter. Pourtant, cette fois, elle devra tout faire pour l'éviter. Car non seulement Dexter n'a manifestement jamais digéré l'affront qu'elle lui a fait, mais en plus, il ignore tout de sa paternité. Et s'il venait à découvrir la vérité, nul doute qu'il s'en servirait pour se venger d'elle...

Composé et édité par les
éditions Harlequin
Achevé d'imprimer en mars 2011

BRODARD & TAUPIN

La Flèche
Dépôt légal : avril 2011
N° d'imprimeur : 61439

Imprimé en France